きまぐれ博物誌

星 新一

角川文庫
17728

目次

思考の麻痺

ことしもまたごいっしょに九億四千万キロメートルの宇宙旅行をいたしましょう。これは地球が太陽のまわりを一周する距離です。速度は秒速二十九・七キロメートル。マッハ九十三。安全です。他の乗客たちがごたごたをおこさないよう祈りましょう。

以上は私が友人たちに出した年賀状の文面である。地球という惑星は、空間的に大変な距離を動いている。地球はできてから四十五億年になるという。九億四千万キロに四十五億をかけると、いままでに地球の移動した総合計の距離となる。計算してみようかと思ったが、途中でゼロをつけまちがえるにきまっているのでやめてしまった。とにかく気の遠くなるような数だ。航空機の事故などがあると、各種の乗り物の走行距離による事故率の記事がのる。そのどれとくらべても、地球の安全性は無限大である。マッハ九十三という数に驚くこともない。スピード感とは相対的なもので、比較するものがなければ、どうということもない。

しかし一方、社会の変化となると、必ずしも安全とは保証できない。先日、三億円を巧妙に奪取した事件があり、世の人びとは爽快《そうかい》感のようなものを覚えた。私もまたそう思いかけて気づいたのだが、これは道徳不感症である。悪をにくまず、むしろ賛美する風潮がひろまったわけで、このスピード感には驚く必要があるようだ。時の流れに身をまかせきっていると、その感覚が麻痺《まひ》する。たまには岸にあがり、流れをみつめるべきだろう。

三億円には保険がついていたからかまわないとの説がある。交通事故の死者の増大にもみな不感症になりかけているが、保険金や補償金の態勢がととのえばいいとの考え方なのだろうか。そのうち公害保険なるものが完備すれば、健康がむしばまれることについても、私たちは不感症になってゆくにちがいない。そして、やがて戦争保険とかができ、損害をつぐなえる態勢がととのえば……。

笑顔とうやむや

吉田茂がユーモラスな人物だったことは、死去の際の特集記事で、いまや世に広く知られている。「動物園へ行かなくてもサルは国会でたくさん見ることができる」などとの、ぬけぬけした発言があった。自分も議員であり、しかもその党首なのだから、あきらかにユーモアでありウイットである。

だが、この発言がなされた当時の新聞報道を私は覚えている。けっしてユーモアと扱っていなかった。不祥事扱いの記事で、野党幹部の反論がのっていた。おそらく記者が「首相が議員はサルだといっています。ご感想は」と持ちかけたにちがいない。その反論のほうは少しも覚えていない。面白くもおかしくもない公式的なものだったからだ。

そのころを境にしてのようだが、その後はどの大臣も、公式の席であまり面白い発言をしなくなった。新聞には時どき「日本の為政者は外国にくらべてユーモアがない」などの主張がのるが、当然のことであろう。こんな状態にしておいて言えといっても、それは無理だ。ユーモアとは故意に曲解しようとすれば、どうにでもなるものなのだ。大臣だろうが都知事だろうが、だれも顔はこぼれんばかりににこにこ、発言は神経質なほど用心ぶかい。かかるスタイルが完成した。私はこんな異様でユーモラスなものはないと思うのだが、どうでしょう。

デビューしたばかりの若い芸能人は、時たま個性的で傑作な発言をする。だが週刊誌で大きくスキャンダル扱いされ、シュンとなり、やがて顔で笑ってお口はうやむやという処世術を身につけてゆく。人間的成長、大物になったのだ。

政治家がいけないのでもない。芸能人、新聞記者、芸能週刊誌などがいけないのでもない。これが国民性なのだ。笑顔とうやむや。外国人が日本人から受ける第一印象もこれのはずである。

小さな地球

いまの人類は三十四億。三十年後の二十一世紀に入るころは倍にふえるそうだ。地球上が満員電車なみのラッシュになる日も、そう遠くはない。おそろしいことだが、おれの知ったことか。

なんとか人口爆発をくいとめたところで、やはり問題は残る。現在、二十億人はあわれな生活をしているわけだが、これをアメリカの生活水準に高めるのがまた大変。資料によると、鉱物資源は現在の世界生産額の百倍が必要だという。銅、鉛、亜鉛などの鉱脈はその前に枯渇《こかつ》するという。全人類がアメリカなみの生活になるのは絵に描いたモチということらしい。おれの知ったことか。

それでも、しゃにむにそれに突進するとなると、極度に含有量の低い鉱石に大量のエネルギーをぶちこみ、しぼり出さなければならない。このエネルギー源に石油を使ったら、やはり数年で枯渇する。

かりに資源がなんとかそろったとしても、製品にせねばならぬ。その過程でどれだけの公害が出ることか。全世界が四日市や東京のごとくなるにちがいない。糸川英夫氏の説によると、二十一世紀には全海水が汚染され、水中植物が全滅し、炭素同化作用がとまり、空気中から酸素が失われるとのことだ。

そういうものかもしれないが、おれの知ったことか、目先の繁栄のほうが大事だ。みなのそういう考え方に支えられているため、この進路が変わることはあるまい。ブレーキをかけろなどと主張したら、袋だたきにされる。景気のいい未来論だけが横行する理由。

人類の強大な欲望にくらべたら、海洋は水たまりのごとく小さく、資源は小石のようだ。昨今このことが気になって気分が沈みがちである。精神衛生によくない。くよくよしないほうがいいのだろう。おれの知ったことか。だれかがなんとかしてくれるだろう。地球史上もっともいい時代に生れあわせた幸運を、すなおに感謝すればいいのだ。

屋根に絵を

工場の騒音がうるさくて付近の住民が迷惑している。だが交渉してもらちがあかない。そこで、ひとりがその騒音を録音し、郊外に住む工場主の家のそばで、夜中に同じ音量で再生してみせた。効果てきめん、工場の騒音はぴたりとおさまった。

以前になにかで読んだアメリカでの実話である。やり方がいかにも気がきいている。また工場主のほうにも感心させられる。自分の勝手さにすぐ気がついた。社会の一員だとの自覚が、ゆきとどいているわけであろう。

わが国では最近、日照権問題が世をにぎわしている。高層ビルがそばにたてられ、日かげになってしまった家の住人の被害についてである。記事やテレビで見聞すると、抗議しても相手にされず、気の毒なものだ。泣き寝入りが多いらしい。

そのような人は、自宅の屋根に絵を描いたらどうであろう。舌を出しアカンベエをしている顔を大きく描くのである。ガイコツでもいい。絵がへたならばナチのマークでもかまわない。うまければヌード美人というてもある。ビルのほうから「美観をさまたげて困るからやめてくれ」とたのみにきたら、対等な交渉に移れるというものだ。都市が高層ビル化する傾向は時代の流れかもしれない。しかし、他人の迷惑に知らん顔するのが時の流れであってはならない。適正な補償は払うべきだ。

そこで、屋根の絵作戦を提案したわけなのだが、どうも心配でもある。アメリカの例のようにユーモアとスマートのうちにはこばず、いやがらせに熱中したり、補償金でごねようという下等なやつが出るかもしれぬからだ。結局は社会の一員であることへの自覚の問題である。考えてみると、こういう面への教育も基盤もまったくないのだ。国民性の問題かもしれない。だが、それならそれで、これだけはみなであらためるよう心がけるべきではないだろうか。

夜空

ある雑誌に大望遠鏡で夜空をうつしたみごとなカラー写真がのっていた。都会の空気はにごり、肉眼では星々をながめにくくなったので、このほうがいい。色とりどりの砂をまきちらしたように美しい。そのかなたにはアンドロメダ星雲。それこそ無数の星が煙のごとくに集っている。なんという広大さ、すがすがしさ……。

と感激すれば普通なのだろうが、ながめているうちにこんな想像がわいてきた。あのなかには文明を持った住民のいる星も多いにちがいない。そこではイデオロギーの争いもあるだろうし、人種問題の悩みだってあるだろう。核兵器の恐怖にふるえているかもしれぬ。どの星でも住民たちはみな、他人には道徳的であるよう求め、自分は巧妙に立ち回ってもうけようとあくせくしているにちがいない。

美と秩序と愛にみちた星は何億に一つもあるかどうかわからぬ。地球より文明が進んでいれば、ごたごたはもっと陰《いん》にこもり、いやらしくなっているはずだ。文明とはそういうものではないだろうか。そんな星々が宇宙にはこんなにあるのだ。

そう思うにつれ、この天文写真がぞっとするものに見えてきた。うらみつらみ、悲劇と苦痛の感情がみなぎっているようだ。星をあおいで物思いにふけるのを、純情で歌謡曲的で好ましいことと考えている人があるかもしれぬが、類型的で無知と想像力欠如のあらわれというべきであろう。知らぬが仏。そんなおめでたいことで、なにが宇宙時代だ。

あの星では事故が続発しているかもしれぬ。こっちの星は病気か戦争。そう考えはじめると、私は夜空を見あげるのがいやになった。もっとも、スモッグで星がよく見えないおかげで、ノイローゼにまでは進行しないでいる。

以上、あまのじゃく的な発想の過程を紹介したしだい。

注意

たとえばテレビで食中毒についての番組があったとする。いろいろの実例をあげたあと「冷蔵庫も必ずしも万全でないのですから、おたがいによく注意しましょう」といった言葉で結びになるのが通例である。まことにもっともな話だ。新聞や婦人雑誌などの、世の中にはこんなこともあるといったたぐいの記事も、終りには大部分「注意しましょう」とくっついている。まあ、もっともな話であろう。

最近はビルの工事が多い。そこには「頭上注意」の札が出ている。上からなにかが落ちてきて当ったら、注意をしなかった通行人にも責任の一部があるという意味なのだろうか。ビルの工事現場は、たいてい足もとにも注意を払わねばならない。そのうえ横からはトラックが出入りする。上下前後左右に、同時に超人的な注意を必要とするのである。

いや、工事中のビルでなくても、なにかが落下してくることはよくある。交通事故に注意を払わなければならぬことは、いうまでもない。たいていの人は外出の時、その目的のことより途中の交通事故のほうに、より多くの神経を使っているはずである。

健康にも注意し、へんだと思ったらすぐ医者にみてもらわねばならぬ。自分ばかりでなく、家族の健康についても同様。子供の不良化も注意して、いち早く発見せねばならぬ。乗り物に乗る時は釣銭のいらぬよう注意。乗ったらスリに注意。買物の時は品質に注意、釣銭があってるかに注意、にせ札に注意。

来客はドアをあける前に注意。にせ集金人かもしれぬから証明書に注意。機械だって絶対でないからメーターにも注意。寝る前には戸じまり火のもとに注意。ホテルでは非常口に注意。めんどうだから、この程度にする。

以上は個人生活に限ったが、そのほか国政に注意、地方政治に注意、世界情勢に注意、天気予報に注意、文明の進歩におくれぬよう注意。いったい、なにが文明の進歩だ。時代が進むにつれ、注意すべき事柄がごそっとふえる。この調子だと、近い将来、私たちは注意という怪物の重圧に押しつぶされ、滅亡するにちがいない。最後にもうひとつだけつけ加える。注意の連続で精神の緊張をつづけすぎないよう注意。

わが国の経済的繁栄は、数字の上ではすばらしいものだそうだ。だが、無形のものを軽視する国民性をいいことに、注意というていさいのいい名でなにもかも私たちにしわ寄せされ、そのおかげで繁栄の形になっているのかもしれない。もし注意というものが数字であらわせるとしたら、私たちの支払っているその総合計は大変な量になるだろう。繁栄の数からそれを引いたら、あとにはほとんど残らぬことになるにちがいない。

いまや私たち、総注意人間である。ただひとつの救いは、まだ総注意人物でないという点であろうか。

習字

最近の大学生には頭の変なのが多いという。しかし病的なものは少数で、大部分はノイローゼのたぐいにちがいない。自己を意識しすぎ、周囲とのギャップを大きく気にし、必要以上に悩むのである。だが、それでいいのではないかと思う。青春とはもともと暗く不器用なもので、明るくかっこよくスイスイしたものは、商業主義の作りあげた虚像にすぎない。かりにそんなのがいたとしても、あまり価値のある存在とは思えない。

専門家でもないのになんでこんなことを言うのかというと、私の体験からである。私も大学生時代にそんなふうになった。当時はまだノイローゼの語はなく、神経衰弱といっていたようだ。えたいのしれぬ不安感にとりつかれ、ひどくなると緑色の夢を見た。理性では根拠のない雑念とわかっているのだが、ふりきれないのである。しかも、そんな内心を他人に知らせまいとし、さらに苦痛が高まるというしかけである。

持てあましたあげく、私は意を決してその方面の医者を訪れた。そして、こう告げられたのである。

「毎日かかさず習字をしなさい」

もっと療法らしい療法を期待していたので、習字とは意外だった。しかし、私はその指示に従い、スズリや手本をそろえ、とりかかった。はじめてみると、習字にはたしかに雑念を払う作用がある。それに字とは、あせって書こうとしても決して書けないものである。心のなかのむりなスピードが、本来あるべきスピードに自然と落される。つまり、いらいらしたものが消えてゆくのである。

上達が目的でなく採点してもらうわけでもないので、字はいっこうにうまくならなかったが、習字によってノイローゼ症状が軽くなったのは事実である。そのご再発もしていない。いまではむしろ、なつかしい思い出だ。

私の小学生時代は戦前で、習字の時間というものがあったが、いっこうに面白くなかった。ちかごろ復活したそうで、小学生に対して同情にたえない。教えるのなら万年筆による手紙の書き方のほうがいいように思う。

しかし、私が大学時代に自発的にやった習字の効用は、大いにみとめる。現在は一段とせかせかした時代になっている。そのなかで自己の精神のバランスを保つために、若い人びとに習字をすすめたい気分である。

話は少しそれるが、字に関して気のついたことをもうひとつ。印鑑は古いというわけか、サインだけですむのが流行している。小切手まで印が不要になった。それならそれで、一方、個性的な字を書くような教育がなされていなければいけないのではないだろうか。

変な平等主義が世にあり、個性を伸ばすのには遠慮がいり、模範答案的なものがほめられる風潮。文字は性格のあらわれだ。だれもがロボットのごとく、みな個性のない字の署名をするような基盤で、なにがサイン時代だろう。

きめにくい事態

心臓の移植が話題となっている。なにか盲点をつかれた感じである。人工衛星とか原子炉とか電子計算機とか、先行者のあとを追っかけるのも必要だが、このようなまったく新しい分野に他に先んじて手をつける人もなくてはならない。この点にだれも言及しないのは不満な気がした。もっとも、私も発言の機会があったのだが、そこに思いいたらなかったのだから、文句はいえない。

ある週刊誌が電話で意見を求めてきた。これが普及したらどうなるでしょう、という。「未来では心臓に抵当権が設定されるかもしれませんね。心臓の相場が立つかもしれない。だが、大量の人工流産が日常化している日本人には、生命について論じる資格がないんじゃないですか」などと、私は思いつくまましゃべったあと「すぐ直面する問題がありますよ。ノーベル賞級の頭脳を持った学者が死にかけている。一方、治療不能の白痴がいる。心臓を移して頭脳を救うべきか、です」

すると、週刊誌の人は「あなたならどうします」と聞いてきた。私は「頭脳を救うほうが」と言いかけたが、あわててつけ足した。「ここは取り消して下さい。危険思想の持ち主と非難されてしまう」

おかげで記事にならなかったが、これについて私はまだ考えつづけている。もしケネディの暗殺が心臓への銃撃であり、もし真犯人がすぐ逮捕された場合、その心臓を移すべきだったか、などと空想してみるのである。

空想しているうちに、ひとつの新聞記事が目にとまった。統計によると本年も交通事故により、確実に数十万人の死傷者が出るというのである。しかし文明生活のためには犠牲もやむをえないという形である。それが危険思想でないのなら、ノーベル賞級の頭脳を救うことも許されていいように思える。いったい、生命は私有財産か、公共財産か。

考えるということは、これから最も重要なものとなるにちがいない。今まではさほど考えなくてもよかった。時間をかければ、やがて妥当な結論なるものが出てきたからだ。だが、科学の進歩がこう速くなると、そのひまがない。といって、この種の判断を計算機にまかせるわけにもいかないのである。

待てよ、計算機にまかせてなぜいけない。これまた考えるべき対象である。世の中の現象は、人類に考えることを求めてひしめいているようだ。これに負けて思考を放棄したら、未来は暗黒以外のなにものでもない。

ついでに、考えるべき種をもうひとつ。数年前、イスラエルがアイヒマンを捕えて処刑した。それについて「あんなやつは殺すのが当然だ」か「あんな裁判は不当だ」かの意見が出てもよかったはずだが、少しも議論にならなかった。そして、イスラエルのナチ残党狩りは、いまだに世界で公然と継続中である。もし、あした日本でアイヒマン二号が逮捕されたとしたら……。

団体無用論

ニューヨーク世界博はモーゼスという強引な性格の老人が全責任者となり、各方面と大げんかをしながら一切の指揮をとったので、なんとか成功した。このじいさん、開幕前に「入場料金の割引は一切しない」と言い、これでもひともんちゃく起したそうである。だがニューヨーク市の主張に負け、ついに子供割引をみとめたという。がんこな人だが、見識があるともいえる。その時の論争の詳細を知りたいと思う。通念とはなっていても、入場料割引の根拠や原理について、私にはわからぬ点がいろいろとあるのである。

先日万国博の本部から入場料割引の率について意見を求めてきた。モーゼス老は入場収入を高めようと割引を拒否し、わが国では同じ目的のために、当り前のように割引作戦を採用する。世の中はさまざまだ。

私は、団体割引は一切するなと答えておいた。どうせそうはならないだろうが、一応は言っておかなければならない。そもそも団体ぐらい不愉快なものはないからだ。遠足などの小学生団体の電車にいっしょに乗りあわせると経験することだが、そのさわがしさといったらない。ひとりひとりはいい子なのだが、集団となるとかくも狂気の状態となる。家族とともに来る子どもは大いに割り引いてもいいが、団体となると考えものだ。中学生や高校生の修学旅行の無茶さわぎが時おり新聞をにぎわすが、この点、戦前とくらべ少しも進歩していない。戦後の教育は民主的な社会のマナーを身につけることに重点が置かれたそうだが、昨今の大学生を見ると首をかしげざるをえない。もしかしたら、これは教育の手におえない、民族性というものなのかもしれない。同情論をとなえたい人は、温泉地で傍若無人《ぼうじゃくぶじん》の酔っぱらい団体客のとなりの部屋にとまってみてからにすべきだ。

私たち個人は良識あるおとなしい性格でも、集団となるとオオカミ男のごとく変身する。団体の恥はかき捨てという現象である。圧力団体が横暴だと非難はするが、その一員となれば私だってどう変化するかなんともいえない。だれもがそうであろう。とすれば、こういうものだと冷静にみとめ、団体への警戒をするほうが賢明といえよう。制服という言葉に反発する人は多いようだが、団体となると、なにもかもまかり通るのである。この二つの根本は同じことじゃないのかしらん。だから、制服への反発もいつ逆転するかしれたものじゃない。

何日にも及ぶお祭り的な行事や催し物の際に、無団体デーでも作ってもらうとありがたい。正規の料金を払った客が、割引の団体にじゃまもの扱いされるのはいい気分でない。わが国では古来、お祭りとは狂的な状態になりやすい空気である。そこに団体という条件が加わる。事故の原因はたいていそれだ。それにしても、この現象は注意や自戒で防げることなのであろうか。悲しいことだが、そうでないような気がしてならない。

クールな未来

コンピューターの解説書を読むと、たいていでている。一秒に三十万回以上の足し算をやってのける、一秒に十二万字の文を読み処理する、といったたぐいである。

これと同じことを人間がやるとしたら、大きな事務所を作り、かなりの人員をそこに押しこまねばならぬはずである。それだけの人数がいれば、なかには性格のあわないやつだっているはずだ。けんかだってやるだろう。美人だが能率のあがらぬ女も、不美人だが能力のある女もいるだろう。ヒステリーだって発生する。

統制をとるために、どなりつける上役も必要だ。それに不満な連中は一派を作る。ぐちは飲み屋まで延長され、酒癖の悪いのはあばれる。帰宅すれば給料や昇進をめぐって夫人と口論がおこり、子供が泣き、面白くなくてよそに女を作り……。

人間関係とはかくもうるさく、やっかいなものなのだ。これだけの全部の声を集めて、圧縮し、耳で聞いたらどうなるだろう。想像しただけで頭がおかしくなりそうである。

と書くと、コンピューターのよさをあらためて認識する人が出るにちがいない。爽快にしてクールなしろものである。しかし、私はあまのじゃくだから、いやなこともつけ加える。コンピューターは戦争計画だってやるのである。

むかしだったら戦争となると、まず国内で論議がなされる。金がかかるの、祖国の威信だの、人道問題だの、すったもんだのすえに開戦となる。作戦だって、ああだこうだと歴戦の将軍たちが論じあったものだ。

しかしコンピューターなら、音もなく瞬時にそれが進行し、ミサイルの発射となるわけである。禅でもやって、生死の悟《さと》りを開いておかねば、といった気分になる。

デジタル型コンピューターは、一九四六年にはじめてアメリカで作られた。原子炉より誕生はあとの癖に、その拡散と普及のスピードははるかに速い。

あれよあれよという感じで、どうなるのか、見当もつかない人が大部分だろう。人間たちのその沈黙のなかを、コンピューターは今も静かに繁殖しつづけているのである。

塩についての疑問

海水は約二・八パーセントの塩分を含んでいる。したがって人体は海水に浮くということになっているそうだが、私はだめなのである。いくらかは泳げるのだが、手足を休めると沈んでしまう。だから、海では背の立たない深さのところには決して行かない。

私は塩せんべいだのバターピーナッツだの塩からいものが好きで、体内に塩分が多く、そのため比重が大きいので海水に浮かないのかもしれない。もちろん、これは冗談。体内の塩分がそうふえることはありえない。私の海への恐怖心のせいであろう。しかし、それにしても、じたばたするとなぜ人体は海に沈んでしまうのだろう。比重は軽いはずなのに。私にとっていまだになぞである。

海の水というものは、とほうもない量だ。ある学者の計算だと、海水を地球の人口に均等に配分すると、一人あたり約一千億ガロンになるという。これに二・八パーセントを掛けると、一人あたりの塩分は二十八億ガロンということになる。塩資源のなくなる心配は、人類は当分のあいだしなくていいようだ。

塩が人間の生存に不可欠であることはだれでも知っている。ものの本によると、一日十数グラムは最低必要量であるそうだ。とすれば、海岸や岩塩産出地帯でない奥地に住んでいた原始人は、どうやって補給していたのであろうか。

内陸地方の太古の農耕種族は、塩を交易で入手していたという。当り前のことだが、そうなると、農耕の発生と商業の発生は同時ということになる。いや、商業のほうが少し早くなくてはならない。はたしてそうだったのだろうか。

肉食をしていれば、塩は菜食の時より少なくてすみ、肉にも塩分が含まれているので、なんとかなったとも考えられる。原始人はすべて肉食だったのかもしれない。

これで一応の解決にはなるが、食肉となる動物は、塩分をどうしていたのだろう。他の動物を食って、その塩分をとっていたのだろうか。しかし、草食性の動物というやつもある。そいつらは植物から塩分をとっていたとしか考えられない。人間の場合だと菜食の時には塩分をたくさん必要とするが、動物の場合はそうでないのだろうか。このへ

ん も私にとっては疑問である。

自然界における塩の循環はどんなしくみになっているのだろう。水における蒸発、雲、雨という循環は、巨大な蒸溜《じょうりゅう》装置である。真水の雨が地表を流れ、塩を海にはこびこむ。海に塩があるのはそのためだ。植物が地中の塩分を蓄積したところで、それはどんどん海へと洗い流されてゆくはずである。

だが依然として陸上の自然界に塩が存在するのは、いかなる原因によるものだろう。海の波のしぶきが微細な粉となって風にのり、内陸地方にまで送られているのであろうか。それは相当な量なのであろうか。

原始人の前の段階は類人猿《るいじんえん》であった。サルは塩分をどうやって補給していたのだろう。果実など食べていて充分だったのだろうか。

サルにはおたがいにノミを取りあうという習慣がある。毛をなでながら、なにかを口に入れるごとき動作のことである。科学三行知識のたぐいの記事によると、あれはノミを取っているのではなく、汗の結晶、すなわち塩分を口にしているのだそうである。

しかし、最近さかんになったサル社会の研究によると、あれはサルにおける敬意の表現だという説がある。指につばをつけ相手の毛をなで、ととのえているのである。

この両説はともに真実なのかもしれない。敬意の動作と塩分の補給がもちつもたれつで、ああなったのかもしれない。となると、礼儀の発生はサル時代にさかのぼり、その原因は塩であったということにもなる。人間が上役に礼儀をつくすのは、上役がサラリーをくれるからで、それと同様といえそうだ。なおサラリーの語源は塩という意味だそうである。

しかし、子分に毛をなでつけさせいい気分になっていたボスザルは、塩の補給をどうやっていたのであろう。結晶するほどの汗である。ボスであるからには力が強くなければならず、筋肉をたくさん活動させれば、それだけ塩分を必要とするはずである。人間でも筋肉労働者は塩分をより多く必要としている。

ボスザルがやがて地位をあけわたすのは、体内の塩分を出しつくし、その不足によるのかもしれない。政権交代だの革命だのの原型も、もとをただせば塩であるということにならぬものだろうか。

血液を吸う生物には、カだのノミだの、ヒルだの吸血コウモリなどがある。こいつらは塩分が目的なのだろうか。生物界における塩分の循環などはどうなっているのだろう。

塩分について考えはじめたら、疑問ばかりがぞろぞろ出てきた。これらの疑問のなかにはばかげたのもまざっていることだろう。どれがばかげていて、どれが一考に価するものかを、そのうち博識の友人に聞いてまわるつもりである。笑われるかもしれない。だが、私には疑問を抱く能力がまだ残っていることはたしかなわけで、その点だけは安んじていいようである。

官吏学

「官吏学摘要」という厚い本がある。私の机のすぐそばの本棚においてある。私がこれからの人生で官庁につとめる可能性はまったく考えられないし、私の書く小説の資料として役だつものでもない。だが、この本はずっとおいてあるのである。

といって、べつに奇異なことでもなんでもない。私の亡父の著になる本だからである。父をしのぶために飾ってあるようなもので、めったに開くこともない。いずれ通読したいとは考えているが、まだ当分はむりなようだ。

この本はその名のごとく摘要であって、もとの「官吏学」なるものは、四巻から成る計四千五百ページに及ぶたいへんなものだ。「摘要」はそれを一冊にダイジェストした本だが、それでも一千三百ページを越えている。発行は大正十三年、序文によると、七年がかりで仕上げたことになっている。

内容はというと、官吏学とはすなわち管理学であるとの緒言にはじまり、官吏の語義、日本はじめ世界各国の官吏制度の現状、歴史、待遇、特典などが解説されている。ぱらぱらとページをめくると、骨相についての章もあり、人相のために立身しそこねた例なども記してあった。明智光秀のことである。

性格学の紹介から、人の上に立つ者を分析した章もあり、その当時に流行した「人身磁気学」なる新説も書き加えられている。まあ、早くいえば、官吏に関するすべての百科事典といったものに当りそうだ。

もちろん、亡父がひとりでやったことではなく、何名かを使ってその企画総指揮をやってまとめたわけである。しかし、それにしても大変なエネルギーとしか言いようがない。

私の亡父は星一《はじめ》といい、若いころアメリカで苦学した。帰国してから製薬業に着手し、大正の七年ごろには大発展の軌道にのりはじめた。そこまではいいのだが、監督官庁である当時の内務省衛生局からさまざまな妨害を受けはじめ、それとの闘争がはてしなくつづくことになったのである。

私は一昨年、そのことを調べて「人民は弱し官吏は強し」という本にまとめた。冷静に筆を進めたつもりだが、書いている途中私はむかついてならなかった。民間をいじめる気になれば、こうまで徹底的にやれるという見本である。

もっとも、大正時代は政党政治の全盛期で、やることが露骨で、現代の常識をあてはめるわけにはいかないといえる。だが、それにしてもひどいものだ。すでに与えた許可を権限で取りあげ、法令を作って既存の権利を奪い、商売がたきの他社をあからさまに応援し、むちゃくちゃである。最後には警察力まで使われる。

それが十年以上にわたってつづくのだから、官吏の執念ぶかさには驚かされる。と同時に、それにつきあって戦いつづけた亡父にもまた感心せざるをえない。

普通の神経だったら、いいかげんであきらめるか、降伏するか、妥協するか、左翼に走るかするところだが、亡父はますます元気いっぱいで争ったのである。このままつづければ破産するとわかっていながらも争い、ついには法人個人ともに破産宣告となり、それでもまだ争っていた。

国家を相手とする訴訟マニアというのは、本業の片手間だから気楽なところもある。だが、営業をしながら、その監督官庁の行政府と争うのは容易でない。

私は書きながら、いささかふしぎだった。これだけのエネルギーをうみ出したもとはなんだったのであろうか、と。官庁がこんなであってはならぬ、それを是正する使命感のようなものだったのだろうと私は想像し、その線でまとめあげたのだが、それだけではなかったような気もするのである。

父は酒もタバコものまず、道楽もなかった。もしかしたら、官庁を相手に争うことが、一種の趣味になってしまったのかもしれない。いやいやながらの使命感だけでは、こうはつづかないだろう。すべては私の生れる前のことで私は知らないが、当時を知る人の話だと、朝は楽しげに起きていたという。ふしぎな性格である。

「官吏学」なる本は、こういった時期に書かれたのである。官庁を相手に議論をつづけるには、興奮して感情的に叫ぶだけでは、なんの実績もあげられない。万全の準備をもってかからなければならない。そんな必要に迫られて収集した資料が、この本となったわけであろう。

釣や競馬や麻雀に熱中のあまり、それらについての本を書く人はよくある。早くいえば、その対象が官吏となった形であろう。ページをめくると、さまざまなことがのっている。ルソーやソクラテスをはじめ、官吏についてのたくさんの格言が出てくるかと思えば、支配者の女性関係が統治に悪影響を及ぼした実例も紹介されている。

豆外電のたぐいもある。ある英国人がオーストラリアに出かけ、独身を通して不毛の荒野の開拓に一生をささげた。石けんでからだを洗ったこともなく、ひたすら節約をつづけ、死後には当時の金で二千万円の金が残ったという。だが相続人がなく、それは国庫におさめられた。ロンドン・タイムスは「大英帝国はこのような無名の英雄で築かれているのだ」と賞賛したそうである。

こういったたぐいを頭に入れ、議論のあいまに連発したのだろうから、相手をさせられた官吏もたまったものではなかったろう。

毎日毎日の議論の予習復習が整理され「官吏学」の本となったらしい。時には、本を書くために議論をやったこともあったにちがいない。そして、できあがったら議論相手の官庁にくばってまわったそうだから、むこうもめんくらったことだろう。もはや、こんな性格の者はあらわれないことと思う。

官吏への文句をあげれば、きりがない。不親切である、能率が悪い、責任のがれ、心からの謝罪をしない、恩きせがましい、などかずかずある。

私は自由業のおかげで、ほとんど官庁と接触がないが、それでも同様の体験はいくつかある。いつだったか、あまりのことに腹を立て、コッパ役人をもじってコッパ公務員という新語を作り、友人たちに披露《ひろう》した。こんな語を聞いたら、官吏は怒るだろうか、それとも反省するだろうか。

しかし、こういった不満はだれしも抱いている感情であり、いまさら列挙したところでしょうがない。ぶんまんをぶちまけるのは一時的にいい気持ちだが、それはなんの結果ももたらさないのである。また、考えてみれば、官吏をこう仕上げたのも、官庁の目をごまかして不当なうまい汁を吸おうという人がいるからでもある。ニワトリと卵のようなものだ。

そんなことより、合理的な管理学を検討するほうが先決であろう。この分野がどのていど研究されているのか知らないが、あまり私たちの耳目にふれない。未来学などいまや時代の花形だが、官吏学のほうがむしろ重要なのではないだろうか。

電子計算機の導入なども未来への課題だろうが、うそ発見機を改良し性能の高いものを作り、官庁へ導入することも、やはり同様に重要なことであろう。でたらめな書類を提出した国民は、それにより窓口ですぐ判別される。不正官吏は定期検査ですぐ発見され、やめさせられる。能率的なことではないか。

しかし、実現には各方面からの強い抵抗があるにちがいない。それなら、その抵抗の原因や理由はどこにあるのか、といったことも官吏学の研究題目になるわけである。

私は納税者として支出予算の増大は好まないが、官吏学会については、国家が金を出して作ってもいいのではないかと思っている。

一日コンピューターマン

「なにか体験してみたいことはありませんか。なんでも手はずは整えます」

と、「週刊読売」から電話がかかってきた。私は提案する。

「一日成り金というのはどうでしょう。人知の限りを尽して金を湯水のごとく遊興に費すのです。それとも、トピック的なのがいいのでしたら、心臓移植手術はどうでしょう。患者を用意していただければ……」

「そんなふざけたのは困ります。もっとまじめなのはありませんか」

それではと、首相のボデーガードを提案したら、それもぐあいが悪いと告げられた。そういうものかもしれない。警備体制をまじめに描写し、正確に記録したら、暗殺手引書にもなりかねないわけである。そんなことで事件が誘発されたら、私だっていい気分ではない。

しばらく考えさせてもらうことにし、いい案もないまま困っていると、夜中に小松左京から電話がかかってきた。彼は親切な男で、なにか面白い情報に接すると、大阪からわざわざ知らせてくれるのである。今回は外電関係のニュース。

「アメリカのベル電話会社がストにはいったそうだ。しかし、そのとたん、開発されたばかりの長距離電話自動交換機が、全性能を発揮しはじめた。四十年間は事故を起さないという保証つきの装置だそうだ。労組はあわてる。だが、もっとあわてたのは経営者側。人間不要がはっきりしてしまう。たちまち歩み寄りが成立し、スト解消……」

「そいつは傑作だ」

と私は答える。意外な事件はみな傑作なのである。ひとむかし前ならSFになるような話が、現実の世界に侵入しはじめている。コンピューター革命が徐々に進行しつつあるようだ。新聞紙面のコンピューター関係の記事もふえる一方。しかし、こんなニュースに接すると、人はどう感じるのだろうか。

「働かないで生活できる日も遠くはないらしいぞ」と喜ぶ人と「全人類が失業してしまうのではないか」と心配する人とがあるのではなかろうか。革命後の政権は、楽観党と悲観党との二大政党によって争われることになるのかもしれない。私はどちらを支持したものだろうか。

「では、コンピューターとデートでもしてみますか」

と私は言った。編集部はそれでいいと言う。だが、なんとなく気おくれがしないこともない。恥をさらすことになるが、私は電気に弱いのである。できるのはソケットをおすことぐらいだ。

しかし、そうびくびくすることもあるまい。マクルーハン先生が、テレビ文明を大いに論じているが、彼だって、テレビの修理はできないにちがいない。ヒッピー現象を論ずる人だって、LSDの成分を知ってはいないのだ。

かくして私は、読売新聞社の電子計算機室を訪れた。

コンピューターとは本来、計算する人の意味である。それを装置の名にしてしまったわけだが、こんどはそれを操作する人をなんと呼ぶかが問題となる。コンピューターマンという語ができている。いささか混乱の感がある。

わが国でも、コンピューターとか、電子計算機とか、略して電算機とか、さらにちぢめて電算だけで片づけるとか、さまざまな呼び名がある。執筆者のほうは、スマートで書きやすいコンピューターの語を使いたがり、新聞記事は字数の少なくてすむ電算機を使っている。

早いところ統一すべきではないだろうか。国語審議会は、こういう点も取り上げるべきだ。

世の中には、電子計算機とコンピューターを別のものと思っている人だって、たくさんいる。ほんとの話。

部屋にはいると、係の人が何人か集り、装置のふたをあけ、検査器のようなもので調べていた。これが日課のひとつなのだそうである。週に一回、大がかりな点検をやり、毎日一時間かけて、検査を繰り返すことになっている。

演算装置とやらのなかを、おそるおそるのぞいてみる。トランジスターかパラメトロンらしきものの、こまかくいっぱいに並んだ板が、何層もおさめられている。その板の裏面は、細い電線コードが複雑にからみあった感じで、びっしりとはりめぐらされてあった。そのほか、名も知れぬ部品がうじゃうじゃある。

「この細いコードを一本、そっとちょんぎったら、どうなるでしょう」

「そんなことをしては困りますよ。だからこそ、点検をこれだけ綿密にやっているのです」

正確さが生命の装置である。人為的なものは論外としても、接触不良の個所があって事故を起しては大変なのである。しかし、コードを一本ちょんぎったらどうなるかの疑問には、答えてもらえなかった。

このような入念な点検は、安心感を与えてくれるが、私のようなしろうとには、不安感をも与えるのである。毎日、お医者にかかっている人間のようではないか。

私もコンピューターの解説書を何冊か読んだが、このような、しろうとの疑問点に触れたのはない。よらしむべし知らしむべからず、といった印象を受ける。弱点は弱点として、はっきりしてもらいたいものだ。自動的に計算された電話料金の請求が多すぎるとかいう苦情が、ときどき新聞にのるが、なんとなくすっきりしない。そのうち、国会の大臣答弁にも「私は間違っていなかった。計算機の事故でした。まことに遺憾に存じます」というのが出ないとも限らない。

解説書への不満をもうひとつ。たいてい、最新式のコンピューターは、一秒に三十万回以上の足し算をやってのけるとか、一つの情報の因子は、百万分の一秒という電流に乗せられるとか書いてある。

なぜ、こう大きな数を使いたがるのだろう。性能の驚異を強調したいねらいはわかるが、一方、多くの人への心理的抵抗をうみだしている。日常的感覚から飛び離れた数字というものは、とかく敬遠されやすい。なんとかならないものであろうか。

コンピューターの記憶部分は磁気テープである。テープレコーダー用のを大きくしたような感じのものだ。社員ひとりの入社からの給与の変化、異動昇進などの経歴は、テープ一センチにおさまってしまうという。

「人生とはテープ一センチなりか」

といった感慨でも浮べばいいのだろうが、私はSFを読みすぎているためか、なんとも思わぬ。人間だれも、もとをただせば、顕微鏡でやっとわかる大きさの生殖細胞である。かさで判断するのはよくない。

そもそも、いままでの書類や帳簿の山といった形のほうが異常だったのかもしれない。テープの記録は瞬時に取り出せる。紛失でうやむやになることもない。そして正確となれば、個人の尊重ともいえるわけである。

もっとも「うやむや」とか「過去を水に流す」とかいう現象を、日本的美徳だったとすれば、それらも消えてゆくわけで、悲しむべきことと言わねばならぬ。

データの記録には、パンチカードを用いることもある。穴のあいたカードのことで、それをつくる係がキーパンチャー。

吸音壁に囲まれた部屋のなかで、若い女性たちが、キーの文字など目にもとめず、機関銃のごとく打っている。一時間に一万の速さだそうである。

私も試みてみたが、キーにしるされている数字をひとつひとつながめ、たどたどしくてみっともないことおびただしい。彼女たちに尊敬の念をいだく。みな十六歳から二十五歳ぐらいまで。恋愛したり結婚したりすると、能率が落ちるそうである。

となると、ここの女性たちには恋人がいないことになる。このあいだ、テレビを見ていたら、アメリカの大企業で何百人という女性たちが、パンチ作業をしていた。だれも恋愛をしていないことになる。

コンピューター時代になり、恋愛の形も変わってきたというべきなのであろう。ホットからクールへの変質である。むかしのような、胸の火を燃やして恋わずらいになる、という現象も、また消えてゆくのである。なんだか残念でならない。

キーパンチャーは一時間打って、十五分休む。二人一組でまったく同じ作業をやり、あとで照合機にかけるから、パンチのやりそこないという誤りは発生しない。

心配性の私は、それを知ってほっとする。

このカードをパンチする作業は、データを数字に翻訳することである。コンピューターにはカード読み取り装置がついており、与えられたカードを一分間に七百枚のスピードで処理する。

現在、各官庁にコンピューターが導入されつつあり、それは能率化のため、いいことだ。しかし、日本を各地域に分けて分類するとき、それにつける番号が役所により、それぞれ違うそうである。

東京を中心に若い番号からはじまる役所もあれば、北のほうから一、二、三とはじまり、南に向かうのもあるという。国勢調査用、電電公社用、国鉄用、選挙事務用と、統一がないのだ。七月一日から郵便が番号制になったが、これまた独自の分類番号になっている。能率化のなかの非能率というべきか。

私の好きなある外国の科学者の言葉に「機械がいくら人間に迫ろうが、それはこわくない。人間が機械のようになる傾向がおそろしい」というのがある。そんなことになるのではなかろうか。むかしは、住所姓名だけでたりたのが、将来は各官庁用の自分の番号を、たくさん覚えておかなくてはならなくなる。どっちがコンピューターだ。

さて、演算装置や記憶テープ装置に囲まれ、中央に操作テーブルがある。大型のタイプライターのごときもので、許可を得てキーをたたいてみた。

各種のキーがあるが、あまり妙なところを押し、高価な装置がこわれた、などとおこられては困る。

あたりさわりのなさそうなのを、そっと押すにとどめる。

そばでは多数のランプが点滅し、いい気分である。しろうとには意味ありげに映るが、装置のどの部分が使われているかを示すものだそうだ。係の人に質問をする。

「コンピューターを使いこなせるようになるには、どれくらいかかりますか」

「まあ一年ぐらいでしょう」

コンピューターは、人間が一生かかる計算を、あっというまにやってのける。それなのに、使いこなすための一年という期間を、三十秒にはちぢめてくれない。これがすなわち、ソフトウエアである。まったく妙な言葉だ。

はじめてこの語を目にした時、やわらかい服のことかと思った。コンピューター用語とわかってからも、装置にかけるカバーかなにかのことだろうと思ったものだ。しかし、ウエアのつづりが違い、品物の意味。活用する技術のことなのである。

一方、ハードウエア、かたい品物とは、コンピューター関係の装置およびその性能のことなのである。たとえていえば、自動車をハードウエアとすれば、運転技術がソフトウエア。

「どうだい、そのごの恋愛の進行は」

「いや、すごいハードウエアなんだが、ソフトウエアがだめでね」

といった会話がはやるようになるかもしれない。美女が存在しているのだが、どう扱っていいのかわからず、さっぱりものにならないという意味である。

それにしても、無形の技術に、やわらかい品物と名づけたのは面白い。アメリカで開発された当初から、扱い方も金銭に価値すべきだと認められたからであろう。

そこへゆくと、わが国には、技術とかアイデアとか頭脳の働きには金を払う必要などないとの伝統がある。考えてみると、日本文化というものは、おそろしく物質万能である。わが国のコンピューターの販売普及で、ここに最大の難点があるらしい。

どの社も利用技術に金を払いたがらず、メーカー側はやむをえず、アフターサービスの形で、本体の価格に含めることになる。

しかし、最近の新聞によると、電電公社が新しい目的のためのコンピューター購入にさいし、ソフトウエアを一億円と評価して、本体とは別にメーカーに支払ったという。

これは画期的な出来事といえる。人間の頭脳が、コンピューターのオマケでなくなりはじめた。大きく報道した新聞がほとんどなかったのは残念でならない。電算汚職などより、はるかに、喜ばしい事態であろう。

もっとコンピューターをいじりまわしてみたいのだが、ソフトウエアのない私では、どうにもならぬ。扱いなれた人を通して、その様子をうかがうことにする。

「競馬の予想はできませんか」

「馬の体重、タイム、負担重量、ワク順、騎手、過去の勝敗、調教状態などのデータを入れてやってみましたが、確実な予想はできません。勝つ決め手がなんなのかはっきりしませんし、調教状態というものが数字にあらわしにくくてダメなのです」

数量化できない要素があると、コンピューターでもお手上げである。私たちも「きょうは調子がいいぞ」などと言うが、完全好調に比べて何十パーセントぐらいかとなると、自分のことながら戸惑ってしまう。まして馬だ。正確な予想は、当分むりらしい。

「株価の予想はどうでしょう」

「できたとしても、公表したとたん、株価が変動しはじめます。的中しないでしょう」

昭和三十九年に経済企画庁が、コンピューターで大がかりに景気予測をやったが、みごとにはずれた。原因はいろいろあるが、公表されたものを参考に、未来の先取り、つまり抜けがけでもうけようとした連中の多かったことがそのひとつらしい。

これまた、コンピューターの手におえない分野である。

「コンピューターは、肉体労働をも軽減するでしょうか」

「ひとつの例として、国鉄に車両連結手という職種があります。貨物列車を編成する時、貨車を誘導する係です。飛び乗ったり飛び降りたり、危険でもあり、熟練を要する。雨や嵐だといって休むわけにいかない……」

あまり労働条件がよくないので、なりてがない。しかし、近いうちにコンピューターが機関車をリモコンで動かし、無人化されるようになるそうである。

そのほか、いろいろな分野で大幅に労働を軽減している。それでいて、コンピューター導入を原因とする労働争議は、わが国ではまだ一件も発生していない。

意外な気もするが、勤務条件がそれによって悪化した例がないのである。また、各企業が膨張期にあり、慢性的人手不足が続いているためである。それぞれの個人のなかには、長いあいだ親しんできた仕事から配置転換させられ、内心で感傷にひたった人があったとしても……。

「コンピューター時代になると、ちょっとの故障でも大混乱になりませんか」

「その対策もあるのです。たとえば、国鉄の切符自動予約装置。本部は秋葉原で、各駅の切符売り場の窓口とは、電話線と信号線の二本で連絡しています。また、二台のコンピューターが、並行して同じ仕事をしている。ですから、一方の線が切れ、一台が故障しても大丈夫なのです」

私の心配は、また解消した。一台を衆議院とすれば、もう一台は参議院というわけであろう。

いまや銀行も、全国どの支店でも、ひとつの通帳で出し入れができるようになった。これも、本店のコンピューターとすべて連絡されているおかげである。銀行というと帳簿を連想するが、もはや記録はテープで、めざましい能率化である。

いつだったか、日本資本主義をやっつけるんだと、銀行へダイナマイトを持ち込んだ変な男の事件があった。つかまったからいいようなものの、計画的にコンピューターを爆破でもしたら、それこそ金融界が大混乱におちいるのではないだろうか。べつに、そそのかすつもりではない。心配性のSF作家の空想である。

もちろん、銀行は、万一にそなえて複数台のコンピューターを使っており、保安態勢も万全にちがいない。しかし、各企業では、手薄なところもあるようである。このような時代になると、大金庫のなかの現金などより、コンピューターと記録テープのほうが、はるかに貴重なはずである。窓からほうり込まれた一発の手投げ弾で企業が倒産では、なさけないことになる。

「コンピューターが悪用されることはないでしょうか」

「アメリカでは、脱税の監査にコンピューターを使っています。一方、民間の商店や個人に依頼されている税理士たちが、共同してコンピューターをそなえ、このへんまでなら申告が認められるという限度を算出しているそうです。コンピューター同士のかけひきという形です」

悪人の集団には人数に限界があり、コンピューターを入手できるほどの犯罪組織はちょっとない。だが、警察はつぎつぎとそなえつけられる。これからは犯罪者側に不利な時代になりそうである。

「コンピューターに過大な期待をいだいている人が多いようですが……」

「速く正確に計算する装置で人間に使われてはじめて性能を発揮するものです。その点、ガスや水道と本質は同じです」

私たち日本人は、神の意識をまるで持たない。それはそれでいいのだが、その空白を埋めるために、科学をあがめ、コンピューターに万能のお告げを期待し、神の座にすえたがる。

その風潮に迎合したほうが安易なので、そんな印象を与えるような書き方をした記事が時たまある。危険な傾向というべきだろう。あくまで、便利な装置であることを忘れないようにせねばならぬ。

また、便利な装置が必ずしも幸福をもたらすとは限らない。ふえすぎた自動車がいい例である。コンピューター時代となると、情報の収集、処理、利用が飛躍的にスピード化され、それで社会が発展はするのだが、その発展は、坂をころがる雪ダルマのように、加速される一方となるのではないだろうか。

目まぐるしく出現し、すぐ古びてゆく無数の商品。人に要求されるたえまない勉強。この連続を、いい生活と呼び、幸福と呼んでいいのであろうか。

私にはよくわからない。私が心配性のためなのか、だれも悲観的な説を出さないことへのアマノジャクのためなのか、私はいずれすごいパニックが来るような気がしてならない。

アメリカにおけるコンピューターの分野の開拓者、ウィナー博士は「いずれは難破する船に乗り込んだようなものだ」と言っているという。彼らが神の意識とともに、終末思想をも持っていることによる予感であろう。

アマノジャクであり、心配性の私も、それにならい、にがいジョークをひとつ考えついた。

〈コンピューターは、五十人の人間が徹夜で二百年かかってやる仕事を、二十秒で片づける。その割合なら、ゆっくり使えば、あと五十万年はある人類という種族の寿命を、二百年ぐらいで片づけてしまうかもしれない〉

不眠症

世の中には寝つきの悪い人が何パーセントかいるにちがいない。私もまたそうである。私の表情はどちらかというと子供っぽく、他人にはすやすや眠るように見えるらしいが、現実はちがうのである。眠ればあどけない寝顔になるだろうが、そこに至るのが一苦労。どうしているのかというと睡眠薬である。

大学卒業以来ほとんど欠かさず飲みつづけだ。まさに習慣性である。だが中毒ではないようだ。量のほうもほとんどふえていないからである。飲んだことで安心する。睡眠薬を飲んだ。そのうちきいてくるぞ、ほらだんだんきいてきた、眠くなるはずだ、眠くなってきた、眠い、というしかけである。自己暗示というわけだろう。気のせいである。しかし、この気のせいというやつは、なかなか微妙で、まことにあつかいにくいしろものである。

不眠症なら眠らなければいい、などとよく雑誌などに書いてある。しかし、それで全快した人があるのだろうか。私は自由業であり、つぎの日に定時に出勤することもない。しかし、眠くなるまでそのままというわけにもいかないのだ。そもそも、眠くなるまで雑念もなく平然と待てる人は、はじめから不眠症などにはならないのじゃないかしらん。ただ待っていても、少しも眠くならず、雑念だけがわいてくる。これでやっと眠れたとしても、目ざめがとんでもない時刻になるにちがいない。午前中の電話は家人がメモしておいてくれるが、午後にはその返事を私がかけなくてはならない。それに食事も変な時間になる。それでずらされ、夜の食事時刻も移動することになる。家の者によけいな手間がかかる。原稿を書く時間もまたずれ、それが終ってから寝るとなると、そのつぎの目ざめはさらにめちゃくちゃになる。家庭生活を破壊しかねない。

こう雑念がひろがるのである。酒を飲んでもいいのだが、酔いを越えてさめかけると、頭がかえってさえてしまう。そのあとはいかに飲んでもだめなのだ。結局、えいめんどくさいと、睡眠薬を口にほうりこむということになる。安あがりで簡便な解決法だ。もちろん、中毒ではないにしても睡眠薬がよくないことは承知である。健康にいいはずがない。また眠っているあいだに地震などがあったら、逃げおくれる可能性も大きい。なんとかしたいとは思うのだが、ほかに方法もないのである。

ひとつ一週間ほどひまを作って、温泉地の静かな旅館にでも滞在してみようかとも思う。仕事を考えず、眠くなるまで眠らない生活とやらを試みるわけである。

というところまでは決心するのだが、そんなことのできる旅館があるだろうか。旅館やホテルは家庭以上に時刻の制約がある。夕方ちかくに起きて軽い食事をしようとしても、そうはいかない。夜中に空腹となっても、どうにも方法がない。また、夜中や朝には遊べないのである。室の掃除時間が不規則だと、旅館の人がいやな顔をするだろう。しなくても、内心ではぶつぶつ言うか不審の念をいだくにちがいない。そんなこと気にするなとの意見もあるだろうが、気にならぬような人は不眠に無縁の人である。それに、ひとりではひまを持てあます。遊び相手に友人を連れて行けば、そいつの立場を考慮し、眠る時刻をあわせなければならない。あれこれ考えあわせ、転地療法には希望が持てないのである。

どうやら根本は、私が世のしくみにあわないのである。朝おきて、昼に仕事をし、夕方に遊び、夜に眠る、それを二十四時間周期でくりかえすというのが世の大勢。私がずれているのだ。流行語を借用すれば、反体制の人間ということになる。体制側に言わせれば、おまえが悪いんだということだろうが、こっちに言わせれば、悪いのは体制側である。多数をたのんで勝手に秩序を作りやがって。

にくむべき体制である。できることなら根こそぎ破壊してやりたい。しかし、破壊のあとにどう建設すればいいかとなると、これは難問である。世の人びとが私にあわせ、私の目ざめとともに起床し仕事をし、私が眠くなる時に眠ってほしい。その時刻は毎日きまったものではないだろうが。

不可能なことだ。それに私には角棒を振りまわしてくれる同志もいない。仕方ないので、投石がわりに口に睡眠薬を投げこむことになってしまうのである。

知的興味

病原菌を殺す化学薬品のしくみを書いた本を読んだ。その菌の栄養物とよく似た構造を持つ化合物なのである。だから、菌はそれを体内に取り入れる。しかし、構造が少し違っているため、体内の生理機能に乗らず、本体をだめにしてしまうのである。

私は読んで非常に興味を覚えた。これにいろいろ寓意《ぐうい》を持たせることもできるわけだが、この知識自体が面白くてならないのである。なぜ、こういうことを学校で教えないのであろう。断言はできないが、現在においても、学校では物事の暗記が主力となっているのではないだろうか。学問とは理解であり、暗記ではないはずである。暗記が学問の面白さを大いにそこなっているようである。

学問とは本質的に面白いものではないかと思う。それを知らせてくれるのが教育の第一の目標ではないだろうか。冗談をいって生徒を笑わせたり、悩みごとを親身になって、相談に乗ってくれる先生も、たしかに好ましい存在だ。しかし、学問への知的興味を刺激し、それを啓発してくれる先生に及ぶものはないのではないかと私は考えている。

公団住宅

公営団地なるものがある。その数はぞくぞくとふえつつある。私はあまり外出しないが、時たま郊外などを通ると、高層アパートのむやみと密集したのに出くわし、目を丸くすることがある。すなわち公営団地だ。そんなのをながめていると、なんとなく妙な気分になるのである。

住んだことのない私が団地を論ずるのは変かもしれない。もっとも、類似した経験はある。東京都住宅公社の高層アパートに何年か住んだ。

公社が公団その他とどうちがうのかは知らない。しかし私の場合、前任者にまとまった金を払って引きつぎ、出る時はつぎに入る人から、それより少し多い金を取ることができた。つまり、住人がその部屋の所有者であるという形式なのだった。

ところが、公営団地はそうなっていないらしい。早くいえば間借りである。そして、その家賃が民営のにくらべてはなはだしく安いのが特長である。政府の手によって税金がまわされているからだ。なぜ一般人のおさめた税金で、ある特定の人の家賃の補助をしなければならぬのか、考えてみるとどうもおかしい。この矛盾《むじゅん》を分析し、鋭い批判を加えたいところだが、まとまらない。データが不足だし、私の頭があまり論理的でないからだろう。

それはともかく、現在においては、団地に住めるのは非常な幸運である。特権階級だ。自己の努力で、特権階級にのしあがった人なら、それはそれでいい。だが、入居のクジに当っただけで特権階級になれるというのは、ちょっとおかしくはないか。現代ではクジ運の強いことも実力の一つなのかもしれぬ。

しかし、べつにうらやましがっているのではない。彼らは幸運であると同時に、それにしばられて身動きできないのである。つまり、非常に安い家賃という特権を捨てて、よそへ移る気になれないのだ。自己の所有でもない住居の、目に見えぬ糸にがんじがらめにしばられてしまっている。

他の地方の新天地で一転換をするチャンスがあっても、この特権を捨てるのが惜しく、その実行にふみ切るのをためらう。団地の自宅がコンパスの脚の一本になり、その円から出られない。そんな状態でただただ人生をすごしてゆく人が多いのではないだろうか。

また、団地サイズという語があるとおり部屋の大きさは寸づまりである。それなのに、食生活の向上によって、むかしにくらべ体格は驚異的に大きくなる一方である。ガラスびんのなかでヒナを育てるという残酷な行為があるが、なにかそれを連想させる。

カモイには必ずおでこがぶつかるという結果になる。つねに頭上を気にしていなければならない。いつも頭上を気にしつづけると、精神まで卑屈になるのではないだろうか。そして、体格がよくなればなるほど、その相対的な圧迫感は高まる一方なのである。

限られた空間のなかで大きくなるのは、住人の体格ばかりではない。物品もそうだ。日本でむかしから使われていたチャブ台という便利なものがあるのに、なぜか人はあまり使いたがらない。空間をむだに占領するテーブルや椅子を入れたがる。これが近代的というわけなのである。

日本における近代的とは、すべてこのようにムード的で不便なものなのだ。

そのほか、テレビ、洗濯機、冷蔵庫は必需品である。さらにステレオや百科事典など、販売攻勢に負けるたびに貴重な空間が奪われてゆく。

日本では人口調節が成功したと言われるが、団地のせいにちがいない。子供を作ろうにもすでに物品が場所を占めていて、もはや空間にその余地がないのだ。

せまいところで夫婦が顔をつきあわせているため、倦怠期《けんたい》も早くくるが、離婚にまでは進みにくい。ほかに住居を見出せないからだ。低家賃の団地に住むという幸運は、すべての事柄に優先し、みずからをしばりあげているのである。

低家賃ということは、それだけ金がたまることを意味する。だが独立住宅を買えるほどの額にはならない。資金をためて事業をはじめる気にもならない。豪華なものを買い込もうにも、空間に限りがある。

教育ママなるものの発生の原因も、またここにある。旅行ブームという現象はこのためかもしれない。ほかに金の使い道がないからだ。教育というものは、いかに押しこんでも、それで子供の頭が大きくふくれたりはしない。

かくして、使い道の限られた貯金がむなしくふえる。しかし、そのうちインフレで貯金の実質がへってゆくのである。へったぶんがどこへ行くのか知らないが、だれかがもうけるわけであろう。そのもうけが税金となって、また新しく団地が建ち、多くの希望者のなかから、クジ運の強いという実力を持った人が入居するのである。

そして公営団地はぞくぞくと建つが、地方から都市への人口の流入はそれを上まわる。

限りない悪循環といえそうである。

柔軟な精神と未来への大きな可能性を持ちながらも、若い夫婦は団地居住の幸運をめざすのである。そして、クジに当ればそこを長い冬ごもりの場所ときめ、二度と外界へはばたこうとしない。

こうしてみると、団地とは現代の鋳型《いがた》といえそうである。建築関係の人に聞くと、未来においては、住宅は不動産であってはならず動産であるべきだと主張する。いつでも自由に移転できるのが望ましいという。

しかし、現実にはそれと逆の方向に進んでいる。人生をある地点に固定化するという傾向だ。近い将来に改善されそうなようすもない。現代の矛盾の典型のようだ。

しかし、ではどうすればいいのかとなると、私は頭が散漫で、残念ながらこれ以上の展開ができない。疑点の指摘にとどまるしだいである。

進化したむくい

「進化した猿たち」という本の第一章で、私はアメリカの死刑漫画を大量に紹介したが、書く時はいささか緊張した。「世の中には笑いものにしていいことと悪いことがある」と、進化した猿愛護協会あたりから抗議が来るかもしれぬと心配したからである。

しかし、そんなこともなく、といって死刑制度検討委員会の委員になってくれとのたのみも来ず、また死刑漫画ブームにもならない。好ましい状態である。世の中に精神的余裕ができた証拠で、ユーモアがユーモアとして通用するようになったわけであろう。

おかげで私も落ち着いて収集をつづけることができる。もっとも私のコレクションの本命は孤島を舞台にした漫画だが、それはあまりに多く、いまだに未整理。ここに拾遺の形で取りあげるのにまにあわぬ。そこで、そのごの収集のなかの死刑物の追加紹介をする。恥ずかしいことだが、もしかしたら私は内心、死刑が好きなのかもしれない。いや、もしかしたらあなただって……。

銃殺の好きなふとった王様を描いた漫画がある。まず体重のふえるのが面白くなく、レンガの壁の前に体重計を引き出し、ものものしく銃殺にする。反逆者の処刑も普通の方法ではあきたと、柱にしばった囚人の上に、大きな石をヒモでつるさせる。そして銃殺隊には、そのヒモをねらえと命じるのである。命中すれば石が落下し、囚人をつぶすのだ。

銃殺マニアとなると、さらに手がこんでくる。シーソーの一端に石を落下させ、他端にのっている囚人を空中に飛ばせるのもある。銃殺隊はクレー射撃のようにそれをうつのだ。ひどい話だが、それをとぼけたタッチで絵にしている。深刻なことをユーモラスに仕上げてある点に、私はいつも感心する。くだらぬことを深刻に大げさに扱ったものが、世の中に多すぎるせいであろう。

処刑寸前、囚人が最後の願いで豪華な食事をする図はよくある。いつまでも口をもぐもぐやっている囚人をながめ、看守がいらいらした口調でこう話しあっているのがある。

「あいつ三時間もねばっているぞ。最後の肉をかみつづけ、まだ食事がすまないのだそうだ」

デザートにチューインガムを注文するのも、いいかもしれない。いかなる状態をもって、チューインガムを食べ終ったと称するのか。

最後の願いで女性を求めるのもよくあるが、その新アイデア。刑務所長の夫人を指名するのである。あとで知って所長が怒るが、看守は「前例のないことですが、なるべく希望をかなえてやれとの、所長の方針に従ったまでで……」

これを逆にした構図のもの。処刑囚の美女が銃殺隊長に最後の望みをささやき、隊長は赤くなりながら、まんざらでもない表情になる。つまり、隊長と愛のひとときを持ちたいというわけ。

しかし、その希望をかなえてやったりすると、いざという時、隊員たちが銃をいっせいに隊長にむけることになる。ひとりじめはずるいとの不満の爆発である。

銃殺隊の隊長が囚人に、こう注意しているのもある。「おい、ふるえるのをやめろ。部下たちがねらいにくいと困っている」

また「気楽にしろ、おれの部下たちは射撃のへたなやつばかりだ。急所をはずれるにきまっているから、死ぬまでに時間はたっぷりあるぞ」などという、すさまじいのもある。だが、さっと死なせるのと、じわじわ死なせるのとどちらがヒューマニズムかとなると、これは大問題。安楽死の論議ともからんでくる。

三日かけてなぶり殺しにすると言われたら、人は即座の死のほうを望むだろう。しかし、一年がかりとなると、こっちのほうを選ぶにちがいない。結局は時間の長さの問題なのだろうか。その境目は何日ぐらいのところにあるのだろう。一枚の漫画も、けっこう考える種となってくれる。

最後の願いで、首つり台の下にトランポリンを置かせるのに成功した死刑囚もある。ぴょんぴょんはねて、してやったりという表情。しかし、永久にそうしてもいられないわけで、漫画とはいえ気になることだ。

処刑寸前の知事からの電話という光景は、映画では使い古されているが、漫画にはこんな劇的なのがある。電話を受けた看守が叫ぶのだ。「知事が言ってます。自分が真犯人だと自白すると……」

これと逆なのもある。「知事からの電話で、まて、電気イスのスイッチはおれに入れさせろとの命令です」と看守が言っているのだ。助命嘆願書を読み、凶行の悪質さを知った知事が、かんかんになったのである。

処刑の前に弁護士がやってきて、囚人にこう言っているのもある。「手をつくしたが、助命は無理です。しかし、喜んで下さい。あなたの犯罪物語を、一流映画会社に高く売りつけるのに成功しましたよ」

銃殺の号令寸前、どこからか入ってきた子供が、ゴムのパチンコで石を囚人に命中させている図もある。あどけないいたずら小僧も、こんなところに出現すると異様である。

ギロチンに交通標識をとりつけた妙な構図のもある。この種の漫画ののっているのは紙質の悪いパルプ雑誌で印刷がかすれて文字がよく読めない。しかし矢印を上にむけ〈天国行〉、下にむけて〈地獄行〉なんてのをつけたら、ユーモラスになる。

銃殺隊長が囚人の胸に〈当ったらおなぐさみ〉と書いた札をぶらさげているのもある。それを見て囚人も、きゃあきゃあ笑っている。殺すほうも殺されるほうも、こう人間ばなれしてくると、たよりない気分になってしまう。

ガス室に囚人を押しこみながら「早いとこ、こいつを満タンにしてくれ」と自動車あつかいをする看守。ガス室の壁に「化学は人類の生活を高める」とのポスターのはってあるもの。電気イスのそばの壁に「おすわりになるのにチップは不要」と書いたもの。

病死寸前の死刑囚。所長あわてて医者を呼び「処刑の時刻なんですよ、先生。カンフル注射かなにかで、電気椅子までもたせて下さい」と、まさに官僚的そのもの。

電気椅子にすわらされた囚人に、看守「あいにく停電なんだ。おまえ、自分でこれを回せ」と手回し式発電機を渡している図もある。

言語道断なものばかりだ。しかし漫画を怒ってみても仕方ない。死刑という制度の存在が原因である。さらにさかのぼれば、死刑にあたいする犯罪をおかすやつの存在がいけないのだ。そんな犯罪をうみだす要素のある社会がいかんのだ。そんな社会を作った人類がいかんのだ。猿から進化したのがいかんのだ。いずれにせよ、私のせいではないことはたしかだ。

最後にひとつ、ほろりとする構図のもの。ギロチン係がペットの鳥に「おまえも、このごろはエサが少なくてかわいそうだな」と悲しげに話しかけている。人間は不完全なしろものだが、愛情を持っている。うえた鳥に寄せるこの思い。いうまでもなく、その鳥とはこの場合ハゲタカなのだが……。

万年筆

なんで読み、いつどこの国で起ったことかも忘れてしまったが、心に残る実話があった。外国の軍隊がある町に乗りこんで来たのである。司令官が市長と会見ということになる。部下を従え、軍服姿でものものしくあらわれた司令官、席につくとともに、腰の拳銃をはずしてテーブルの上に置く。癖なのか演出なのかはわからないが、威圧感を高めることはたしかである。すると、それに応ずるかのように、市長はほほえみながら、背広のポケットから万年筆を出し、同じようにテーブルの上に置いた……。

「ペンは剣よりも強し」という言葉があるが、一対一の勝負ではペンが優勢とはいえない。しかし、武器は同じ時間の限られた空間にしか、その力は及ばない。これに反して、ペンは過去の人物を再現することもできれば、未来を描くこともできる。文明を伝えるのもペンによってである。人類の最大の発明は文字であり、私たちの今日の生活は筆記具の先によって築かれたとも言えるのである。

アメリカの推理作家ウールリッチの短編に「万年筆」というのがある。爆薬をしかけた万年筆をギャングが作って持っているのだが、それがすられ、まわりまわって自滅する運命のいたずらの話だ。文字の読めないギャングが万年筆にやられるという点が面白い。しかし、万年筆に爆薬をしかけるとか密輸容器に使うなど、もってのほかだ。私は万年筆型のなんとかいうしろものには、どうも好感がいだけない。神聖なるものがみるみる減ってゆく現代ではあるが、だからこそ、万年筆の形は万年筆だけであってほしいのである。

こういってはなんだが、私の原稿はきれいなものである。字がうまいというわけではないが、いったん下書きをして、清書をするからだ。注文の多くが枚数の指定された短編であり、それにぴたりとおさめるには、どうしてもそういうことになってしまう。能率がいいとはいえないが、仕方のないことだ。

下書きは鉛筆かボールペンでやる。アイデアを模索する段階で、ここが最も苦しい。だが、それがすみ万年筆で清書する時は、これは楽しい。たいていの神話では、はじめに神が出現し、もやもやしたところに天地を作り、最後に仕上げとして人間をお作りになったことになっている。その人間を作る時の気分と似たようなものではないかと思う。だから、清書の途中でインキが切れ、字がかすれたりすると不快になる。楽しみをじゃまされたようなのだ。しかし、モンブランの万年筆には軸に透明な窓がついており、その心配がなくてありがたい。きめのこまかいくふうである。ちょっとした発明ではあるが、それによってどれだけ多くの人の不快さを消したか、はかりしれないことだろう。

使いなれた万年筆ぐらい、私にとって親密なものはない。買いたてはどこかぎこちないが、しばらくたつと、もはや肉体の一部のようだ。私は外出の時に万年筆を持たない。書斎でないと原稿を書けないせいもあるが、紛失するのをなによりも恐れるからである。そとで必要な時には、他人のをかりる。しかし私のは決して他人に使わせないのである。この点いささか自分勝手だが、なんと思われても、これだけはあらためない。そのため、先が摩滅して使えなくなっても、捨てる気になれない。私の魂が宿っているような気がするからである。

時間

かつて青春時代、ある女性とデイトしたことがあった。待ちあわせの場所へ行く、約束のほぼ十分前に行くのが私の習慣である。待つ間に私は彼女の美点ばかりを数えあげた。この世に彼女にまさる存在はないのではないかと思えてくる。だが定刻になってもあらわれない。

私の心のなかには、その時刻を境にし、今度は彼女の欠点が浮びはじめた。またひとつ、またひとつと浮び、四十分後にやっと出現した時には、世にこんないやな女はいないのではないかと、私はきわめて不快になっていた。時間には妙な作用があるものだ。そのころは若く一本気だったせいでもあるが、もともと私は時間にうるさい性格である。

私の親友に共通する特徴をあげれば、時間厳守の点である。ルーズなやつとは、つきあう気になれない。そしてこのように時間に神経質だから、私がSFのたぐいを書くようになったのかもしれない。

SFにはたいてい時間の要素がからんでいる。異なる時代へ旅をするタイムマシン。不老長寿の薬品。進化を加速して新しい生物を作る。人工冬眠で未来へ行く。光速飛行で帰郷すると浦島太郎のごとくなっている。一生が七日間という人間の物語などはかなさと奇妙さのまざった変な気分にさせられる。

平均約七十年という私たちの人生は、はかないものなのだろうか。一回転に二億年かかるという銀河にくらべたら、とるにたらない瞬間だ。しかし一方、光速で三センチ飛んで消滅してしまう素粒子もある。光速とは一秒に三十万キロメートル。それで三センチを飛ぶ時間だから、想像を絶した寿命である。私はこの素粒子のことを考えるたびに、人生がいかに長いかを感じるのである。

人類の文化は今や時間というテーマと取り組みはじめているようである。カメラの発明、蓄音機からテープレコーダーへの進歩などは、いずれも時間を越えて記録を伝達する行為である。古生物の化石から千年前の降水量や、二十一万年前の海の平均水温なども判明した。

高速で地球を回る人工衛星のなかの時計は、地上のにくらべて三十億秒について一秒だけおくれるという。この程度の時間のずれを測定する装置があるそうだから、驚異としかいいようがない。電子計算機のなかでは、情報の一因子は百万分の一秒で処理される。巨大な時間から極微な時間まで、科学はさらに開発を進めることだろう。

未来社会についての解説書などを読むと、空間や物質の利用ばかりがいやにくわしく書かれている。しかし時間の開発の方がもっと重要で、しかも興味のある問題だと思う。なにが生れてくるのか想像もつかないからだ。それにしても、私たちの寿命の方はどうなるだろう。医学の進歩はそれをのばしてくれつつあるが、他方ではふえる一方の公害や事故がちぢめつつある。天使と悪魔との戦いのようである。願わくば天使のほうが勝利をしめますように。

バックミラー

形容をすれば、こんなふうになるのではないかと思う。私たちは一つの乗物にのって、未来へと進んでいるのである。しかし、この乗物、後方を見る鏡であるバックミラーはついているが、前方を直接に見とおすのは不可能なのだ。

いままではこれでよかった。前方になにか障害物があって、それにぶつかったとしても、スピードがゆるかったから、たいした事故も起さない。ハンドルを切ってそろそろと進めば、さほどのこともなかった。

例をあげれば、飛行船。人間はかつて飛行船なるものを発明したが、その初期に爆発の惨事が発生し、数十名が死亡した。人びとは飛行船への警戒心をいだき、その開発を中止した。だが、より便利な飛行機の発達をうながすことにもなった。無理やり飛行船を普及させていたら、人的・物的な損害はかなりなものになったにちがいない。

また、人間は病気への各種の治療薬を考え出したが、有害なもの無効なものは淘汰《とうた》され、有効なものだけが残った。普及の速度がゆるやかだったから、犠牲が少なくてすんだのである。

しかし、現代はあらゆる面でスピードがついている。開発から普及まで、あっという間だ。私たちの乗っている未来へ進む乗物には、非常な加速度がついている。だから、なにかにぶつかったら、被害は大きいのである。前方が見とおせるのなら避けることもできよう。だが、たよりはバックミラーだけなのだから、どう考えても不安だ。

サリドマイドという薬品の副作用は、かなり普及してから判明した。大型タンカーが難破し、その油の流出による被害のひどさは、起ってみてはじめてわかった。

未来においては、この種のことがもっと大がかりに起りかねないのである。未来学なるものがうまれたのも、このような状況のためである。バックミラーにうつる光景、すなわち、これまでのあらゆるデータを集めて整理し、それによって未来を予測し、未来への進行を少しでも安全にしようというのである。

核兵器の貯蔵庫が大地震にみまわれたらどうなるか。人類の宇宙進出にともなって、未知の病原菌が地球に持ちこまれるということは考えられないか。新型自家用ヘリコプターの開発で、道路が無用の長物と化すのはいつごろか。どれも大変な問題で、各種の分野を総合しなければ答を出しにくい。また、答が出ても正確とは断言できない。

そして、検討すべき問題の件数はふえる一方、複雑になる一方なのである。手を抜くことは許されない。どんな混乱がおこるかわからないのだ。考えてみると、危機一髪の時代である。最もいい方法は進歩にブレーキをかけることだが、それはできない。

人間のエゴイズムのためである。だれもが他人に負けまいと必死だ。最近は「未来の先取り」などというていさいのいい言葉が使われているが、早くいえば「ぬけがけ」あるいは「ひとを出し抜く」である。それに、進歩こそいいことであり幸福の源泉であるとの、盲目的な信仰が定着している。したがって、スピードの加速はすごくなるばかり。危険は限りなく高まりつづける。

公害・十年後の東京

あなたは、いま、十年後の東京に住んでいる。三十六歳の男性。会社へつとめている生活だ。なぜそこに住み、なぜそんな生活をしているのか、考えてみもしない。もっとも、これはなにも今に限ったことでない。十年前だって、十五年前だって、そんなことを考えたことはなかったはずだ。ばかばかしいし、いそがしいし、ほかにもっと考えるべきことがたくさんあるような気がして。気がするだけなのだが……。

夢のあとをたどるように回想すれば、中学生のころにだったか、そんなことを考えた時があった。ぼくはなぜここに存在しているのだろうと。すばらしいテーマのように思え、ぞくぞくしたものだが、すぐゆきづまりあきらめてしまった。それからずっと、あなたはこのたぐいについて考えるのをやめている。賢明なことなのだ。考えたって結論が出てくるわけでもないのだから。

あなたは、まもなく目をさます。ほら、枕もとで目ざまし時計が鳴りはじめた。最初のうちは低くゆっくりした音なのだが、断続しながら高く激しい音になってゆく。心理学の原理を応用した、自然のめざめをもたらす効果があるという。本当かどうかはわからないが、そう広告をしているし、みなが買うからあなたも買ったのだ。そう信じていれば、それだけ精神衛生にもいいわけだろう。

あなたは音を耳にし、あわてて目をさまし、気がついて後悔する。きょうは土曜日で休日だったのだ。週休二日制。数年前からあなたの会社もそうなった。だが、身についた習慣はなかなか抜けきらない。このような勘ちがいを時どきやる。苦笑い。前の晩、眠る前に目ざましのベルが鳴らないようにしておくんだったなあ……。

あなたは手をのばしてベルをとめ、また寝床にもぐりこむ。そして、うつらうつらしながら、きのうのことを思いかえす。つとめ先の会社における、きのうの午後。苦情を持ちこんできた来客との応対で、いいかげん疲れてしまった。数名の主婦がやってきて、製品への抗議を持ちこんだのだ。あなたはまず、ていねいな口調で聞いた。

「どんなご用でございましょう」

「おたくの製品の品質についてでございますわ。きれいな塗料がぬってございますわね。見たところは美しくなっておりますけれど、有害物質を含んでるんじゃないかと……」

あなたは礼儀正しく答えた。

「ご心配なさらぬよう。当社は品質第一、慎重な会社でございます。官庁の検査ずみの塗料で、いままで被害の苦情など、ひとつもございませんでした。それとも、なにか根拠あってのことでございましょうか」

「もちろんですわ。塗料の部分をナイフでひっかき、ヒヨコのえさにまぜたんですわ。そうしたら二羽ほど死んでしまいました。あきらかに有害です。もし、この塗料がはげ、粉が飛び、料理に入ったら。それが赤ん坊のいる家庭だったらと想像すると、あたしたち、からだのふるえる思いがして……」

女たちに強い口調で言われ、あなたはむっとするが、そんなことは表情に出せない。

「そういうこともございましょうが、ヒヨコと人間とはちがいましょう。また塗料をはがして料理に入れるなどということは……」

とんでもない女たちだ。ヒヨコの死因だって、なんだかわかるものか。化学書を開いて説明したっていいんだが、そんなことで理解してはくれまい。どなりつけたいが、そうもできない。つっぱなすと、さわぎは大きくなるばかり、会社の立場もある。あなたはいらいらし、苦悩の表情を浮べる。だが、正義の味方のご婦人たちは容赦してくれない。

「企業のかたは、すぐそうおっしゃる。問題をすりかえようとなさる。あたしたちが申しあげたいのは、有毒かどうかなのです。あきらかに有毒ですわ。あなた、その塗料をお飲みになる勇気がございますか。ないでしょう。家庭内でそのような毒と、あたしたちが同居しているという点を見つめていただかないと……」

あなたは、くどくどあやまる。そとはちょっと寒い日だが、この応接室は暖房がよくきき、換気装置からはすがすがしい空気が流れている。しかし、体内や精神の調節まではおよばない。冷や汗が流れ、胸がむかつき、ジャングルにとり残されたような心細さだ。泣きたくなり、少し涙が出た。自分のみじめさにだ。

それをみとめたのか、女たちはやっと軟化してくれた。あなたは室を出て伝票を切り、社の製品セットを人数分だけ持って戻ってきて、おみやげがわりに渡す。女のひとりが言う。

「こんな高価なものは、いただけませんわ。わかっていただければ、いいんですの」

「いえ、当社として貴重なご注意をいただいたお礼です。消費者からのご意見による品質向上、新製品開発。益ははかりしれません。この程度のお礼では申しわけないほどで……」

「それじゃ、遠慮なくいただくわ……」

女たちはにこやかになり、笑いながら帰っていった。あなたは見送ったあと、腹を立てた。オオカミが来たとさわいでもうけるやつらめ。ごろつき女の恐喝屋どもめ。流行の先端をゆく知能犯だ。おまえらの亭主は、どんな仕事をしているんだ。おもしろくない。あの塗料は無害なのだが、有害なものにかえてやりたいくらいだ。

あなたは上役に口頭で報告する。上役はそれを聞き流して終り。絶対に無害かどうかはわからないが、この塗料で死ぬやつなんかあるものか。あったって十年に一人ぐらいだろう。万一、塗料の種類をべつなのにするなんてなったら、大変なことだ。ストックを捨て、宣伝をやりなおし、赤字を出し、社の利益は落ち、ボーナスがへる。あげくのはて、意見を出した当事者はみなにうらまれる。値上げをすれば文句の手紙が、株価が下がればへそくりを損したとうらみの手紙が、どっと送られてくる。

なににもましていやなのは、下請けの責任の場合だ。品質維持のため冷酷に言い渡さなければならない。だが、たいてい中小企業で、その改善ができず、どうにもならずに倒産するのをながめていなければならない。肩をたたき「きみたちにも生きる権利はある、少しぐらいの有害は、みなで苦しみをわかちあうべきなんだ。適当にやれよ」と人情を示してやりたい。それができればなあ……。

会社からの帰途、あなたはバーへ寄った。会社でいやなことがあった日には、帰りに飲むことにしているのだ。不満を家に持ち帰ってくすぶらせるより、そとで燃焼させてしまったほうが家庭の平和のためにはいいのだ。また、ストレスを発散させないでおくのは、からだによくない。しかし、つとめのある日はほとんど、帰りに飲んでしまう。つまり、毎日なにかしら会社でいやなことがあるのだ。いつからこんな習慣になってしまったのだろう。

職場でかっとなることなしにすんでいるのは、帰りに酒を飲んでいるからだろう。昇給もまあ順調だ。だが、昇給分は飲み代に消えてゆくようだ。ばかげているようだが、これが文明というものだろうとあなたは思う。

大衆的なバーだ。会社づとめらしい女性もけっこう飲んでいる。くだをまいている女もいる。彼女たちも毎日の仕事では、いやな思いをしているのだろうな。それとも、恋人がいないという、世の不公平さへのやり場のない不満をまぎらそうとしているのだろうか。人口密度がふえ社会の複雑さがますにつれ、人間関係はわずらわしさを高める一方なのだ。そのはけ口は、だれも指示してくれない。

女性のアルコール中毒がふえはじめたといわれたのは十年前だ。そのご、順調にふえつづけ、いまにおよんでいる。男女同権のあらわれだ。この傾向は今後もつづくだろう。減少する理由などない。総アル中も、やがては達成されることだろう。

これも公害なのだろうなと、あなたは思う。坂をころがりながら大きくなる雪ダルマのようだ。大勢がよからぬ方角へ進んでいるとわかっていながら、規制ができないのだ。アル中への対策立法の論議もあったのだが、みんなが茶化し、笑いのうちにうやむやになった。各人の自制心に訴えるべき問題だと、たち消えになったのだ。自制心がないからこそアル中になるのだし、アル中だからこそ自制心がないのではないか。企業からの圧力があったのかもしれぬ。茶化された議員は、もはや二度と立法を主張しないだろう。笑われるのは不快なものだ。だが、なにが笑いごとなのだろう。賭博よりおそろしいのに。いまに酒税の増収分でたてられたアル中の病院が、各地に大量に並ぶことだろう。

しかし、おれはアル中にはならないだろう。なぜって、それは、その、いままでアル中になったことがないからさ。

あなたは、それでもいい気分になり、なんとか家に帰りつく。通勤のための時間は、けっこうかかる。妻子はさきに眠っていた。酔いが少しさめてしまったし、あなたはまだ飲みたりない思いで、棚から酒のびんをおろす。それから、精神休養薬の錠剤を飲む。だが、寝床に入って眠ろうとしたとたん、なんだか目がさえてきた。起きているべき時に眠くなり、眠るべき時に目がさえる。ひるまの婦人たちとの会話が思い出され、また腹が立ってくる。あなたは起きあがって、もう一錠を口のなかに入れ、酒で飲みこむ。よく眠らなければならない。あしたは土曜で休日なのだ……。

というわけだったのだが、目ざましが鳴らないようボタンを押しておくのを忘れてしまった。だから、いまのあなたは、よく眠ろうという期待が裏切られた形で、面白くない。自分がいけなかったのだ。

あなたは目をこすり、窓のほうをながめて、どきりとする。窓ガラスの外側に、昆虫が二匹とまっていた。ピンクと黄色のまだらの腹がこっちをむき、いやな色だ。それを見て、あなたは幻覚かと思ったのだ。

小説でアル中の幻覚について読んだことがあった。まさか、自分にも起るとは。しかし、いまはとくに飲みたいとも感じていない。とすると、精神休養剤の副作用のほうなのだろうか。もちろん、あなたは医師の指示で服用しているのではない。コマーシャルでおぼえたのだ。それに、会社の上役が飲んでいるという話を聞いて、まねをしたくなったのだ。こういう精神休養剤を飲まなければならぬまで頭を酷使しているのは、上役だけじゃないんだ。

ひとのうわさでは、しだいに量がふえて中毒し、入院に至ることだってあるという。あなたはそう量をふやしてはいないが、心のどこかで不安がっている。急性の中毒ははっきりとあらわれ、治療しやすいからいい。しかし、こう少しずつ連用していると、じわじわと副作用がたまって、予告なしに幻覚症状がでることだってあるかもしれない。あの変な昆虫がそうなのかも……。

あなたは起きあがり、窓のそばに行き、おそるおそるガラスをたたいてみる。昆虫が動いたので、ほっとする。幻覚ではなかったのだ。

「ことしはこの虫がはやるのかなあ」

あなたはつぶやく。ここ数年、時どき変な虫が一時的に都会にふえる。ずいぶん前だったが、毒のあるガが一地域に大発生したことがあった。住宅の暖房化が進んで、冬もカが飛びまわるようになってからだいぶたつ。人類のほろんだあとは、虫たちの天下になるんだろうかと、あなたは考える。原爆を受けた広島や長崎の町、その直後の惨憺《さんたん》たる地上を、アリたちは平然とはいまわっていたそうだからなあ。

あなたはなにかで読んだ、バッタの大発生という現象のことを思い出す。アラビア、インド、ソ連などでそれがおこる。空を暗くするほどの大群が飛来し、夜に地上におりると、十センチもつもるという。この種の現象は熱帯のジャングルなどでは起らず、さほど暑くない乾いた砂漠地に多い。つまり、より強力な天敵がいないので繁殖のさまたげられることがないからだ。

そして、現在の大都市。道路やビルが増加の一途をたどり、コンクリートでおおわれたひろがりが直径百数十キロになろうとしている。まさに乾いた大砂漠地帯と同じなのだ。公園や庭が点在してはいるが、人工の植物帯で天敵がいるわけではない。昆虫の大発生に好都合になってしまった。

そのうえ、農薬の使用が大発生に一役をかってもいる。自然界の生物系のバランスがくずれ、予想もしなかった虫がとつぜんふえはじめる。都市圏周辺の農林地帯でそれが起り、こっちへとふえながらやってくる。なにがどうふえるのか、コンピューターをもってしても予測できない。

それでも害虫のほうが全滅すればいいのだが、一時的にへるだけで、すぐもとに戻る。しかも、農薬への耐性をそなえ、高濃度あるいは新しい薬でないとびくともしなくなっている。このいたちごっこはずっとつづいているのだ。農薬は食品にも付着し、人間のほうをむしばんでしまう。この点の解決される時代はいつ来るのだろうか。

なんとか初期のうちに計画をたて、都市という大砂漠を作らなければよかったのにと、あなたは思う。しかし、すぐ苦笑いする。なにも知らぬ初期に、都市を大きくひろげるなとの説を聞いたら、腹を立てたはずなのだ。人には好きな所に住む権利があるとか、不当だとかさわいだだろう。あとから反省するからこそ後悔なのだ。ことのはじめにあるのは楽観だけ。人はそれを明るい希望という。

都市周辺のグリーンベルト地帯なんてのも、計画はいつのまにかけしとんでしまった。庶民の住宅が大事なのだ。都市に残っていた空地も、文化、芸術、科学とかいうもっともらしい看板をかかげたビルでつぶされていった。コンクリ地帯がひろがると、スモッグを作る大気の逆転層が生じやすくなるのだ。スモッグこそ文化と芸術と科学の成果。

ネズミやゴキブリも、この都会の目に見えないところでどんどんふえ、大型になっているのだなと、あなたは身ぶるいする。ゴミ処理の問題は、いかに改善しいかに能率的にしても、食品のくずのふえる速度には及ばないのだ。ネズミやゴキブリはもはや物かげにおさまりきれなくなり、ある地区ではあたりかまわずあふれ出しているという。数年後にはどうなるのだろう。

おそるべきことだな。だが、おれがどうすればいいのだ。大変なことなら、だれかがやってくれるだろう。おれはちゃんと地方税を納めているのだ。

しかし、ネズミにしろ、ゴキブリ、カ、さっきの毒々しい昆虫など、ふえるやつっていうのは、どうしていやな感じの生物ばかりなのだろう。コウノトリにしろ、トキにしろ、チョウにしろ、美しい生物はつぎつぎにへってゆく。

あなたは起きたついでに顔を洗いにゆく。鏡にうつる顔。いい顔いろではない。疲労がしみついているという感じだ。目も充血して赤い。涙の成分が変化したのだろうか。鼻毛ものびているが、これを切るとごみを吸いこむことになってしまうのだろうな。しかし、これでいいのだ。肌の色つやがよく、にこにこと健康そのものに輝いていたら、他人はどう思うだろう。心配ごとがなく、仕事に頭脳を使わず、責任感があまりない人物との印象を与えるにきまっている。昇進できず、仲間はずれにされてしまうのだ。若さの消えた深刻そうな顔の色、これこそ都会生活のパスポート。他人から異端者扱いされない保護色なのだ。

皮膚のつや、頭痛、疲労、心臓、胃などの症状は、情緒中枢によってひきおこされるという。その情緒中枢は対人関係、騒音、通勤の混雑、その他もろもろの不快なことによっていためつけられているのだ。となると、健康なやつは情緒中枢がおかしいのか、なにかうまいことをやっているかだろう。いじめたってかまうものか。情緒中枢がおかしいのなら、いじめられても平気だろう。うまいことをしているのだったら、平等の原則に反する。

あなたは顔を洗い終り、うがいをする。のどの健康にはこれと宣伝しているうがい薬だ。のどのぐあいがずっとおかしい。薬のメーカーが大気中にひそかにガスを放出してるのじゃないかと邪推したくなる。やはり、情緒中枢のせいなんだろうな。それとも、大気汚染が進んだのだろうか。あるいはアルコールのせいか、コーヒーのせいか、食品添加物のせいか、食品に付着してる農薬のせいか、タバコのせいか、年齢のせいか、新しいビールスによる流行病か、抗生物質の乱用がうみだしたバクテリアのせいか、遺伝体質なのか……。

思い当ることだらけだ。すべてのせいなのだろう。人を柱にしばりつけ、大ぜいが石をぶつけて殺す残酷な私刑のようなものだ。だれの投げたどの石が命を奪ったのか、判定のしようがない。現実にこんな犯罪が起ったらどうなるだろう。殺す側の人数がぐっとふえれば、だれが犯人ときめられず、無罪となってしまうのではないだろうか。殺人は存在すれど無罪。無罪ということは、また起るという意味なのだ。ひどいものだなあと、あなたは顔をしかめる。長い時間をかけてあなたはその私刑を受けているのだ。

あなたは妻子といっしょに朝食をとる。五歳になる娘がいう。

「パパ、早いのね。お休みなんでしょ」

「目がさめてしまったのさ」

「目がさめたとき見る夢は……」

娘が変な声で言う。奥さんが、このごろはやっている歌だと説明してくれる。コマーシャル・ソングなのだろう。

あなたは牛乳を飲む。好きではないが、からだにいいだろうと思っているのだ。むかし放射能が牧草をとおって牛乳にまざるなんて説があったが、そのごどうなのだろう。農薬もそうだとの説があったようだが、あれはお茶の葉っぱだったかな。毎日毎日、刺激的に編集された新聞紙面を見ていると、なにもかもごちゃごちゃになり、わからなくなり、もうどうでもよくなる。清浄野菜でないのにそう称して売った悪徳業者の記事は、いつごろのことだったか……。

忘れることは長生きの秘訣《ひけつ》。本当に有害ならだれかがさわぎ、だれかがなんとかしてくれるはずだ。個人で注意しろと言われたって、どうにもならぬ。

あなたは新聞をのぞき、家庭用の有害食品検知器開発中とのニュースを見る。できたら、どこの家庭でも買うだろう。命にかかわることなのだ。だが、買ったら買ったで、責任までしょいこむのだ。交通事故の場合の、歩行者も不注意というのと同じ論法。また、どうせ検知器にかからぬ有害物を開発し、添加するやつだって出現するというものだ。

「しあわせだなあ」

あなたは大声を出す。この瞬間まで、家族がなんとか生きてきた。いま、こうして五体満足で生きている。それがなにか輝かしい奇跡、すばらしい幸運のように思えたのだ。

妻がびっくりし、あなたはてれくさくなり、前の皿の食物をどんどん口に運ぶ。毒食らわば皿までだ。関連ない形容だなと少し笑う。

あなたは別荘地をちょっと持っている。だいぶ前に無理して月賦で買ったものだ。かつて未来ビジョンがはやったころ、都市の住民は週末には別荘地で新鮮さをとりもどす、だれもがそうなるなどと本で読まされた。あなたは先見の明をほころうと、その未来の日にそなえて買ったのだ。そんな人はあなただけじゃなかったんだが……。

しかし、交通を保証するとはだれも言わなかった。みなが週末に別荘へ行くためには、列車を十倍に増発し、五十メートル幅の道路を各地に何本も建設しなければならないのだ。いまは家族づれではとても行けない。行くのは混雑に快感をおぼえる若者たちぐらいのものだ。いつの日か、楽に行けるような日が来るのだろうか。だが、そうなればなったで、都会の人ごみがそのまま移るだけじゃないのか。

しかし、あなたは後悔していない。空気のいい土地を持っているということは、それだけで気分がいい。夜の夢のなかでは、しばしばそこへ行っているではないか。そんな夢を見た朝は、こころよいめざめなのだ。

「あなた、フィルターの掃除をしてよ」

と妻が言う。空気清浄化装置のことだ。別荘地に家をたてる計画をのばしたので、そのかわりに買ったものだ。汚染された空気をきれいにして室内に入れてくれる。たえずモーターが動きつづけ、その役割をはたしてくれている。

あなたはスイッチを切る。うなりがとまり、静寂という字がふと頭に浮んだりする。いつもこれだけの静かさを犠牲にしていたんだな。だが汚れた空気よりはまだいい。フタを取り、合成繊維でできたフィルターをはずす。ほこりがべったりついている。こうも空気が汚れているのかとの思いでいやな気になるが、これを吸いこまないですんだとの思いでほっともする。

これを見たら、買わずにはいられなくなる。あなたも数年前、カラーテレビによるコマーシャルでそれを見せられ、たちまち買った。生命防衛の必需品なのだ。このメーカーは工場を各地に作り、大量生産をし驚異の成長をとげた。人びとがこの購入に使った金額を合計したら、気が遠くなるほどになる。大気汚染防止に使ったら、おつりがくるだろう。だが、そうもいかないところが公害なんだ。

フィルターについた、ねとねとしたもの。自動車がスピードを落した時に出す、ぜんそくのもとになるとかいう物質は、これなのだろうか。フィルターは洗えば何回も使えるのだが、あなたは捨ててしまう。新しいほうが吸着力が強いだろうと思うからだ。捨てたフィルターはどうなるのだろう。どこかへ運ばれて焼却されるのだろうか。その時には、有害ガスが空中に散るんだろうな。

「広告を見ると、新しいフィルターが開発されたそうよ。こんどのはべつな物質を除去するんですって。自動車がスピードを出すと、チッソの酸化物を出す。それは低速の時のガスよりひどく、肺に入ると、ひだのあいだにたまって、水にとけず……」

妻は新聞を見て、おそろしい症状を読む。まるで脅迫だなと、あなたは感じる。金を出すか、死かだ。だが、買わねばなるまい。他人がみな買い、うちがおくれるのは不愉快だ。だしぬかれるのは恥辱。他人をだしぬくのが都会生活におけるなんともいえぬ快楽なのだ。

フィルターが二枚になるわけか。それだけモーターに力が加わり、音も高くなるのだろうな。防音装置も買わなければだめかもしれない。電気代もかさむだろう。その電力のために、石油だか石炭だかがより多く燃やされるんだろうな。原子力発電なのだろうか。放射能は大丈夫なのだろうか。あなたは原子力のなんたるかを、いまだに知らない。感覚的にとらえ、びくびくしているのだ。もっとも、時間をさいて解説書を読んでみても、日常生活にべつにプラスになるわけでもない。

そういえば、水道の蛇口《じゃぐち》につける高精密フィルターが近く発売されるとか宣伝がされていた。どこか当てると、似たような製品がつぎつぎ出る。二十一世紀は公害産業の時代かもしれない。みなさんの生存を保護してあげますから金を払えだ。むかしのアメリカ、カポネたちギャングのやりかたと同じ。いまに、台所のガスの栓につけるフィルターなども作られるだろう。鍵穴用のフィルターが出現するかもしれない。家の外部と通ずる部分には、すべて関所がもうけられるのだ。鬼は外、福は内。

水道の蛇口につけるフィルターもいいが、水そのものは出つづけてくれるんだろうな。

夏になるといつも水の出が悪くなる。一年ごとにひどくなってゆくようだ。地下水脈はかれ、井戸を掘ってもどこからも出ない。海水を淡水にする研究が進んでいるそうだが、そんな大工場はどこに作るんだろう。用地などありはしない。あったとしても、近海の汚染された海水では毒が残るんじゃないだろうか。それとも、何百キロも沖の海水を運んでくるのだろうか。高価なものにつくだろうな。プールの入場料なんかいくらぐらいになるのだろう。

いっそのこと、科学が進んでいるのなら、台風を本土に誘導してくる方法ぐらい研究したらどうなんだろう。水資源をふやすには、いちばん安上りのはずだ。土木工事がどこも万全であった上での話だが……。

「ちょっと雑誌を買いに行ってくる」

あなたは外出する。そとで隣家の老人に会い、あなたはあいさつする。

「こんにちは。どちらへ……」

「日課の散歩ですよ。停年退職したあとは運動不足になりそうなのでね」

「家にいれば運動不足、そとに出るとよごれた空気。どちらが健康的かわかりませんねえ。天は二物を与えずですね。適当な運動場でもあればいいんでしょうが」

あなたはなげき、相手は言う。

「運動場なんかだめですよ。腕っぷしの強そうな少数の若者に占領され、野球をやられ、不愉快になるだけです。ボールをぶつけられ、ガラスが割られ、泣寝入りのスポーツ公害です。本人はいい気なもので、いやなものですなあ。趣味から生ずる公害はふえる一方。スポーツカーやバイクの音。山や野でちらかす空びんのたぐい。あたりかまわぬ楽器の音、ドイツの都市では公共の場所でトランジスターラジオを鳴らすのが禁止されているそうですがね……」

「冬の列車のスキー用具。ゴルフの大きなバッグ。捨てネコ。犬のはなし飼いが子供にかみつく。趣味は人を盲目にしますな。犯罪の動機は、むかしは生活苦だったが、いまは趣味を楽しむ金ほしさになってしまった……」

道ばたで中学生ぐらいの男の子が二人、なにやらやっている。あなたはふしぎがり、小声で老人に聞いてみる。

「なにしてるんでしょう」

「最近はやりの催眠術ごっこですよ。週刊誌やテレビがとりあげたので、たちまちはやりはじめた。むかしのシンナー遊びとちがって、材料不要なので防ぎようがない。発生はアメリカのようですな。外国の安易な風俗はみんな入ってくるが、外国のきびしい点はまるで入ってこない。わが国は世界の安易さの吹きだまりみたいなものです」

「あれ、いい気分なんでしょうか」

「あなたは幸福だと暗示をかけあうんだそうです。だから、かかれば幸福感にひたれるんでしょう。年少の連中は、妙なものを考え出しますよ。しかし、あんなことをくりかえしていると、普通の刺激には満足できなくなり、変質者がふえてくるんでしょうな」

「しかし、ああでもしないと、かすかな幸福感も味わえないとは、今の少年たちに同情すべきかもしれませんね」

あなたが言うと、老人は首をかしげた。

「どうですかねえ。なぜ不幸なんです。戦時中のほうが青少年に好環境だったと思いますか。戦後の、焼けあとを飢えがおおっていた時のほうが、それとも十年前あたりがよかったとおっしゃりたいんですか。幸福の見本はどこにもない。あるのは不幸だとの暗示だけです」

「われわれは、みな暗示にかかりやすくなっているんでしょうかね」

あなたはつぶやきながら老人と別れる。テレビの発達により、人は多くの知識を持つようになり、なんでも理解しているような気分になっている。だが、それは観念的にとどまり、体験によって得たものではないのだ。だから、知っている範囲については、わりと冷静な判断が下せるかもしれない。しかし、それ以外となるとまるでうぶなのだ。どんな暗示にも、たやすくひっかかる。新しい事態にぶつかると、あなたはとまどい、あたふたするのだ。持っている知識の多さにくらべ、自信はあまりにも少ないのだ。新説や流行に引きまわされる。情報時代の公害といえよう。

新説や流行ならまだいい。予期しなかった災害がもし起ったら、あなたは非常にあわてるにちがいない。大地震が起ったとする。放送局が故障し沈黙する。だれも指示してくれる人がない。どこかで火の手があがったりすると、ふだんの冷静さがいっぺんに消え、前後を失う。混乱は洪水のようにひろがるだろう。

しかし、そのような不吉な想像を、あなたはすぐ押えつける。そんなことは起りっこないさ。いままで起らなかったのだから。起ったにしても、どうにかなるだろう。どうにもならなければ、死ねばいいんだ。

地震や大火にそなえて、小さいけれども広場があちこちに作られつつある。だが、そんなところは自動車の不法駐車場になっているのだ。大火の時には必要かもしれないが、そうでない時は駐車に使ってもいいじゃないか。一台ぐらい、の論理なのだ。かたいことを言うなと、警察に注意されると逆にくってかかる。災害を大きくする手伝いのようなものだ。地下駐車場が火事になったらどうなるか、だれも知らない。

知らぬが仏。知ってから総反省、総点検すればいいじゃないか。建物の多くは不燃性になったが、都市のなかの可燃物の総量はむかしの何倍にもなっていることなど、知らないほうがその日その日をやすらかにすごせる。

あなたは買物をして帰りかける。遠くで自動車のぶつかりあう音がし、救急車のサイレンの音がつづく。事故が起ったらしい。交通事故による被害者は十年前の倍になっている。すなわち年間、死者三万人、負傷者三百万人だ。だが、みんな無神経。十年前だって無神経だったのだ。それに保険が完備してしまった。ほとんどがそれで片がつく。保険金に支払った総計を道路改善に使っていたら死傷者も少なく、経済的だったと思うが、そうもいかないのが公害なのだろう。

あなたは歩きながら、買った雑誌をのぞく。公害保険の提唱といった記事がのっている。本末転倒じゃないかと思いかけるが、ないよりはましだろうと考えなおす。これが政治というものだろう。

この十年間、なんにも改善されていない。与党の政治家は、公害は票にならないといいかげんなあつかい。野党の政治家も大差ない。はなやかな扇動の要素に欠けているからだ。基地の公害のようにわかりやすければべつだが、複雑な因子のからみあった都市公害は、勇ましさが不足なのだ。妥協の産物で公害保険なんてことになってくる。

もっとも、有権者のほうだって文句もいえない。公害の公約を投票の基準にした人なんか、ほとんどいないのだ。公害追放を期待して投票したりしては、自分の意識が低いような気がして恥ずかしい。それに、公害がどうなっているのか、よくわからないのだ。大気のなかの有毒ガスを吸いつづけたので、頭がぼけてしまったのかもしれない。時どき思い出したようにマスコミがキャンペーンをしたが、線香花火、一週間もすると忘れてしまう。大金の強盗、芸能人のスキャンダル、遠い国の革命のほうが面白く、熱中のしがいがあるというものだ。多くの人は公害保険のニュースを、いいことだと受けとるだろう。公害中毒による不感症。

学者は現状の分析をするだけ。予想や警告をへたにやって、ちがっていたら恥をかくからだ。建築関係者は派手なビルばかりたてている。官庁はなわばりを守って慎重である。自然愛好家やノスタルジア趣味の人の発言は笑いものになるばかり。だいたい学校では公害について教えていない。科学や進歩は神聖なりとの共通意識に反するからなののだろう。神のない国で、科学という信仰の対象を失ったらことなのだ。協力して高射砲をうつどころではない。公害防止は高射砲で飛行機をうちおとす作業のようなものだ。機の位置を正確に見さだめ、それをねらって引金を引いてもだめだ。弾丸がそこへ到達する時には、機はずっと先へ行っている。命中するようもっと先へ砲をむけようとしたら、大笑いされるにきまっている。

「二十一世紀のはじめには、地球の酸素はなくなってしまうだろう」と言った学者がかつてあった。有毒廃液が海に流れこみ、その化学作用で海中の植物が死滅する。炭素同化作用がとまり、大気中から酸素が失われてしまうのだ。その発言を、だれが本気でうけとったろう。

だが、大勢はその道を進んでいる。かつて低開発国と称された国々が、工業化の軌道にのりはじめた。やがては全人類がアメリカなみの生活になるかもしれない。しかし、その過程でどれぐらいの公害が出るだろう。都市公害の問題が世界的な規模に拡大してゆくのに、そう年月はかからないはずだ。

工業化や技術革新のスピードが速すぎる。頭では理解しても、実感としてはぴんとこない。ゆるやかな時代だったら、まちがいをあらためる余裕もあった。しかし、もう試行錯誤をやっていられないのだ。そんな状況のなかで、やっているのは錯誤だけ。

あなたはつぶやく。困ったことだ。それなら早いところ、国連と大国とが計画を立てて、自制すべきだ。われわれの国の知ったことか。どうしようもないじゃないか。要領よく立ち回ってもうけたほうがいい。企業の海外進出をどんどんやって公害をよそに押しつけるとか……。

「ただいま……」と、あなたは家に帰る。自分の部屋に入り、テレビをつける。大きな画面のカラーテレビ。エレクトロニクスの進歩で、鮮明きわまる画像、窓からそとをのぞいているようだ。良質の立体音響がすばらしい。あなたはやわらかい長椅子に横たわり、パイプをくゆらせる。妻が紅茶を運んでくる。マイホームだなあ。精神がくつろぐ。

チャンネルをまわすと、SF物をやっていた。ブラッドベリ原作の「訪問者」だ。荒れはてた景色の火星が舞台になっていた。未来のある時代、火星は地球からの不治の公害病患者が送られてくる場所になっているのだ。その患者たちは、鼻や爪や耳から血を流しつづけ、あわれにも徐々に死んでゆく……。

あなたは架空の物語と知りつつ、妙にひきつけられ、ついに見てしまう。かわいそうに、あんなことになる前に火星に移住してくるべきなんだ。

そして、自分にひきくらべ、都会から逃げ出したほうがいいのかなと思う。しかし、すぐ頭を振る。なぜ、それが自分でなくてはならないのだ。他人たちが出ていってくれたほうがいい。おれは都会が好きなんだ。刺激的な遊び場がいっぱいあるし、なんとなく高級な感じがする。これで公害さえなければなあ……。

ひどくなる一方の公害。だれかに怒りをぶつけたいが、ためらいをおぼえる。あなたはその原因に気がつく。自分にもその責任の一端があるのだ。会社や自宅の快適な暖房、捨てた残飯、乗る車の排気ガス、つとめ先の会社だって、なんらかの公害を出しているはずだ。被害者かもしれないが、加害者でもあるといううしろめたさ。加害者かもしれないが、立派な被害者だといういらだたしさ。公害を発生させないと生きていけないし、発生させると命をちぢめる。公害を発生させながら作られた製品、それらを買うのを拒否したら、どの程度の生活になるのだろう……。

どろ沼かアリ地獄に落ちたように、少しずつ沈んで破滅にむかってゆく。北欧のネズミに似た小動物レミングのようだ。やつらは大繁殖して海に飛びこんで溺死《できし》する。こっちは都会という海に飛びこむのだ。こういうものなんだ。散る桜のこる桜も散る桜、進むも地獄しりぞくも地獄、あなたの好きな悲壮美のある文句。ちょっとしんみりする。

しかし、つぎにはやけ気味になる。面白いじゃないか。もっとひどくなるという。そうなると、そんな国を侵略しようなんて国もなくなるだろう。有毒ガスがただよい、騒音にあふれ、へんな昆虫がうごめき、いつ大災害で混乱するかもしれない国だ。だれが侵略したがる。中立と平和をまもるのは軍備ではない、公害なのだ。あなたは乾いた笑い声をもらす。

われわれはそのなかで強くなるのだ。きびしい自然淘汰、試練なのだ。適者がそこで生き残り、環境の変化をからだで克服し、新しい人類となって、つぎのさらに高い文明期を築く。あなたは雄大な空想にひたる。自分とその家族だけは生き残ると思いこんでいる。

その時、いやなせきが出る。あなたは現実にひきもどされ、なにか不安になり、またうがいをしにゆく。それから精神休養剤を飲み、紅茶のなかにウイスキーをたらす。テレビはとぼけたドラマになっている。しだいに気分がやすらかになり、休日のおだやかなムードのなかを静かに時間が流れてゆく。（一九六九年三月十六日号「朝日ジャーナル」）

ゴルフ

ある雑誌の編集長で町田勝彦さんという人がいて、彼が私に強引にゴルフをやらせた。はじめてクラブなるものを握ったのである。その体験を私が話題にすると、ある友人は「それはいいことだ」と言い、ある友人は「あんなものに深入りするな」と、いずれも真剣に忠告してくれる、どちらももっともな論拠があり、私はいまだにきめかねている。ゴルフ自体より、その是非論を聞きまわるほうが、なんだか面白くなってきた。

タバコ

1「妙な味」

タバコを吸う習慣など身につけなければよかったと思う。少なくとも益のないことはたしかなようだ。時どきやめようと決心をしかけるが、どうにもならない。

茶の間で子供と遊んだり、新聞を見たりする時にはなくても平気なのだが、原稿を書くため机にむかうと、つい手が伸びてしまう。アイデアが浮ばない時もすぐ浮んだ時も、タバコをくわえてしまうのだ。

私がタバコを吸いはじめたのは、旧制高校時代、昭和十八年ごろである。当時タバコは配給制度。だが、うちでは父が吸わないので、配給がたまる一方。そして、ほかにはなんの娯楽もない戦争中だ。くわえて火をつけてみたくなるのも当然だった。

そのうち、キザミが配給になることもあった。それを吸うためにキセルを買った。両端に真鍮《しんちゅう》の金具のついたやつである。若い学生が自宅でキセルをくわえ、思いついて真鍮部分をみがいて光らせたり、コヨリでヤニを取ったりする姿は、旗本退屈男の小型版のようである。だが、これが緊迫した戦局下の光景であった。ほかの者も大差なかったのではないだろうか。

日本のキザミというのは、タバコの葉が細く均一にそろえられ、世界に類のない芸術的なものなのだそうだ。やわらかい味で悪くない。キザミは害が少ないとかで、転向しようかと考えているが、ヤニの掃除がやっかいである。物資豊富の時代となったのだから、使い捨てのキセルといった品でも出現してくれないものだろうか。

終戦直後にはオール真鍮製のシガレット・ホールダーが街にあふれた。タバコをむだなく吸おうという需要と、軍需工場の転換とがあいまった商品である。ネジ式の結合で、分解して掃除するのも簡単だった。なつかしい風俗である。いつのまにか姿を消したが、そのうち古道具屋をあさって入手し、保存しておこうと思っている。

大学は農芸化学科に通学した。化学分析の実験など随分した。いつか試薬をピペットで吸いあげている時、なにかのはずみでそれが口のなかに入ってしまった。たしか硫酸銅の溶液だったと思う。毒でもなく、飲みこんだわけでもなく、水で口をすすいだ。

そのあと、なにげなくタバコを吸ったのだが、口のなかにはなんともいえぬ甘い味がひろがった。口中に硫酸銅が残っており、それとタバコとの作用だったのだろう。

面白い現象と思い、研究すればサッカリンに匹敵する新物質が発見できるかもしれぬ感じだったが、目先の実験のほうがはるかに重要なので、ついそのままになってしまった。だが考えてみれば、タバコを原料に甘味剤を作っても、商品として引きあう可能性はない。よけいな寄り道をしなくて賢明だった。

やはり大学時代に「タバコをやめるには、硝酸銀の溶液でうがいをし、そのあとで吸ってみるといい」と友人が教えてくれた。どうなるのかとの好奇心があり、薬品も実験室にあった。やってみると、形容しがたいいやな味となるのだ。これを繰りかえしたら、タバコぎらいになるかもしれない。

こんな実験があるので、銀と銅とをくらべた場合、価格の点では銀に軍配があがるだろうが、味の点では銅のほうが私は好感を抱いている。こんな感想の主は、めったにいないにちがいない。

2 ある空想

ある人物が敵側のスパイであると判明する。当局は緊張するが、すぐ逮捕はしない。監視をつづけ、仲間に連絡するところをねらい、二人ともつかまえたほうが賢明だからだ。

しかし、そのスパイ、喫茶店で一日中パイプをくゆらせているばかり。それなのに、秘密はいつのまにか伝わってしまうのだ。情報部のベテランも首をかしげる。あとで解明されるわけだが、そのスパイはパイプの煙によって、インディアンの使う煙信号と同じことをやり、それで仲間に情報を連絡していたというわけ。という短編小説があった。現実にそんなことが可能かどうかはべつとして、奇想天外なアイデアである。

これで連想するのだが、煙の信号もタバコもインディアンの発明である。彼らは煙のたぐいが好きなのかもしれない。もしヨーロッパ人による新大陸の発見がもっとおそかったら、インディアンたちは煙の文化をさらに進歩させていたかもしれない。煙を袋につめることで、気球や飛行船を開発したにちがいない。煙を大量に発生させれば煙幕になる。薬草を大がかりに栽培し、それで煙を作れば毒ガスになり、吸った者の戦意を低下させる。雨雲にある種の煙を立ちのぼらせると人工雨となる。

そうなってからコロンブスがやってきたのだったら、負けることはない。船をぶんどり、案内させてヨーロッパへと攻めこんでゆく。油断をついてノルマンジーへ上陸。

「アトランティスの住民が攻めてきた」

と人びとはあわてふためくばかり。そのなかをインディアンたちは、奇声をあげながら荒しまわる。各国とも貢物《みつぎもの》をささげ、命ごいをし、属国となる。

こうなっていたら、世界歴史もぐんと面白くなっていただろう。あわれなヨーロッパの住民たちのつぶやく言葉は「植民地主義反対、ヤンキー・ゴーホーム」

3　漫画の構図

アメリカの一駒《ひとこま》漫画の収集が私の趣味となっている。なかでも特に重点をおいているのが、無人島に人物が漂着するというテーマのものだ。マニアの通例として、ひねったアイデアのものでないと満足しなくなってくる。

こんなのがあった。難破して数人の男が島に流れつく。

しかし、さいわいなことに船荷であった大きなタバコの箱もいっしょなのだ。喫煙の楽しみだけは確保された。それなのに、である。マッチは一本だけ。そのため、それで火をつけた男が一本を吸い終ると、つぎの男が吸いはじめる。夜になっても、ゆっくりとは眠れない。火種をたやさないよう、交代で吸いつづけねばならぬのだ。文字通りのチェイン・スモーカー。中止したら喫煙の楽しみが味わえなくなり、といって、このままでは義務であって楽しみではない。奇妙なる状態。よくもこんな漫画のアイデアを考えついたものだ。

死刑を題材にした漫画にも、よくタバコが登場する。最後の一服というやつである。

銃殺隊長が囚人にむかって「タバコを吸い終るまで待ってやろう、普通のとロングサイズのとどっちがいいか」と聞いている図はよくある。長いほうがいいにきまっている。囚人のなかには隊長の言葉じりをとらえ、一本と限定しなかったぞ、と大量に運ばせて何本も吸うやつがある。必死になって無限に吸いつづけている図は悲劇的な笑いだ。

変なライターを描いた漫画があった。大型のライターのふたをとると、なかから手が出てきて、その手がマッチをつけ「さあ、どうぞ」とさし出すのである。

亭主がぼんやりとタバコを吸っているとその煙がグラマー美人の形になる。夫人がそれを見て、

「あなた、なに考えてるの」

そのうちひまを見て、タバコをテーマにした漫画を抜き出し、整理してみようと思う。煙と人生との関連で、なにか新発見ができるかもしれない。

4　火気に注意

大学時代に私は農芸化学科を専攻した。さまざまな実験室があり、地階のひとつにエーテル蒸溜室があった。エーテルとは植物などのなかから、ある種の物質を抽出するのに使用する液体。きわめて引火性が高く、その室は防火のためコンクリートの壁でかこまれ、もちろん火気注意である。

大学に遊びに出かけたりし、その室の前を通ると、ある教授がなにかの時になさった打ちあけ話を思い出してしまう。

その先生がエーテル蒸溜をやっていた。研究テーマで頭がいっぱいで、無意識のうちにタバコを吸っていた。

そのうち、くわえていたシガレット・ホールダーから、火のついたタバコがぽろりと抜けて落ちた。ホールダーにしっかりはまっていなかったのだろう。そして、その下にはエーテルの入ったビーカーがあった……。

ことの重大さにはっとしたが、もはや手おくれ。しかし、エーテルの液に落ちたタバコは、ジュッと音をたてて消えてしまったというのである。

この話を私は鮮明におぼえているし、聞いていて手に汗をにぎったことまで思い出す。しかし、本当に聞いたのかどうかとなると、なんだか急にあやふやになるのだ。

そんなことがあるのだろうか。かりに寒い日だったとしても、エーテルは気化しやすい液体である。あとで調べたら水だったというのでは、印象に残る話ではない。それに、初心者ならいざしらず、専門の教授がいくら呆然《ぼうぜん》としていたとしても、そんな軽率なことをするとは考えられない。

検討するにつれ、しだいにおかしくなる。たしかめてみたい気がするのだが、その話をなさった教授がどなただったか、どうしても思い出せないのだ。怪談みたいである。

火気注意の札を見ているうちに、私の頭のなかに描かれた白昼夢だったのかもしれない。いやに現実的なはっきりした記憶なのだが……。

5 指

私にはひとつの癖がある。タバコを中指と薬指のあいだにはさんで吸うのである。原因を話すとこうである。十数年前の冬、かぜをひいてのどがはれあがった。タバコの煙がのどを通らない。むりに吸っても苦しくなるばかり。

よし、タバコをやめてやれ、と決心した。若いころというものは、いとも簡単に大決心をしてしまう。そして、あとで後悔するのが普通である。

しかし、かぜがなおり健康になると、またタバコがなつかしくなる。「きょうも元気だたばこがうまい！」なんていうコマーシャルが流れてくる。吸いたくてたまらないが、自分の決心のことを考えると、気がとがめる。そこで、あやしげなる理屈をこねあげた。

たしかにタバコを吸わない誓いをしたが、人さし指と中指とのあいだにはさんで吸わないという意味であって、それ以外の方法でならいいのである。

めちゃくちゃに苦しい言い訳だが、けろりと決心をひるがえすよりは、まだしも良心的である。というのもあやしげな理屈だ。

というわけで、中指と薬指のあいだにはさんで吸ったのである。まったく、その時の一服はうまかった。からだの内部における煙への触感といったものがあった。

それ以来ずっとその吸い方である。はじめのうちはぎこちなかったがいまはすっかり身についた。無意識のうちにタバコをそこへはさむ。友人たちも、だれもそのことに気づかないほどだ。

さて、今後のことである。そのうちまた私は禁煙をこころみるかもしれない。そして、そのあとで禁を破ってタバコを吸いはじめる時は、薬指と小指とのあいだにはさむことになるだろう。ちょっとやってみると、まことにおかしい。しかし、問題はそのつぎの段階である。小指と親指とでタバコをつまんで吸うかっこうとなると……。

6　マッチ

マッチの豊富なる点においては、わが国は世界一のようだ。喫茶店のテーブルの上には、いつもおいてある。ホテルでも同様。レストランで会計をしたついでに三個ばかりポケットに入れても、文句は言われない。

銀行へ行ってマッチを五個ほど持ち出しても、ありがとうございますだ。これが金だったら、たとえ十円でもとっつかまるにちがいない。わが国におけるマッチは、空気や水のごとき存在である。

だが、ヨーロッパに行くと、そうはいかない。無料のマッチはどこにもない。あるのかもしれぬが、旅行者ごときにはわからない。

もっとも、それへの予備知識が私になかったわけではない。ニューヨークの空港からパリ行きの便に乗る時、送りに来てくれた義弟が注意してくれた。ヨーロッパではマッチが手に入らないぞと、自分の使いかけのライターにオイルをたっぷり入れ、私にくれた。こういうのをきめこまかな親切という。

ところがである。パリについて一日もたたないうちに、ライターの石が終りとなった。これにはうんざり。空港で買ったタバコは大量にあれど、吸うことができない。ライターの石のことをフランス語でなんというのかわからず、買うことができない。「マッチ」という大きな看板の出ているところへ行ったら「パリ・マッチ」という週刊誌を売っている店だった。言葉の不自由な旅行者の悲劇である。

街を歩きまわったあげく、みやげ物店でフォルクスワーゲンの広告入りのマッチを、かなり高い金で買った。広告マッチを買うことになるとは……。

かくして、やっと一服できパリの風物が目にうつりはじめたというわけである。もっとも、この広告マッチ、針のように細いが丈夫な美しい軸で、それがきっちりと入っていて、ちょっときれいなものではあった。

7　終戦のころ

私のような年代の者にとって、画期的な思い出のひとつは終戦である。そのなかで最も鮮明なのは、アメリカタバコのラッキー・ストライクだ。

進駐軍から流れ、われわれの手に入った。そのデザインの新鮮さ、包装の紙のよさ、封を切るとたちのぼる甘いにおい。戦時中という、いろどりのない時期が去って、ぱっと花が咲いたという印象を受けた。

初期のころは、若い米兵が道ばたに立ち、公然と売ったりしていた。戦時中には、闇《やみ》商売というと人目をしのんでやるものだとの、うしろめたい感じがあったが、その米兵の姿には、いやにさっぱりしたものがあった。

その闇値だが、私の記憶している限りにおいて、最初の相場は一箱二十円であった。しばらくのあいだ、その値段が全国的に通用したようだ。私の友人にとぼけたやつがあり、戦時中に買わされた国債を持ち出し、米兵にむかって「これは高額紙幣である。普通の紙幣よりぐんと大きい。金銭の単位は百倍なのだ」と説明し、だまして、タバコをごそっと買ったやつがあった。はなはだ痛快な事件だが、あとでだまされたと気づいた米兵、腹を立て、だれかにやつ当りして不祥事件をおこしたかもしれない。終戦後しばらくは混乱期だったのだ。

それはともかく、私が興味を持つのは、最初に成立した一箱二十円という相場である。いかなる根拠でこのような線に落ち着いたのだろうか。日米間の経済関係はまるでなく、これが最初の接触といえるのだ。国産タバコの闇値あたりが基準となったのだろうか。私としては、民衆の感覚でぱっときまってしまったように思えてならないのだが。

そのご、円とドルとの為替レートが暫定的にきまり発表されたが、それによると、アメリカタバコの闇値が、けっこう妥当なところになるのだった。むしろ私には、タバコの相場が基準となって、為替レートがきまったように思えてならない。もしそうだったとすれば、戦後の記録の上からも、タバコの歴史の上からも、重要なことといえそうである。そのへんのくわしい事情を知りたいような気がしてならない。

新しい妖精

かつて私は、合理性だけが世を支配し、夢が一掃された未来の悲劇を短編に書いた。「お花のなかには小さな妖精がいるのね」などとつぶやく子供は、好ましからざる性格の主とみとめられ、連行されてしまうのである。

これを書いたころ私はまだ独身で、幼児がはたしてこんなことを考えるものかどうか、あまり確信はなかった。

いまの私には幼女が二人ある。上の子は五歳だが、昨年、トランジスターラジオをイヤホーンで聞きながら、私にこんなことを言った。「このなかに、おじちゃんがはいっているの」

これには驚いた。チューリップとラジオの差はあるが、まあ同じ発想である。私の作品のなかの、夢のない社会だったら、むちゃなことを考えるやつだと、連行されることになったかもしれない。

しかし、この場合、どう答えたらいいのだろうか。花のなかに妖精のいないことは、花を切り開いてなっとくさせることができる。そのついでに、植物とはなにかの、ごく初歩的な知識を教えることもできる。

ところが、ラジオはそうもいかない。分解して妖精めいたものの存在しないのを示すことはできる。しかし、アナウンサーの声はどう説明したらいいのだろうか。小学生になればまだしも、四歳ぐらいの子に電波をのみこませるのは不可能である。植物についてとはわけがちがうのだ。

けっきょく私は「うむ」とうなっただけ。それ以上返答を追究されなくて助かった。しかし、そのあとがある。しばらく前に、わが家でカラーテレビを買った。もっと早く買えばよかったというのが感想である。貯金のある人は、自動車購入の目的をカラーテレビに切り換えるべきだ。しまったとは思わないはずだし、少なくともテレビは人を殺さぬ。

話が横道にそれ、カラー礼賛になったが、それを見ながら、また子供が言った。「あのガラスをはずせば、むこうの世界へ行けるの」ときた。世界という語ではなく、そんな意味のべつな言葉だったかもしれない。いずれにせよ、まじめな口調であった。まじめな顔での冗談を言う能力が子供にあるかどうか私は知らないが、まあ、ないであろう。

実際、色つきテレビは、ふとそんな感じにさせるものを持っている。映画館で見るカラー映画とちがい、テレビには人を引きこむようなリアルさがある。この点、私は流行のマックルーハン理論に同感である。

それはともかく、この質問にも答えようがない。「行けない」と教えるのは簡単だが、ではなぜそこに景色があるのかとなると、こっちは頭をかかえるばかりである。そこへゆくと、ロケットなど単純なものだ。花火を使えば、いちおうの解説ができる。

これからは、電子レンジだのなんだの、エレクトロニクスの製品が、つぎつぎと家庭内にはいってくる。コンピューターのたぐいだって、近い将来には家庭用品となりかねない。そして、子供の興味もそこにむくはずである。それに対し、なんらかの準備が必要のような気がしてきた。

いっそのこと、電気妖精だとか、エレクトロ・コビトといったものを作りあげてみようかと考えている。やっかいなことは、みなそのせいにしてしまうのである。

しかし、まったくのでたらめでもない。あとで電気の概念に抵抗なく結びつくよう、注意ぶかく性格の設定をしておくのである。こうしておけば、妖精を殺してその上に科学を築かなくてすみ、「妖精ってこのことだったのね」と連続させることができそうだ。

いささか功利的な気もするが、そもそも妖精とは、現象を手っとり早く解説するために発生したものと思う。その意味で、現代は新しい妖精がもっともっと生れていいような気がしてならない。

読書遍歴

昭和十四年に小学校を卒業した。そのころの東京は静かだった。私の住んでいた本郷の住宅地のあたりはとくに静かだった。ラジオはＮＨＫだけで、それもごく早い時刻に終りになったし、子供むけの番組などはほとんどなかった。

夜、ねどこに入ってから、江戸川乱歩、海野十三、山中峯太郎の作品などを読む時は、胸の高鳴る思いがした。ほかに気の散ることがなかったためだろう。読書などというものではない。その作品の世界に入りこんだのだ。寒さの描写してあるところでは寒けがし、暑さのところではふとんをはねのけた。マックルーハンによるとテレビが触覚文化で活字はそうでないそうだが、必ずしもそんなことはないようである。

講談社で出していた「少年講談」は全巻をそろえ、学校から帰るとくりかえして読み、ついには全部のストーリーを暗記してしまった。そのころは今日とちがい、本は消耗品ではなかったのだ。私のような体験の主は多いのではないだろうか。

中学に入ると、たまたまうちにあった「楚人冠《そじんかん》全集」というのが面白いことを発見し、それにとりつかれた。私の父が著者と知りあいであり、その関係で贈呈されたか買わされたかしたのであろう。

楚人冠とは本名・杉村広太郎。朝日新聞の人。博学であり、外国生活の経験が長く、思考が柔軟で感覚が鋭敏で、上品なユーモアがみなぎっている。身辺のエッセイや旅行記が主だが「新聞視角・最近新聞紙学」といった巻もあった。題名はかたくるしいが、わかりやすく知的な面白さはすばらしかった。

むずかしい文章は決して使わないが、それでいて自己の感想をすっかり読者に送りこむ。絶妙としかいいようがない。私には、いいなと思うと物事に耽溺《たんでき》する性格があるようで、この全集をずいぶん長いあいだ読みふけった。学校での作文に、その文体のイミテーションがしぜんにあらわれてしまったほどだ。ついには本ががたがたになってしまった。

この本が私に与えた影響は甚大である。私がいま、難解で晦渋《かいじゅう》な文章が書けず、書く気にもならないのはそのためである。また難解で晦渋な文にお目にかかると、ニセモノじゃないかとまず疑うようになったのも、そのためである。ユーモアには教養と上品さがなければならない、借り物の思想をふりまわすべきでない、押しつけがましいのはいけない、人生における感覚を大切にすべきだ、といったことを知ったのもこの本である。

楚人冠という人がどのていどの評価を受けているのか、私は知らない。だがそんなことはどうでもいいことだ。変に再評価などされないほうがいい。新版など出て他人に読まれるとしゃくである。中学時代、この本にめぐりあったことで私は満足である。読書遍歴はここで終りにしたいくらいだ。

昭和十八年に旧制高校に入った。いま考えると、ふしぎな時代である。娯楽的なものはなんにもなくなり、学生は工場へ動員され、なにかむやみと時間をもてあます形になった。

一方、うちには昭和初期に発売されたいわゆる円本という、日本および世界の文学全集があった。ほかに読むものがないので仕方なく、それを片っぱしから読んでいった。そんな条件でもそろわなかったら、私はこれらに接することはなかったろう。空襲と食料不足のなかで泉鏡花《いずみきょうか》の作や「椿姫」など、まったくそぐわないが、ほかに本がないのだし、頭に入らざるをえなかった。

戦争が終ると、本や雑誌がどっと出た。娯楽雑誌となるとカストリ雑誌のたぐいだし、高級なものはいやに観念的で、いささか読書意欲は減退した。もう少し戦争が長びいてくれたら、私は死んだかも知れないが、古典のすべてを熟読しつくせたにちがいない。

そのころぼろぼろになるまで読みふけった本は碁の定石集である。読書といえるかどうかわからないが、内容を頭におさめようと必死になりながらページをめくりつづけたことは事実である。ふつうの読書と同様、あるいはそれ以上に私の思考方法に影響を及ぼしているようだ。

昭和二十六年に父が死んだ。その会社の経営を引きついだはいいが、営業不振と借金の山でどうしようもなかった。私の人生において、この数年間のようないやな体験は、今後も二度とおこらないであろう。いずれ作品にまとめたいと思っているので、ここでは省略。

当時、私は創作をいくつか書いた。税金の競売延期の嘆願書や、債権者に待ってもらうための文書である。架空の事業計画をこしらえあげ、相手を信用させるための悠々《ゆうゆう》たる調子を文に含め、それとなく同情を求め、ボロをおおいかくす。なにしろ相手は海千山千の冷静な読者なのだ。

いまは控えも残っていないが、私の最高の傑作ではなかったかと思う。全才能を傾け真剣にとりくんだフィクションである。こんな条件にでも追い込まれなかったら、こうまで心血をそそぎこむはずがない。

変な読書遍歴になってしまった。どうみても文学的ではない。当然のことで、私は作家になろうなどと、そのころまで一回も考えたことがなかったのだ。

しかし、会社を人手に渡し、解放されると、なにか心に大きな空虚ができた。そこにあらわれたのがSFである。かぜをひいたある夜、ブラッドベリの「火星年代記」を読み、たちまちその宇宙に包みこまれてしまった。この本とのめぐりあいがもう少し前後にずれていたら、私はSFを書きはじめたかどうかわからない。

私の場合、なにもかも運命である。時どき、SF作家志望の若い人から「将来、作家になるには、どんな本を読んだらいいでしょう」などと質問される。そのたびに私は、答えようもなく困ってしまうのである。

ロケット進化論

「そこに山があるから登るのだ」という言葉がある。登ってみたいとの衝動の意味だ。それをもじった「そこに月があるからめざすのだ」という文句が宇宙進出の解説によく使われた。だが現状ではあきらかに「競争相手の国に負けられないから、月や火星、金星をめざすのだ」である。いつのまにか本末が転倒してしまった。

ロケットは異端の科学者と軍との結びつきによって開発されたものだ。V1号とかミサイルとか称されたころは、武器以外のなにものでもない。そのご打上げられた各種の人工衛星は、軍事的な役目も持ってはいるが、武器らしい色彩がだいぶ薄れた。そして今では、軍事面はそっちのけ、国家の威信を示すための競争用具となった。象徴である。これがロケットの進化論。

そこで私はいじわるな空想をする。参加したくてもできない、わが国のような大国にあらざる国々が、ひそかに申しあわせて、米ソの競争をあおるのである。宇宙進出で少しでも差をつけたほうの国を「世界一の国だ」とオーバーにほめたたえるのだ。すると、おくれをとった国は意地でも追い抜くだろう。そこへ雨のように「やはり底力は貴国のほうが上です」と祝電を送る。

負けたほうは、こんどこそと無理をしてでも火星をめざすにちがいない。あるいは金星、木星へとがんばる。勝負事をやっているうちに頭へ血がのぼり、妻子をほうり出し、みさかいがなくなるという例はよくある。いかに費用がかかろうが、やめるにやめられぬ。

そして気がついた時には、米ソとも国力を使いはたし、国民が飢えに泣いているのである。破産国になった米ソに、もったいぶって経済援助をしてやるのなど、ちょっといい気分にちがいない。

安心感

わが家はなんということもない平凡な木造家屋である。子供が二人になった時に、二階を増築した。私には心配性なところがあり、子供が階段でころぶと危険だからと、手すりをとりつけてもらった。

その手すりに子供がつかまったのは、ほんの短期間。いまでは私のほうが利用している。中年ぶとりというやつで、階段をあがるのが軽々とはいかなくなったのだ。それと作家という職業は運動不足になりがちで、運動神経に自信がなくなった。そんなわけで、足をふみはずさぬよう、手すりの愛用は私のほうとなった。なさけない話だ。

まあ、そんなことはどうでもいい。二階を明るい部屋にしようと、南のほうに大きな窓をあけさせた。さしていいながめとはいえぬが、陽がさしこんで爽快である。

しかし、その窓を見ているうちに、またも心配になってきた。万一、子供がここから落ちたらと、心配になってきたのである。床から一メートルぐらいの高さにある窓なので、くるりと落ちかねない。時たまそんな事故の新聞記事などがあり、どうも気になる。

そこで大工さんにたのみ、丈夫な鉄製の格子をとりつけてもらった。子供がつかまったぐらいでは、びくともしないやつをである。これなら安心であろう。

というわけだったが、またも心配性が起ってきた。火事のことだ。しらぬまに火事になり、二階で寝ていたか、二階に逃げあがった場合である。普通なら窓から脱出できる。しかし、こうも丈夫な格子がついていては、逃げ出しようがない。焼死しないとも限らぬのである。そんな新聞記事を時たま見る。なにも好んでそんな惨事にあうことはない。

気にしているうちに、なにかの広告を見て知り、火災報知器をとりつけた。温度が上がるとベルが鳴るやつである。それを数か所に設備し、いちおう安心するに至った。

なぜいちおうなのかというと、はたしてこの装置、効能書き通りに作用するのかどうか、心のすみに疑念を持っていたからである。ところがある日、ものすごい響きが家じゅうに鳴りわたった。なにごとならんと驚いたら、家内が風呂場のガスのたき口の換気扇をつけ忘れ、そのへんの室温が上昇したからだとわかった。たしかにベルはなるのだ。

これで一連の不安は、ほとんど解消したというわけ。安心感を入手するのは、けっこう手間のかかるものである。

乳　歯

じつは私、病気へのひそかなあこがれを持っている。病気になれば、いやなやつには会わずにすみ、好ましい友人だけが見舞いにきてくれる。働かなくても許され、みな無条件で同情してくれる。

だが現実は、頑健でもなく疲労感もあるのだが、病気らしい病気はしたことがない。

病気あこがれ症状だけがひどくなるばかり。かなり重症らしいのだが、だれも同情してくれない。

持病ではないが、私にはうまれつき歯に欠陥がある。前歯と犬歯とのあいだに、左右二本ずつ小さな歯が並んでいる。普通の人は一本ずつのはずである。「つまり歯の数が多いわけだな」と思う人があるかもしれないが、じつはその逆。少ないのである。その永久歯がはえてこず、乳歯がいまだに残っているのだ。四十歳をすぎ、いまだに乳歯があるなんて、ていさいのいい話じゃない。

私の笑い顔が子供っぽいのは、そのためである。作品が子供っぽいのも、そのためである。歯医者にレントゲンで調べてもらったら「永久歯は永久にはえませんよ」と告げられた。一生おとなになれないのだ。私がなにか大事件をひきおこしたら、この欲求不満のあらわれと論評し、大いに同情してもらいたいものだ。

しかし、人類学者の説によると「人類は進化にともない、かたいものを食わなくてすむようになり、歯の数がへる傾向にある」とのことだ。早くうまれすぎた未来人ともいえるわけで、こう言いかえるとかっこうがつく。

印刷機の未来

小説を書いていて最もやっかいなのは、三人以上が会話をしているシーンだ。これはだれの発言かが、わかるように書かねばならない。日本にはありがたいことに男言葉、女言葉、敬語という便利なものがあり、ある程度は説明の省略ができる。だが、英語となると、その点まことにお気の毒。省略もできないのである。これを話題にし、私はある時、

「やがて会話の部分は、人物別に異なる色で印刷されるようになるかもしれない」

と言った。男の会話は青系統、女は赤系統、性格によって色調を変えれば、小説の型式も文字通り一段と多彩になるのではないだろうか。技術的には現在でも可能だろうが、問題は採算である。進歩には新しい分野の開発も必要だが、いかに安く大衆化するかの研究も忘れないでもらいたいものだ。

最近はにおいのついた印刷がある。広告やグラビアに使われているようだ。この調子だと、将来においては薬品の霧を立ちのぼらせる印刷物が出現するかもしれない。ページを開くと、読者はそれを吸いこみ、薬の作用で大笑いしたり、涙を流したりするのである。そうなってくれると、作者のほうも助かる。少し手を抜いても、読者が反応してくれるからだ。もちろん手を抜かなければ、その相乗効果で、大名作となるにちがいない。スリラー物など、内容でドキドキ、薬でドキドキというわけである。

マックルーハンは活字媒体のことを、グーテンベルグ世界とかいっている。考えてみると、活字媒体ぐらいむかしと変化していないものはない。爆発的な科学技術の進歩のなかにあって、意外に型にはまったままのようだ。これからは、新しいくふうが加えら

れ、わくを破るのではないだろうか。

一般に機械というものは、大衆への普及の道をたどるのが宿命のようである。飛行機も自動車も映写機も、今やだれもが所有し操作できる時代だ。電子計算機さえ、電話を通じて各家庭で利用できるようになるらしい。

印刷機もそうなってくれるのではないだろうか。これからは情報の時代。また情報交換は人類の本能でもある。マスコミの発達はいいことだが、それは画一的で一方通行になりやすい。そのバランスをとるためにも、個人の意見の増幅が必要となるわけである。

個人がだれも小さな雑誌を作り、やりとりするようになるといいと思う。作った当人も満足や快感が味わえ、欲求不満も消える。未来の趣味として最有力のものではないだろうか。同時に、社会もバラエティに富んだものとなるだろう。

家庭用の万能印刷機があれば、さぞ生活が楽しくなるだろう。冷蔵庫のドアなど、自分で好きな印刷をすればいい。自動車や壁紙も同様。家じゅうを好きな模様で統一できるのである。服の模様を家にあわせたものに印刷することもできれば、服にあわせて家じゅうを印刷することもできるのである。

未来の住居や家具が規格化されるのはやむをえないことだろう。だからこそ、色彩や模様で個性を示したくなるわけである。模様縫いのできるミシンの程度に、そんな印刷機が普及してもらいたいものだ。

そんな印刷機ができたら、にせ札が出回って大変だと言う人があるかもしれない。しかし、そんな時代になれば、紙幣は今よりもっと豪華になるはずだ。私は今の紙幣は安っぽすぎると思っている。特殊な金属でも使った荘重華麗な紙幣が出現してもいい。また、未来は電子計算機とクレジットカードで、現金不要の時代になるともいわれている。だとすれば、家庭用印刷機が普及してもふつごうはないと思われる。もっとも、私のごとき作家商売はいささか困ることになりかねない。無断の海賊版がどんどん出まわると、印税がとりにくくなるからである。

寝台車

実地調査のたぐいを必要としない小説を書いているので、私はあまり旅行をしないほうである。旅でよかったのは、二年半ほど前に列車で福岡まで行った時のことだ。そこで開催された博覧会の仕事のためである。ジェット機なら一時間。それで行くつもりだったのだが、その少し前に羽田での三回連続の事故。いささか臆病になり、列車に変更したというしだい。

夕方の六時に東京発の寝台車。子供のころに乗って以来二十年ぶりで、なつかしさの念がわきあがった。日常の仕事もここまでは追いかけてこない。切り離された小宇宙である。小さな電灯がともり、ゴトゴトいう震動がこころよく伝わってくる。駅にとまるたびごとにホームから聞こえてくる声も旅情をそそる。

鉄道の胎内にいだかれたようだ。しばらく本を読んでいたが、やがて眠ってしまった。私は、きわめて寝つきの悪い性格だが、寝台車はゆりかごとなり、私を幼時につれもどしてくれた。

ぐっすり眠って目がさめると、朝。列車は瀬戸内海のそばを走っており、車窓には静かな海、美しい島々、帆をかけた小舟などがながめられた。他の乗客たちは別に知己ではないが、一夜を共に同じ車両ですごしたという意識のためか、眠い顔を見せあったためか、肩をたたきあいたいような気分。人数があまり多くないのもいい。

これこそ旅だ、列車の楽しさだ、と思った。福岡での仕事は面白いものでなく、なんにも覚えてないが、寝台車についてはいまだに印象に残っている。こんどの夏には熊本へ行く予定だが、またこの寝台車で行くつもりだ。旅の本質は産業からレジャーへと変わりつつある。ビジネス旅行から楽しみの旅へと、人びとの目的が移るのである。この寝台車のムードは、今後ますます貴重さを示すだろう。廃止されては悲しいのだ。

費用をきりつめ団体を作り、目的地へさっと行ってさっと戻る旅行の好きな人もいるだろう。だが私のように、道中をも楽しみたい人もあるのである。趣味や娯楽は、能率や画一化とは完全に別方向のものだ。寝台車は採算がとれないというのなら、引きあうだけの料金を喜んで払う。楽しみを求めて、競馬やバーやゴルフに、せっせと働いて得た金を使う人がある。寝台車をその対象とする人だってあるはずだし、現に私のごとく存在するのだから。

ＳＦの視点

大学の先生をしている友人がいる。大学紛争のさかんだったころ彼が私にこんな話をした。なぜ大学解体を主張するのかと全共闘の学生に聞いたところ「科学の進歩は人間を不幸にするばかりだ、それにブレーキをかけるためだ」との答がかえってきたという。本気か冗談か、その場の空気を知らぬ私にはわからないが、内心おおいに面白いと思った。そこでＳＦ作家仲間にふれてまわった。「根源的問いかけというもの、なんのことかわかったぞ。早くいえばＳＦだ」

ぐっとさかのぼった問題となると、あやふやになる。ファシズムが悪の代名詞、民主主義が善の代名詞としてわが国に定着してから久しい。しかし、なぜそうなのかの解説となると私にはできない。あなたはどうです。そういうムードがあるだけである。根源的問いかけの洗礼を受けてないから、現実には定でも着でもない。

先日、早川書房刊の「アンドロメダ病原体」というアメリカのＳＦを読んだ。小説としての完成度は別として、主題は実に面白い。未知の伝染性病原菌が人工衛星に付着し、地上に落下したらどうするかというのである。原爆でその地域を焼灼《しようしやく》（病組織を焼いて破壊する外科的治療法）すれば、ひろがりを防げる。米国の無人地帯ならそう問題はないが、それが大都市だったらどう、中立国あるいは共産圏の大都市だったらどうなるとの仮定がのべられ、焼灼作戦の決定責任者をだれにするかの問題にもふれている。

そんなことありっこないさと目をつぶったのでは答にならぬ。やはり根源的問いかけである。大学問題解決はいいが、せっかく芽ばえた問いかけの炎まで消えてしまうのは、いささか残念だ。まあまあ穏便ことなかれムードのなかに鋭い刃物を突っこまれるのを、われわれは好まぬようである。たとえばネパールの衛生向上、それで死亡率が低下し貧民が増加しているとの話はほうぼうで聞くが、決して大きな話題にはならない。

根源的問いかけの重要性はさらにます一方であり、その対象となるものも多くなる一方である。そこにSFの意義がある。投石やゲバ棒とともにでなく、それを娯楽化して提供するのがSF作家の役目だと思う。

娯楽化というと物議をかもしそうだが、真正面からホットに叫んでも、だれも耳を傾けてくれぬ。ぬるま湯ムードをかきまわしそうなものへの抵抗は、わが国では特に強い。娯楽化以外に方法はないようだし、だからこそ私はSFを書いている。また、娯楽化することによって、根源的問いかけの日常化ができるのではなかろうか。鬼ごっこで遊んでおけば、いざ本物の追跡の時にも役立つはずである。そして問いかけが習慣化すれば、えたいのしれぬヒューマニズムというものも、しだいに明確化し、いままでより身近なものになるにちがいない。

SFの古典にH・G・ウェルズの「宇宙戦争」がある。面白い小説つまり娯楽なのだが、それまでの人類至上主義をくつがえし、人間は宇宙では卑小で異質な存在かもしれぬとの大変な問いかけを、万人にさきがけてやってのけた。だからこそSFであり名作なのである。当時の読者の大部分は軽く読みとばし、筋もすぐ忘れただろうが、主題だけは頭のどこかにひっかかっていた。そのため、そのご「火星人来襲」というラジオドラマで、全米が混乱するといった事態がひきおこされたのだ。また一面、人の意識を宇宙へむけさせ今日の基礎を作ったわけでもある。

野田昌宏著の「NASA―宇宙船野郎たち」という本には、宇宙進出を夢みた人びとの系譜が書かれており、興味深かった。大砲から発射された弾丸に乗って月へ行くというSFを最初に書いたのはジュール・ヴェルヌ。その作品を読んだあるアメリカの少年が、今世紀のはじめにとんでもない問いかけを思いついた。地面にむけて大砲をぶっぱなし、その反動で大砲を上昇させる手はないかと。この少年がゴダードであり、これがアポロを成功させた三段ロケットの着想のもとだそうである。

名作と称されるSFには、問いかけ、あるいはそれを誘発するものが含まれている。これがSFの命で、作者がその心がけを失った時に作品が形骸《けいがい》化する。書いているほうも面白くないし、読む側も同様。このところアメリカのSFに面白いのが少ない。しっかりしろと声をかけたいところだが、その言葉は私自身にもむけなければならぬ。現代はぼやぼやしていると、どこへ突っ走るかわからぬ時代。なにかを見つけたら、非常ベルは鳴るのが役目だ。ひとがそれをどう聞くかは別問題としても。問いかけの種はたくさんあるし、なにも大問題である必要はない。すでに大問題になっているのは、もはや大問題ではないのだ。対象もさることながら、忘れてならないのは問いかけるという姿勢なのである。

いま私ががかりに駅前広場に立って「原爆反対」と絶叫したら、人びとはどう反応するだろう。変な目で見られるか無視されるかのどちらかだろう。抱きついて涙を流して賛成してくれる人は出現しないだろうし、いたらその人も変人あつかいされる。スローガンだろうがコマーシャルだろうが、あまりくりかえされるとこんなふうになる。人間とはそういう動物らしい。

アメリカのSF作家ロバート・ブロックが「こわれた夜明け」という短編を書いている。核戦争のあと死の灰がただよい、もはやどこにも逃げ場はない。その燃えるビルのなかで、軍司令官が「わが国は勝ったのだ」と満足の笑い声をあげている話である。これを読みかえすたびに、私はいつも絶望的な気分になる。ブロックは一流作家と評価もされていず、反戦主義者でもないのだが、私に核戦争の恐怖を感じさせる点で、この一作は百万人の絶叫にまさっている。規格化された情報でないからだ。

規格化への抵抗は、根源的問いかけとともに、こんごのSFの課題である。ゲバ学生も問いかけまではよかったのだが、行動のほうが規格化におちいり、影がうすれてしまった。他山の石としてSF作家の自戒すべき点。

現代は情報の氾濫《はんらん》時代だそうだが、われわれはいっこうにアップアップという気分にならない。情報は大量なのだろうが、処理され規格化されているからである。どこかでクーデターが起ったとする。わかったような気分にさせる解説がつき、新聞は「事態はなお流動的」と書き、テレビニュースは「成り行きが注目されます」で、多くの人びとは「よくあることとか」とつぶやき、ちっとも驚かぬ。規格化の情報が、規格化された思考回路を通り抜けて行くだけ。

先日ちょっと驚いたことがあった。少年雑誌の原稿に、なにげなく「不景気な」との形容を使ったら、いまの若い者に通じないから別な話にしてくれと編集者に言われたのだ。そうかもしれないなと、私はそれに従った。若い人の頭には、不景気という思考回路はできてないのだ。与えられつづける情報で滑りがよくなるのは、繁栄思考の回路ばかり。私もその規格化に手を貸したことになる。思い出すと良心がとがめ、いずれ罪ほろぼしに不景気SFを書くつもりでいる。

「機械がいくら人間に迫ろうが、それはいい。人間が機械のごとくなる傾向のほうが問題である」とは、ある学者の言葉。わが国にはそのおそれがある。歩行者優先のはずが、現実は車がわがもの顔である。機械に生活をあわせるのが好きなのだ。コンピューターは非常に高価な装置なのだから、その計算しやすいように、たとえ不便でも人間のほうががまんすべきだとなる。「あなた、もっと型にはまって分類しやすいようになって下さい。統制を乱すと、コンピューターがめんどうみてくれませんよ」となれば、まさに人生ツアーの団体旅行だ。「コンピューター時代への心がまえを持とう」とはよく耳にする言葉。だが、どんな心がまえを持てばいいのかとなると、だれも教えてくれない。たまに書いてあると、コンピューターごのみの人間になってうまく立ち回るべきだといったたぐいである。

それはともかく、人間でなくてはできぬ分野の重要性が増すことはたしかだろう。政治がそのひとつで、だから政治家をもっと尊重し優遇すべきだと私は思うが、そんな発言をしたら反発されるにきまっている。既成の規格化した感情の回路に反するからである。そのため優秀な人材は政治家にならず、政治家はますます規格化し小粒になってゆくのではなかろうか。

これが世の流れとなると、規格化への反抗のしがいもあるというものだ。しかし、その反抗が、規格化された反抗であっては意味がない。SF作家の腕のふるいどころである。これから重要なのは情報ではなく、新しい思考回路の提供といえる。整理された情報はいくらでもあるが、その分類境界を無視し新回路を作るこころみをするのに、SFほど適当なものはない。SFの評価はここできまる。男と女を出し、くっつけたりはなしたりし、タイムマシンか宇宙船を配置しておけば、むかしはそれでSFになった。だが今後はそうもいかぬ。あれだけ全盛だったテレビのSF物が消えてしまった。規格化のせいだ。

昨今の欧米のSFはやや沈滞ぎみだが、英国の若い作家たちに〝新しい波〟という運動があり、物理現象のエントロピーと社会現象を組みあわせた作品などが出ている。成

功していると は思えないが、新しい思考回路を作りSFの本質に活力を注ぎこもうという意気は、ひしひしと感じられる。
もっと鋭いSF論を展開すべきなのだが、自分が作家のひとりであると、どうもいけない。わが身にむちうっているような気分である。

感激の味

戦中派なので、私は食えればありがたいとの考えであった。それに、うまいまずいなど男は言うべきでないとの、古風なところもあった。そのため、味の随筆をたのまれるといつも困っていたのだが、今回はちがう。

先日、大阪で調理師学校の校長をなさっている辻静雄さんのお宅で、ごちそうになるという機会をえた。つまり、コックさんたちの先生である。そのかたが、わが国で作れる最高級のフランス料理を味わわせて下さるというわけ。

いささか気おくれがしたし、卓の上には銀の食器、陶器はリモージュ・ボワイエ、グラスはサンルイと、聞くだに高級な発音に身ぶるいさえもした。しかし、辻さんが気さくな人なので、私たちもくつろげた。

まず、デリス・ド・ソーモン・ラクーショ。これは鮭をすりつぶして丸め、煮た料理。これに二種のソースをかけるのだが、その説明をうかがうと、ただただ驚くばかり。

ソース・アメリケーヌは伊勢エビの殻をたたきつぶし、ニンニク、玉ネギ、トマトとともにいためる。それにコニャックをかけ、火をつけて燃やし、魚のだし汁を入れ、コトコト煮たものを漉《こ》して作るのだそうである。

ソース・ベアルネーズのほうは、卵黄と溶かしたバターをあわせた温かいマヨネーズのごときもので、それにエストラゴン（かわらよもぎ）やパセリのみじん切りを入れたもの。

味はそれこそ絶妙としか言いようがない。その時、同席の友人の小松左京は「あす死んでも惜しくないような気分だ」と言った。もっとも彼はあとになって「死んでもいいなんて言わなかった」と否定しているが、私はたしかに聞いた。もしかしたら、彼の舌が美味に感じて勝手に動き、その言葉をしゃべったのかもしれぬ。

あるいは、世にこのような美味の快楽があると知って、人生に執着心が起ったのかもしれない。私もまたそうである。生きていることの意義を教えられた思いであった。

つぎにアーモンドのポタージュ。フランスの田園風の料理だそうで、肉のだし汁と牛乳とクリーム、それにアーモンドのすりつぶしたのを加えて作ったつめたいスープ。口にするまでどんな味か想像もつかなかったが、アーモンドの香気が微妙に調和し、夢心地になるような気分。

そのあとも各種の料理が出たのだが、絶妙とか微妙としか形容できない。作家を商売としているのに、味の形容となると、かくもなさけないことになる。

あらためて感じさせられたが、味というものは、人類が長いあいだかかって開発した大変な文化である。辻さんは毎日新聞社から「舌の世界史」という本を出しておられ、それを拝見すると、ソースの製法だけでも、前述の如き複雑なたぐいが、たくさん紹介されている。そのひとつひとつの製法確立の過程で、どれだけの試行錯誤があったのかと想像すると、驚異でもある。美味を築きあげたという形である。

これまで私は味にさほど関心がなかったが、それをひっくりかえされた。過去を反省しているのである。私たち日本人は、自然環境のせいか体質のせいか、歴史のせいか、複雑微妙に味を作りあげる執念に欠けていた。未来への繁栄という目標のなかで、味覚の充実にもっと重点を置いてもいいようだ。高層ビルやカラーテレビや自動車だけが繁栄ではない。

カンニング

私は昭和八年に小学校へかよいはじめた。うちにラジオなるものがそなえつけられたのもそのころである。昭和十一年の二・二六事件の時、ラジオが「銃声がしたら壁の裏側にかくれなさい」と告げていたのを覚えている。

中学生の時に太平洋戦争がはじまった。銃剣術などをやらされたものだ。旧制高校の時は東京空襲の時代。焼け跡がふえていった。大学一年の時に終戦。昭和二十三年に卒業。

こうしるしてみると、私の通学時期と、世の中に娯楽のなかった時代とが、ちょうど重なっている。もう少し早くうまれていたら、出征し戦死したかもしれないが、古きよき時代をもっと味わえもしただろう。

つまり、ただただ学校へ通いつづけ、勉強をしていたことになる。勤労動員はあったが、遊びはなかった。しかし、べつに残念とも思わない。自己の性格を考えてみるに、私はさほど意志が強固でもなく、学問への情熱に燃えた人間でもない。それがまあ、なんとか大学の理科系を出て、そのあいだに、世には学問という知的興味にみちた世界のあることを知ったのである。ほかにすることがなかったおかげといえよう。

社会に手っとり早い娯楽が充満している時代だったら、そうもいかなかったろう。その点、現代の学生はえらいと思う。遊びたい誘惑をみずから押えつけ、勉学にはげんでいるのだから。私がおそくうまれ、現代の学生となったとしたら、途中で脱落するか、わけもわからないまま形だけの卒業というところだろう。運命のおかげである。

学校といえば試験がつきものだ。ずいぶんたくさん答案を書いてきたものである。私は出席率はいいほうで、ノートはとってあるが、帰宅して読みかえさないというタイプであった。したがって、試験日が迫ると、いつもあたふたした。そこで考えたのが、カンニングである。だが、ノートを机の下でひろげるなどというのは下策だ。ばれるにきまっている。やるのなら、ノート半ページ分ぐらいの一枚におさめ、さっとのぞくようにしなければならぬ。

私は試験前になると、いつもその作成に熱中した。ダイジェストするのである。しかも、それは一目ですぐわかるよう、簡明に整理された形でなければならない。だが、この作業はやってみると容易でない。理解のあいまいな個所があると、半ページ大の紙にはおさまらないからである。

それでも、試験日にまにあわせるよう、苦心してそれをまとめあげる。カンニング・ペーパーの完成である。ポケットにしのばせると、なんという安心感。先生だって、五秒ぐらいの油断はするはずだ。そのすきにのぞけば、なんとかなる。ごりやく確実のオマモリを所有している気分である。

しかし、そなえあれば憂いなしで、現実に活用する羽目になったことはなかった。圧縮の過程ですべて頭におさまってしまったからであろう。

試験なるものの存在の可否は、私にはわからない。しかし科目によっては、その学期に習ったことを短く要約させ、いかに個性的にそれをやるかで、試験に代えてもいいのではないかと思う。だが、そうなればなったで、そのつらさに悲鳴をあげる学生も出てくるにちがいない。私はカンニングというスリルで楽しみながらやってしまったが……。

ある作曲

コンピューターによる作曲という記事を見て、もはやそこまで来たかとびっくりした。しかし、くわしく読むと、既成の曲をデータとして入れ、コンピューターはその各部分をまぜあわせ、取り出したにすぎないということのようだ。坂本九はそれを歌ってみて「盗作の曲のようだ」と感想をのべたそうだ。

盗作のようだどころか、明白な盗作である。人間の場合だと無意識とか偶然の一致とか、いちがいに責められぬ。だがコンピューターの場合はそうはいえぬ。おかしいではないか。人をひいたのは車であって運転者に責任はないというのと同様の、むちゃな現象だ。データとして無断で使われたメロディーの作曲者は、告訴すべきである。コンピューター自体の個性や独創性など、ひとかけらも加わっていないのだから。

恥と笑い

恥をかくのはいやなものだ。「聞くは一時の恥、聞かざるは一生の損」との名言があるが、恥をみとめたうえの議論である。先生に対して的はずれの質問をし、教室じゅうの笑いものになった経験は、多くの人がもっているにちがいない。私にもあるが、思い出しても顔が赤くなる。疑問点をがまんしていたほうがよかったような気にもなる。教育の障害の一つはここにあるようだ。

わが国は恥の文化だそうである。そのせいか、質問の技術はいっこうに進歩しない。テレビの司会者がゲストにする質問は、進行へのあいづちか、ゲストをひきたてるおべっかである。国会での議員の質問は自己宣伝以外のなにものでもない。上役に対して変な質問をすると、遠まわしの批判かとかんぐられ、根にもたれたりする。相手を困らせる質問は非礼とされ、とっぴな質問は当人の格を下げる。ことほどさように、わが国においては微妙に感情とからみあっている。

一方、秀才タイプが敬遠され、きらわれ、人びとから遊離するのも、このような気分を知らないからではないだろうか。孤立するためさらに秀才タイプになり、世間しらずになってゆく。このへんの分析がもっとなされていいのではなかろうか。人間間の情報交換は、ムードを伴うもののようだ。

しかし、ティーチング・マシンなるものの普及する未来においては、これらの風潮も変り、感情に無縁の形で知識を吸収できることになるわけであろう。みんなが秀才タイプになってしまうわけだが、いいことかどうか。

恥をかかなくなるかわりに、他人の恥を大笑いする楽しみもなくなってしまう。前者の消失はいいことだが、後者は残しておきたい。ティーチング・マシンには、とっぴな問答をくりこんでおく必要があると思う。だが、とっぴな問答というやつは、人工的には作れず、入念に収集する以外にない。たぶん現在なされていないだろうが、大切なことであると思う。

とっぴな問答、恥、笑いというものは、アイデアへの感覚なのである。私も時には百科事典をひく。将来は情報サービスとやらでボタンを押せば求める項目がさっと電送されることになるのだろう。しかし、面白くもおかしくもない。百科事典の楽しさは、不必要なとなりの項目が目にはいるところにある。先日〈手術〉の項をひき、その歴史などを読み妙な気分になったあと、次の項目の〈呪術《じゅじゅつ》〉をついでに読み、恐怖小説のアイデアを得た。いかにも人間のいとなみという感じにひたれた。

また私は、アメリカの一駒《ひとこま》漫画の収集をやっており、趣味としている。孤島、医者、泥棒、ロボットなど、さまざまなテーマがあり、それで分類をするのである。しかし、孤島にロボットのいる図とか、からみあった場合があり、そんな時にはさがし出すのに大さわぎ、部屋中にちらかしたりする。カードにでも記入して整然と索引でも作っておけばいいのだろうが、いまだにそれをやっていない。

めんどくさいからでもあるが、この大さわぎのなかに楽しみがあり、あらためて笑いを発見し、アイデアのもとになるからである。

太古の海のなかで、さまざまな物質が接触しあい、離合集散し、そこから原始生命が生れた。

現代は情報の海、コンピューターによる整理はもちろん必要だが、整理されすぎるのも心配である。このかねあいが今後の重要な課題なのだろうし、そこまでは私にもわかるのだが、どうすればいいのかとなると正直なところ見当もつかぬ。

水

私にはまだついこのあいだのことのように思えるのだが、戦争が終ってから、もう何十年もたっている。私の夢に出てくる光景で最も多いのは、その終戦直後のことである。あたり一面ほとんど焼野原で遠くまで見わたすことができ、道路はがらすきという状態だった。現在とまったく反対なので、そのため夢にあらわれやすいのかもしれない。

終戦後まもなくのころ、私は日本橋の上に長いあいだ立ちどまり、下の水面をながめつづけたことがあった。投身しようとしたのではない。川に魚が泳いでいたからである。すみきった水のなかを、名前はわからないが、小さく細長い魚がむれをなして泳いでいた。これは私の追憶のなかで、鮮明な映像となって残っている。その気になって魚類図鑑で調べれば「あ、これだ」と今でも指摘できると思う。

当時は汚水や廃水がどこからも出なかったためである。その後、日本橋付近の川は汚れほうだいに汚れ、なんともいえぬ悪臭も立ちはじめた。魚どころのさわぎではない。あげくのはて、川そのものも埋められ、すべては幻のごとく消え去ってしまった。

わが家の話になるが、深い井戸があり、モーターでくみあげて良質の水をいつでも使うことができた。数年前の異常渇水の時も、水には少しも不自由しなかった。毎年、夏になると水洗便所の床がびしょびしょになり、ふしぎに思ったものである。やがて原因が判明した。井戸水を使用するため床のタイルが冷え、空気中の水分が凝結するためだった。

かくのごとき生活だったのだが、ついにその井戸の水もかれる時がきた。そばに地下鉄線が開通したからである。

子供のころにはだれも水遊びが好きだが、おとなになるとやらなくなる。この人間におけるのと同様に、社会も成長するにつれて、水との縁が薄くなってゆく傾向があるように思えるのである。

すなわち、わが家もいまや消毒薬くさい水道の水を使うようになった。また、裏の細い道も舗装され水たまりもなくなった。乗り物や衣服の進歩で雨にぬれることもない。私たちの生活で、天然の水に触れることがほとんどなくなってきたのである。

夏になると私は大磯に出かけるが、そこには海岸に有料大プールができ、人びとは消毒した水のなかで泳いでいる。変なものだが、溺《おぼ》れる心配のないことはたしかだ。私もまたそこで泳ぐ。

こういう傾向を考えてみると、これが進化というものらしいのである。原始生命は約二十億年前に、海のなかで発生した。それ以来、魚類、ハチュウ類、ホニュウ類と、しだいに水から離脱し、そのたびに一段と高度な生物となってきた。この大きな流れが、私たちの周囲で今も進行中のようである。

むかしは床のゾウキンがけという仕事が、家庭内で毎日欠かせない作業であった。現在、それを毎日やっている家がどれくらいあるだろうか。ほとんどないにちがいない。乾燥インスタント食品の普及はめざましい。余分な水分を除くことで、保存性を向上させたのである。電化製品の花形であるルーム・クーラーは、空気中から湿気を除き、それで爽快感を高めてくれるのだ。

超音波皿洗い器というクーラーのつぎに普及しそうな装置は、あまり水を必要とせずに皿をきれいにしてくれる。近い将来においては、高圧空気利用のトイレの時代がくるという。空気で流してしまうもので、空洗便所というわけであろう。

こういった生活面ばかりでなく、産業面でも水はしだいに重要さを失ってゆくのではなかろうか。このあいだ原子力発電所を見学した時に、説明を聞いて感心した。小規模な原子力発電所であっても、巨大なダムの水力発電所より多くの電力を作り出せるのである。

宇宙開発が進んでおり、この調子だと、人類が大量に宇宙へ進出する時代も空想的な未来ではなさそうである。宇宙船のなか、あるいは月や火星の宇宙基地では、人は排泄《はいせつ》物《ぶつ》から回収した水を飲むことになる。ほかに水を入手する方法がないからだ。

私などは、理屈ではどうということはないとわかっていても、心理的抵抗があって平然と飲めそうにない。つまり、内心に水への偏見やノスタルジアを多分に残しているからである。進化の途中にあるからだ。

やがては、火星に地球人が大ぜい移住することになろう。彼らを火星人と称することになるわけだろうが、彼らは水から一段と離脱したといえることはたしかだ。進化である。

そうなると、彼ら火星人は、地球に残った者たちを、ホニュウ類がハチュウ類を見る目つきでながめるにちがいない。

せまいながらも（空間の多重利用について）

日曜日の午前。エヌ氏の家庭は平穏だった。壁に飾られている絵は、きょうはモネの複製。額縁にしかけがあり、毎日べつな絵にかわるのである。芸術への感覚と親しみとを深めてくれる。

小学生の息子は、勉強机にむかいティーチング・マシンを使って自習していた。夫人はピアノをひいていた。小型ピアノとステレオとテレビとを一つにまとめた装置で、団地むけに開発されたものだ。息子も夫人も耳に密着したヘッドホーンを利用し、音を部屋じゅうにまきちらすことはない。

エヌ氏は友人のところに電話をかけ、電話機に電子碁盤のコードをさしこみ、碁を打っていた。こうすると、おたがいに家にいながら勝負を楽しめるのだ。彼は一局でやめ、部屋のすみの情報整理機のスイッチを入れた。いまの勝負の経過と結果とを記録したのだ。

つぎに彼は健康診断器を使い、自分の心電図や血圧を測定した。その数値を情報整理機に入れると「正常です」との答が出てきた。

室内の空気はこころよい。窓の電子冷暖房装置がつねに適温に保っていてくれているからだ。それに付属するフィルターは、外部の空気に含まれる排気ガスや細菌をとりのぞいてくれている。さらに、そのご開発されたフィルター自動取り換え装置、モーター音防止装置なども買ってとりつけてあるため、いささかごたごたした形になっている。

しかし、清潔で能率的で静かではあるのだ。

「昔にくらべ、便利な品がいっぱい作られるようになった。しかし、住居そのものは依然として2DKなんだからなあ……」

エヌ氏はため息をつく。所得はふえたが、せまさだけはどうしようもない。それに日曜も午後ともなると、さまざまな製品を売りこみに、セールスマンがいれかわりたちかわり押しよせてくる。早くもドアにベルの音がし、そのひとりがあらわれた。

「ぜひこれを。玄関にとりつける詐欺師見やぶり装置でございます。うそ発見機を高度に改良したもので、誇大宣伝のセールスマンが訪れますと、赤いランプがついて警戒信号を発します。だまされることなしです」

エヌ氏がことわろうとする前に、夫人がそばから口を出した。

「あら、おとなりでは以前からとりつけている品よ。うちだけないんじゃあ、みっともないわ。あなた、買いましょうよ」

「しかたない、好きなようにしろ……」

エヌ氏はうなずいた。議論したところで、結局は買うことになるのだ。しかし、これがあると、これ以上変なものを売りつけられないですむようになるかもしれない。

またべつなセールスマンが訪れてきた。

「室内用運動機はいかがです。わが社が総力をあげ極端に小型化したものでございます。使う時には大きくても、しまう時にはボタンひとつでかくも小型。ふとりすぎが防げます。ふとることは部屋をせまくすることで、絶対に避けねばなりません」

「ふーん……」

エヌ氏は詐欺師見やぶり装置をそっとのぞいた。警戒の標示ではない。彼はそれを買ってしまった。そして夫人に言う。

「台所のすみにおく場所はなかったかな」

「なにいってるの。このあいだ食品の有害色素検出機を買ったでしょ。冷蔵庫、皿洗い機、電子レンジ、瞬間乾燥消毒機。必要品で満杯よ。洗面所には洗濯機、整髪機、太陽灯、マッサージ機。お風呂のそばには石けん吹付け自動洗身機がおいてあるし……」

「じゃあ、こっちでおき場所をさがそう」

エヌ氏はイスの下をのぞいた。そこにはボートの箱があった。ゴム製のレジャー用大型ボートだが、空気を抜くと旅行鞄ぐらいになるものだ。彼は押入れのなかの品を並べかえ、なんとかそれのしまい場所を作った。またセールスマンがやってきた。エヌ氏は機先を制して言う。

「たとえ金貨製造機だろうが、不老不死の装置だろうが、絶対なにも買わない。これ以上買ったら、人間のいる場所がなくなる」

「そのようなご家庭に、ぴったりの品。物品整理機でございます。容積計算をやり、押入れの品をきっちり整理しなおし、余分な空間を必ずうみだしてくれるという……」

余分な空間を作ってくれるとの魅力的な文句に説得され、エヌ氏はまた買わされた。さっそく使ってみると、押入れ内の配置のむだがなくなり、いくらかの空間ができた。しかし、そこにいまの装置を入れたら、押入れはふたたびいっぱいになってしまった。

くやしがったエヌ氏が飛びあがったとたん、天井から下っている芳香発生機に頭をぶつけた。季節の花のかおりを室内にただよわせてくれる装置なのだ。天井にもさまざまなものがくっついている。たとえばボタンを押すことにより、洋酒セットだとか、非常来客用豪華ハンモックなどがおりてくるのだ。

またもセールスマンがやってきた。

「すばらしい品でございます」

「なんであろうと、おことわりだ」

「しかし、ごらんになるだけでも。これこそ科学の成果でございます。空気に作用し、人工的に蜃気楼《しんきろう》現象をおこすものです。つまり、あたりの光景が望遠鏡を逆にのぞいたように、遠く小さくなってくる。ひろびろとした感じが味わえるというわけでございます」

ためしに装置をとりつけてスイッチを入れると、説明のとおり部屋がひろく見え、すがすがしい解放感めいたものを味わえた。エヌ氏は代金を払いながらつぶやく。

「すごい新製品が開発されたなあ。昔は戦争が科学の発達をうながすなどと言われていたらしいが、いまは住宅のせまさが科学を進めているというわけか……」

新聞の読み方

このところずっと、家にとじこもりの日常である。私の小説は実地調査に行かなくても書けるたぐいだし、用もないのに外出するのもめんどくさい。原稿を書かない時は、ねそべって新聞をながめる生活。SF作家だからといって、身辺に珍奇さはなにもない。これでは随筆の材料の発生するわけがない。病気ででもあれば闘病日録という、よくあるたぐいの随筆が書けるのだが、あいにくと病気でもない。困ったものですな。

しかし、新聞というやつ、ひまにあかせてすみずみまで熟読すると、いろいろと妙な発見ができる。「わが社の製品の煙探知器が、アポロに使用されて月へ行った」と宣伝した火災報知器会社があったという。競争会社が怪しんでNASAに問いあわせると、アポロの性能は万全で火災のおそれなどまったくなく、そんなのは使ってないとの回答。そうだろうな。アポロのなかで火災報知器が鳴り、乗員が消火器をふりまわすなんて、あまりに原始的だ。かくして誇大広告と認定され、公正取引委員会からおしかりをこうむったという記事。こういった、アポロあやかり事件の各種を収集したら、さぞ面白いだろうと思うが、やはりめんどくさい。

それでも私は、昭和三十二年のソ連人工衛星第一号についての新聞雑誌の記事のうち、漫画や小話やあやかりさわぎなどは、全部切り抜いて保存している。いま読みかえすと、なんともばかばかしい感じである。今回のアポロさわぎも、もう十年もしないうちに、それと同じくらい古くむなしい思い出となるにちがいない。

それはそうと、公正取引委員会というものは、誇大広告を取り締る機関らしい。正義と弱者の味方、主婦連あたりからは大いにたよりにされているようだ。しっかりたのむ。

そう思いながら、新聞のべつなページを見ると、銀行の広告がのっている。定期預金をすると、五年でこんなにふえる、十年ではこんなだと、グラフ入りで解説している。魅力的な話だ。おれももっとかせいで、定期預金をふやそうかなという気になる。広告に説得力があるせいか、こっちが暗示にかかりやすいのか、どっちかなのだろう。

広告欄の上の経済面の記事を見ると、物価の値上りは年に五から六パーセントの率がつづくであろうと、もっともらしい文章で書かれている。この傾向はやむをえないことらしいのだ。やむをえないのかもしれないが、定期預金の利息を上まわっているのである。

定期預金をすると、数字の上ではたしかにふえるのだが、実質は少しもふえない。むしろへってゆくのである。これなんか大変な不当標示、誇大広告だろうと思うが、公正取引委員会が乗り出すという話は聞いたことがない。私は銀行を非難する気は少しもないが、こういう誇大広告を堂々と放任しておく公取は、職務怠慢ではないかと思う。

銀行のような大企業には遠慮し、中小企業の苦しまぎれの商売をいじめる。世の中によくある話で、仕方のないことかもしれぬ。しかし、そういう機関を正義や弱者の味方と買いかぶる人たちがいるとなると、いささか悲しくなる。しっかりしてくれ。

さて、新聞のべつなページに目をうつすと、税の記事がでている。給与生活者の税が高すぎるというのである。ほんとうにそうなら、なんとかすべきで、正論である。しかし、そのあとがふしぎである。銀行預金の利息にもっと税をかけろというのである。私は預金などたいしてないから平気だが、その根拠の理解に苦しむ。

前述のごとく、預金者は物価上昇によって損がふえてゆくしかけである。預金者とはほかに才覚のない、人のいい連中。わが国の経済は、そいつらの犠牲でもっているのではなかろうか。一億円の預金をし、利息をとっているやつがいたとしても、そいつだって利息をうわまわる実質元金の減少という損をしているのだ。うらやましいどころか、ざまみろである。かわいそうなものだ。だが、そんな主張は新聞のどこにものっていない。

銀行利息をうんと優遇したらどうだろう。投機的に土地を買いしめた連中が、それをたたき売って銀行に財産をもどす。地価も暴落するかもしれん。しかし、だれもそんな説は主張しないようだ。さしさわりがあるからかもしれない。

万国博のタイムカプセルには、現在の新聞もそのなかにおさめられるという。未来人がそれをあけ、こういう新聞を読む光景を想像すると、楽しくてならない。学者たちが集り、一九七〇年の日本の経済はどうなっていたのだろうと、大議論を展開するのではないだろうか。公取、税制、銀行などの役割について、首をかしげるにちがいない。

結局「そのころのやつは、どこか狂っていたのだろう」ということになる。タイムカプセルには手紙も封入すべきだ。「おかしな点は狂っていたからだとお考え下さい」と書いておく。われわれの子孫である未来人の議論の手間を、いくらかは軽くしてあげられるというものだ。

祖　父

子供のころ、父が破産した。

破産というとものがなしいイメージがあるが、強制和議、いまでいう会社更生法のようなものが適用され、父は毎日、車で会社へ出かけていた。

しかし、私財はすべて競売され、そのため私たちは母方の祖父の家に同居していた。

本郷にある庭の広い家で、静かだった。私はみじめな思い出を持たなくてすんだのだ。その祖父は小金井良精といい、東大医学部の名誉教授。なかなか厳格な先生だったそうだが、孫の私にやさしかったのはもちろんである。しかし、私は祖父が大笑いするのを見たことがなかった。やはり、本心から厳格だったのであろう。

ドイツに留学した明治時代の学者の典型と呼んでいいようだ。祖父の専門は解剖学と人類学。子供だった私は、祖父の書斎でよく遊んだものだ。

十畳ほどの和室で、壁の棚には洋書がぎっしり並び、人間の頭蓋骨が二つほど置いてあった。標本のためよごれはなく、私はバネでつけてある下アゴを動かし、すなわち口をパクパクさせておもちゃにした。

押入れの奥に箱があったので、なんだろうとあけてみると、そこにも頭蓋骨が入っていたりした。なあんだと、私はもとにしまう。今に至るまで、私は人骨に対し特殊な感情を抱いたことがない。

「これは、このあいだ掘ってきた、古代の日本人の骨だ。頭のここのところが、こうなっているのが特徴だよ」

祖父が私に解説したこともあった。だが、小学生の私にはわかりっこない。孫に対して、ほかに話題を知らないのである。純粋な学者とは、こういうものなのであろう。

私の記憶によると、老齢なのに祖父はよく旅行へ出かけた。北海道などが多かったようだ。古いアイヌの骨の発掘のためである。母が私に言ったことがある。

「おじいさんの研究はよくわからないけど、骨の小さなかけらを見ただけで、人間のどの部分のか、すぐに当ててしまうのよ」

医学を学べば、それくらいは初歩的な知識なのかもしれないが、私にとって、それは偉大な能力のように思えた。

祖父の研究をひと口に言えば、日本の各地から発掘される古代人骨をくまなく調べ、日本民族の成立をときあかそうというものである。

私はそのうち、祖父の論文を系統的に読んでみようと思っている。日本民族の成立よりも、祖父が明治時代に、なぜこのようなテーマに手をつけたかの点に興味があるのである。もっとも、読んで私に理解できるかどうかはわからないが。

子供のころのある夏、祖父と私とはある谷川で遊んだ。その時、祖父はセキフを作ってくれた。石斧と書くのだということは、あとになって知った。

丸みのある平べったい石を拾い、その一端を岩でこすり、刃をつけるのである。私の作ったのは妙な形で稚拙《ちせつ》きわまりなかったが、祖父のは刃の部分が一直線で、しかも鋭く、美しくすらあった。私が祖父を心から尊敬したのは、この時である。後年、博物館で本物の古代石斧を見たが、祖父の作ったのとまったく同じで、なつかしかった。

「むかしの人は、これで動物の皮をはいだのだ」

そう教えてくれた。これなら私にも理解できる。私はこの新知識を小学校で友人に話したが、だれも受け付けなかった。そのころ、教科書は神話ばかりで、こんなことは、みなにとってべつな次元のことだったのだ。

祖父は徹底したジャーナリズムぎらいで、論文や学術講義以外に、なにかを書いたり話したりしたことがなかった。いまになって考えてみると、話せば神話を否定するというわけで、不敬罪かなにかにひっかかり、といって、説に糖衣をつけられない性格だったのであろう。

祖父は昭和十九年に八十七歳で死亡した。祖父への思い出はつきない。作品に書きたいとも思っているが、資料集めにまだ時間がかかりそうだ。この祖父の影響で、私も実証科学的な思考になったかというと、そうでもない。私の父はこれと反対の性格だったのである。

私の父は明治時代にアメリカに留学しているが、昭和十二年ごろになって、とつぜん奇妙な説を考えつき、それを本にまとめあげた。神とは進歩のことであり、協力は神の命令、神の働きは移るという現象だというもの。そして、三種の神器は真善美の象徴であり、日本は〈お母さんの創った国〉である、欧米は〈お父さんの創った国〉だというのである。

人生観とも哲学とも、宗教とも史観ともつかないものだ。私にはいちおう理解できるのだが、その解説はべつの機会にゆずる。

古代の日本という言葉を聞くと、私は祖父のこと、亡父のことを交互に追憶しはじめてしまうのである。

映像の微妙さ

ある日、フジテレビのビジョン討論会という番組に出た。テレビは何回出てもなれず、苦手なのだが、時たまなんということなしに承諾してしまう。テーマは「映像文化か活字文化か」で、それにちょっと興味を感じたせいかもしれない。東商ホールを会場としての公開録画で、百人あまりの聴衆があった。活字派と映像派との討論という形式。映像派の大将は大宅壮一氏で、はじまる前に「少し変じゃありませんか」とからかわれたりしていた。むりな分け方で、私は活字派になっているが、べつにテレビ否定派ではない。むしろテレビ愛好者だ。しかし、そこが演出である。

私の意見は「文化は抽象によって進歩してきた。いくら水に接しても H_2O の概念は得られず、$(a+b)^3$, $E=mc^2$ など映像だけでは手におえない。将来も、電子計算機と共存してゆくには、記号化の能力が必要だ。文字もまた記号である」といったところである。映像派の主張は、テレビの持つ迫真性、現実性、記録性、明快さなどの点である。しかし私は、ここにも疑問を持つ。羽田の全学連の乱闘などは、テレビによってさわぎが一段と大げさな形で伝達されているように思えるのである。

テレビカメラがむけられていると自覚すると、学生たちは、視聴者の期待する全学連像を示そうと、大あばれする。テレビカメラは激しい部分だけをねらって追う。学生たちがおとなしく笑っていたら、人びとが「なんだ面白くない」とチャンネルを切り換えてしまうからである。カメラへの迎合、なれあいで作られた虚像、事実ではあっても真実ではないような気がする。

活字のほうは、私以外の二人ともマックルーハン批判の発言をした。私としては、マックルーハン理論は、そのユニークさの点で大いに好意的である。論の当否はべつとして、独創的な仮説はわが国でははなはだ冷遇される。残念なことだ。彼の理論など、もっと前に日本でだれかが唱えていていいはずの考え方である。

討論の途中、マイクが会場にまわされ、聴衆のなかから意見が求められた。若い人が大部分だったが、そのほとんどが「活字文化は大切にしなければならぬ」というもの。いささか意外。映像派はがっかりし、劣勢を予想していた活字派は力をもりかえした。私もちょっとふしぎに思った。テレビが好きと大ぜいの前で発言するのには、ためらいを感ずるものであろうか、とも考えてみた。

しかし、やがて気がついた。討論会の前に映画の試写があったのである。人を集めるには、それぐらいのサービスをつけなければならないのだ。

その映画は「華氏四五一」という、私の好きなSF作家ブラッドベリの原作。原作の感傷性は薄れていたが、冷たい新鮮さがあり、映画としては佳品である。テレビがすべてを支配するようになった未来を舞台に、本はすべて焼かれ、本の所持者が犯罪人扱いをされるという文明批評的な物語である。活字文化の映像文化に対する優位を主張する話を、映像文化のひとつである映画にしたという、この点ややこしいものである。局はこの映画の封切りとマックルーハンの流行とにひっかけて、この企画を作ったらしい。その当日に私はその試写をやることを知っており、だから気がついたのである。録画終了後、そのことを話すと、映像派の人は「それが原因にきまっている」と、くやしがった。しかし、考えてみると、ことはまことに複雑である。

会場の人たちの意見が活字支持の一色にぬりつぶされたのは、映画という映像の作用がいかに強いかを立証している。しかし、一般の視聴者はそんなことを少しも知らず「そういうものか。いまの若い人たちは意外に活字支持が多いらしい。やはり読書は重要だ」と、ほとんどの人が感じたにちがいない。それはテレビという映像媒体の力である。

こんがらかって、なにがどうなっているのかわからなくなってきたが、要するに映像による伝達とは、かように微妙なのである。これは今後の課題として、もっと論じられるべきことだろうと思う。

人間の描写

いつのころだれが言い出したのか知らないが、小説とは人間を描くものだそうである。

奇をてらうのが好きな私も、この点は同感である。評判のいい小説を読むと、なるほどそのとおりである。しかし、ここにひとつの疑問がある。人間と人物とは必ずしも同義語でない。人物をリアルに描写し人間性を探究するのもひとつの方法だろうが、唯一ではないはずだ。ストーリーそのものによっても人間性のある面を浮き彫りにできるはずだ。こう考えたのが私の出発点である。

もっとも、これはべつに独創的なことではない。アメリカの短編ミステリーは大部分このタイプである。人物を不特定の個人とし、その描写よりも物語の構成に重点がおかれている。そして人間とはかくも妙な事件を起しかねない存在なのかと、読者に感じさせる形である。おろかしさとか、執念のすさまじさとか、虚栄の深さとかが、それでとらえられているのである。もちろん、あまり効果をあげていない作品もたくさんあるが、それは仕方のないことだ。

この手法に興味を持ち、私はとりかかったわけである。ある人には歓迎されたが、はじめのころは「話は面白いが、主人公の年齢や容姿がさっぱりわからぬ」と首をかしげた編集者もあった。わが国ではこの種のものは、あまりに少なかったのである。今でもそうだ。

時たまこの原因を考えてみる。並べればたくさんあるが、小学校の教育がそのひとつではないかと思える。最近のことはわからないが、わが国の作文の授業では、遠足なり家庭生活なりを、ありのままに目に見えるように書くといい点がもらえ、模範答案となる。これに反しアメリカでは、友だちを招いてのパーティーの席上で面白い物語を作りあげて話した子供が、人気者となるのではなかろうか。作家を発生させる土壌のちがいである。

この日本式の手法だと、どうしても行事や時事風俗と関連ができ、アメリカ式手法だと時事風俗からの離脱という傾向がでてくる。私は外国漫画のコレクションが趣味だが、ここにもその差ははっきりあらわれている。

どちらがいいかは、だれにも断定できないことであろう。作者や読者の好みの問題である。しかし、新しい試みのほうがやって楽しい。かくして私は、よくいえば抵抗の多い道、悪くいえば競争の少ない道を選んで今日に及んだ。SFという飛躍した舞台での物語となると、この手法をとらざるをえない点があるからでもある。

しかし、道をいささか突っ走りすぎたきらいもある。すなわち人物描写に反発するあまり、主人公がほとんど点と化してしまった。私がよく登場させるエヌ氏のたぐいである。なぜNとローマ字を使わないかというと、日本字にまざると目立って調和しないからである。なぜ他のアルファベットを使わぬかというと、この発音が最も地味だからである。また、なぜ名前らしい名を使わぬかというと、日本人の名はそれによって人物の性格や年齢が規定されかねないからである。貫禄のある名とか美人めいた名というのは、たしかに存在するようだ。

作品の主人公の点化が進むと、一方、物語の構成へのくふうが反比例して強く要求され、いっそうつらくなる。このタイプは作品が古びにくいかわり、発表の時点ではパンチの力が他にくらべ薄くなりがちで、それを補わなければならぬのである。こうなると小説と呼ぶより寓話《ぐうわ》である。余談になるが、寓が当用漢字にないのは不便でならない。なんと言いかえたらいいのだろう。国語審議会は日本から寓話を追放したいらしい。

当初は意識してなかったが、いまや寓話の復興が私の目標である。それには時事風俗を排除しなければならず、流行語も使わぬようにせねばならぬ。大部分はなんとかなるが、困るのはアパートだ。マンションとかコーポとかビラとか新語が続出し、それぞれ意味がちがう。定着してくれるのかどうかも不明。

風刺小説ならべつだが寓話となると、現代のわが国はまったく作りにくい。最も困るのは金額である。私は作品中では、大金とか、わずかな金とのみ記し、金額ははっきり書かない。百万円の盗難と書くのはいいが、いつインフレで価値が下がるかもしれず、また逆にデノミネーションで二ケタも価値が上昇しないとも限らぬ。重版のたびに金額部分を訂正するのでは寓話にならぬ。しかし、こんなにデノミに気をくばりながら書いている作家は、ほかにいないのではないだろうか。時事風俗から離脱するには、普通の人以上に時事風俗に神経質でなければならないともいえる。

こんな私を神経質すぎると言う人もある。私もまたそうかもしれないと思っている。そのうち、この自己規制を破り、なにか新分野へ作風を広げてみたいと模索中といったところなのである。

SFの友人たち

深夜のレストランで数名の男が、妙なものを食べながら話しあっている。イクラをワンタンの皮で包んだようなもの、ヤシの木の芽のサラダのたぐいである。そして冷やしたワインを飲む。

深刻な顔でひそひそと語りあっていたかと思うと、とつぜん笑いだす。このようなのを見かけたら、私たち、すなわちSF作家たちであると思ってよろしい。

「これからの日本はどうなるのだろうか。どうあるべきか」

が話題になったりする。国家目標をどこに求むべきか。憂うべきことが多すぎるではないか。それを数えあげているうちに、深刻な表情にならざるをえないのである。

「いっそのこと、新規まきなおし、いったん解散して新会社を作って再出発したほうがいいのかもしれない」

「解散するのなら売ってくれ、という外国があるかもしれないぞ」

「槍の先に白いふわふわをつけたヤッコさんスタイルのチンドン屋隊を編成する。それに世界をまわらせ、日本売りますと宣伝したらどうだろう。いい買手が出るだろう」

「なぜそんなスタイルにするのだ」

「売国奴だから」

笑うことになるのである。余談だが、先日、荒正人氏にうかがった話によると、古代ギリシャ・ローマ時代では、重大事件を決定するには会議を二回ひらいたそうである。一回はまじめな会議だが、一回は酒を飲みながらの、ばかばなしムードの会議。より完全な結論を得るための知恵である。

国を国連に売りつけたらどうだろう。米ソが大型合併をやったらどうなるだろう。わが国の神話にも国引き物語というのがあったようだ。などと、話題はさらに発展するのである。私の子供のころの記憶だが、独ソ不可侵条約の時の政府のあわてぶりといったらなかった。きっと、あのころのおえらがたは、ばかばなしのたぐいをしなかったので、思考が硬直していたのだろう。

わが国には、ばかばなしを許容する空気がない。常識の枠内で深刻になるのが神聖なのである。ユーモアの断片を抜きだし、まじめに非難する人が多すぎる。ために、私たちも声をひそめて話しあわなくてはならぬのである。困ったことだ。

「いのち短しタスキに長し」

という迷文句を作り出したこともあった。しばらくあと、どう伝わったのか、少年雑誌のお笑いページのキャッチフレーズにこれが使われていた。こんなジョークは無断で使われてもかまわないが、はたして今の少年に通じるのだろうか。「いのち短し恋せよ乙女」と「帯に短しタスキに長し」との二つの古い文句を知ってなければ、面白くもおかしくもないはずである。

「ケネディ死すともオナシス死せず」

というのも同じような発想の産物。私たちSF作家はおたがいの知識レベルを知りつくしているから、いかなるジョークが通じるか暗黙の了解があるわけである。

議論がふり出しにもどると「アラクマさんになった」と言う。落語に「蜘蛛駕籠《くもかご》」というのがあり、そのなかの酔っぱらいの登場人物、ひとしきりしゃべると「あら、熊さん」と、また最初からやりなおす。時間の渦《うず》に巻きこまれたようなSF的な話で、みな傑作とみとめている。このいわれを知らなかったら、どうにもならない。解説をしたりしたら腰くだけである。笑うにもけっこう勉強が必要なようである。

この仲間は小松左京をはじめ、筒井康隆、豊田有恒、平井和正、矢野徹、大伴昌司などである。最近は雑誌がふえ、それぞれ交友録のごとき随筆ページがあり、ほかの人がすでにどこかに書いているかもしれないが、仕方ない。新聞記事と同じである。

このごろは麻雀なるものをはじめた。豊田有恒は頭がよく、一目みてあがり点をさっと計算してくれる。トヨピューターとの別名がある。麻雀の点の計算に関しては、コンピューターより速いにちがいない。

「これは大変な才能だから、テレビの万国びっくりショーに出場させよう」

と私が感心したら、みなにばかにされた。麻雀の強い人は、だれでもそれぐらいはできるのだそうだ。ことほどさように、私たちの麻雀レベルは低い。だが、へたでもかまわない。作品がへたでなければいいのである。

「東《トン》きたりなば南《ナン》遠からじ」とか「アンコ入りの肉マンだ」とか、愚にもつかぬ発言のほうに重点がある。麻雀ジョークをどこか週刊誌で募集すればいいのに。いい企画と思う。矢野徹は字牌《じぱい》が好きで、むやみと風牌や字牌を集めたがる。「彼はグーテンベルグ銀河系の宇宙人じゃないか」となるわけだが、これはマックルーハンの著作のパロディ。

しかし、おたがいのあいだでしか通用しない文句が発生すると、せまい閉鎖グループになりかねない。感心しないことだ。もっと幅ひろく、政治家とでもつきあうべきかもしれぬ。だが、感心しないことだとそれぞれが意識していれば、それでよいのであろう。

SFには特有の術語ごときものがあり、それが普及の障害になっていることは世界的な傾向である。だが、私の友人たちは作品にそれらを持ちこんでいない。事態を冷静に見ているからである。

それにしても、麻雀の時に、なぜ冷静になれないのだろう。昨年末に熱海にみなで行った時、私は小松左京に緑一色《リューイーソー》をふりこんでしまった。緑色の牌だけであがる役満である。うまれてはじめての経験で、私は「きゃっ」と叫んだ。

そして、新年そうそう、私の目の前でこんどは平井和正が豊田有恒に、やはり緑一色をふりこんだ。これさいわいと、私は「だれでもあがれる緑一色」という文句を作りだした。「だれでももらえる勲一等」といった感じである。

三億円の犯人

三億円の犯人はエヌ氏にちがいないとぴんときて、おれは訪問した。彼はあわてることなく、口止め料として三万円をくれた。

少ないなと思ったが、その理由はすぐにわかった。いろいろなやつが訪問してくるのだ。刑事らしきやつ、新聞記者、運転手、作家、会社員、学生、教授、自衛隊員、外人などが、どこからか聞きつけて口止め料をせしめにくるのだ。となると、一人当り三万円ぐらいにせざるをえないのだろう。

おれは義理人情にあついので、金をもらったからにはあくまで秘密をまもってやる。だが、やがてエヌ氏から印刷の手紙が来た。

〈口止め料を持ってったやつが、ついに一万人に達した。あの三億円を使いはたしたのだ。面白くない。やけくそだ。おまえたちをみな恐喝《きょうかつ》で訴えてやる〉

おれたちはあわて、集って相談し、なんとか思いとどまってくれとたのみにいった。彼は「それならもう一回やるから犯行を手伝ってくれ」と言う。仕方ない。おれたち一万人はみなで協力した。成功するのが当然だ。

十億円奪わるのニュースが世をにぎわす。おれは数日ほどして、エヌ氏を訪れた。だが転居先不明。彼もそれほどばかではなかった。

透明な笑い

こんなことを書いてもあまり理解してもらえないだろうと思うが、昭和十九年前後の戦争末期のころ、私たちは笑ってばかりいたようである。私たちといっても私の友人関係だから、東京在住の学生、十代の終りぐらいの年齢の男子ということになる。愚にもつかぬことを話し、笑っている者が多かった。

勤労動員で工場にも行った。そこには女学生たちも来ていたが、彼女たちは戦局悪化とともにしだいにきまじめになり、ひとりも笑わなかった。私たちより上の年代の連中はみな戦争に行き、笑うどころではなかったことだろう。私たちより下の年代は、疎開派ということになるのだろうが、その手記のたぐいを読むと、育ちざかりで空腹にせめられ、笑うどころではなかったらしい。

戦争中に笑ってたのは私の年代だけのようだ。少年戦車兵だの、予科練だの、学徒出陣だので東京をはなれる者が、学友や知人などに出た。それらの送別会に家を訪問したこともあったが、だれも笑っていた。深刻さも悲壮感も気負いもない。そういった感情をぐっと押さえ、顔で笑って心で泣いて、というのでもない。もちろん、明朗な笑いでもない。だが、なにかしら上品なところがあった。透明な笑いとでも称したいところである。

いま、学徒出陣の古いニュース映画をテレビなどで見ると、重苦しい悲痛感におそわれるが、それはそのごの悲惨な経過を知っているからであり、それを逆算して出発点に結びつけているからであろう。出陣の時の彼らの多くは、友人との送別会で透明に笑っていたのだと思う。こんなことは好戦派、反戦派いずれにとってもつごうが悪いわけで、記録としても残りにくい。

小次郎との試合にむかう武蔵は必勝の信念の顔であり、日本海海戦の三笠艦上の東郷元帥はにこやか。フィリッピンを撤退する時のマッカーサーは不敵な表情。いずれも結果から逆算したもので、私はまるで信用しない。

そんなことはともかく、そのころは空腹も笑いのたねになった。軍事教練で行軍をした夜、だれだったか突然「はらへった、はらへった」とボルガの舟唄の曲で歌いだしたのである。そのすっとんきょうさに、みな大笑い。いま考えると、かえってふきげんになりそうなものだが、そんなのはひとりもいなかった。腹を立てるより腹をかかえるほうが、腹のためにはよかったのだろう。じたばたしてもどうにもならぬことを、だれもが知っていた。

私は徴兵検査を本籍地の田舎で受けた。東京でも受けられたのだが、この機会に親類に寄って飯にありつこうと思ったのである。その時も集った青年たち、ふざけあっていた。私は人みしりするたちだが、その時はいっしょになって大笑いした。私の年代は、地方の青年も透明に笑ってたようだ。徴兵検査官までからからと笑っていた。

あのころの友人たちと会うと、私の年代のものは決して軍歌を歌わず、ひたすらあの乾燥した笑いをなつかしむのである。

くりかえすようだが、こんなことを言っても、だれも半信半疑だろうな。戦後になり太宰治の「右大臣実朝」のなかに、「平家は滅亡が近いゆえに明るい」といった意味の文章があり、いやに印象的だった。これは戦時中の作品であり、それと無縁ではないだろう。あきらめとヤケとは、一種の明るさをともなうものなのだ。

少し前に読んだ小さな記事が、いまだに頭にひっかかっている。戦争末期の南方の孤島。米軍は島づたいに反攻してきたのだが、その攻撃を受けずに飛びこされ、とり残された島のわが守備隊。彼らは毎日毎日、冗談を言いあってからからと笑いあっていたという。いつやられるかもしれず、やられないかもしれず、といって勝つみこみはない。心身が透明になって笑い声だけが飛びかっている。私にはそのありさまがよく想像できるのだ。

もはや二度とあんな笑いは味わえないだろうが、私にはなつかしく、私の作風に関連もしているようだ。もっと分析してみたいが、まだ資料不足。神道のムードの一面から川柳に至る、泥くさくない日本の性格の一種がそこにみつかるような気もする。閉鎖的、非肉体的、非生命的、非エネルギー的、そんなふうな笑いなのである。

そこへゆくと、いまはやりのブラック・ユーモアには戦後的なにおいが濃いようだ。黒っぽく、肉体的で、生命的で、エネルギーがあり、それらを人間が持てあましている。

この差異について、ひまをみて検討してみようかと思っている。

カー・スリープ

この世の中でなにが気持いいといって、自動車のなかで眠るのにまさることはないであろう。

私はきわめて寝付きの悪い性質で、家では眠るまでひと苦労である。自分でも持てあましている。

それにもかかわらず自動車でゆられると、昼だろうが夜だろうが、たちまち眠くなるのである。なんともいえぬ気持ちのよさだ。震動のせいかもしれぬし、心理学でいう胎内復帰願望がかなえられたような気分になるせいかもしれない。ぐっすりと眠れる。

一年ほど前、友人の小松左京と山陰のほうを旅行した。大阪駅でタクシーに乗り、鳥取まで十時間ちかくの行程。まったくよく眠った。目がさめるとばか話をし、缶入りビールを飲み、笑っているとまたうとうとと眠くなる。

自動車の旅はいい。眠り続けていても、下車しそこなうことがないのである。目ざめるたびにあたりの景色が一変している。ながめのいい所でクルマを停めてもらい、大きくあくびをする。健康そのものだ。

費用は少しかさむが、眠りを買ったつもりの私にとっては安いものだ。

山陰地方の道路は良くなった。風景もいい。あとの二日もクルマで見物して回り、広島を通って大阪へ戻った。なにが不眠症だ。しかし、自宅へ帰って寝床へはいったとたん、また目がさえはじめた。

かつて、ある雑誌の仕事で下北半島へ行った。本州の最北端。やはり道路は大部分が舗装されていた。冬の下北は雪と曇天《どんてん》の地かと思っていたが、粉雪がぱらつく程度で晴れ間も多い。

風はきわめて冷たいが、陽が差しこむとクルマのなかは暑いぐらいになる。ぐっすりと満ち足りた眠りがとれた。

すなわち、私の夢は金ができたら理想的な自動車を注文することである。シートは柔らかく深く、足をのばせる空間があり、足を乗せる台もある。

ただただ寝ごこち良さのために設計されたクルマである。そして日本じゅうのみならず、世界じゅうを走り続けるのだ。ホテルなど不要である。

クルマより運転係への費用のほうがたいへんに違いない。ロボットの運転手ぐらい、早くできてもよさそうなものだ。科学の進歩がもどかしい思いである。自動車の存在意義は、乗っている者に快い眠りをもたらす以外に、どんな利点があるというのだ。

医薬とコンピューター

アメリカの統計によると、現在よく使われている薬の七十五パーセントは、わずか十年前には存在していなかったものだという。すなわち新薬が加速度的に開発され、種類が十年で四倍にふえているのだ。また現在の医薬品の生産販売高の総計は、二十年前にくらべて約十倍になっているという。つぎつぎによい薬が出現し、すばらしいスピードで普及しているのである。

いま医薬品の分野は、二十一世紀にかけての最有望産業のひとつに成長しつつある。いうまでもないことだが、より快適な人生をすごしたい、かけがえのない天与の生命を時間的に質的に空間的により充実させたいという、私たち人類の願いのあらわれである。医薬の歴史は長いが、その歩みは決して速いものではなかった。しかし、ここ三十年ほどの技術革新の波は、医薬品の内容を大きく変化させた。三十年前には痛みを除くとか熱を下げるとか、あらわれた症状を取る作用のものが大部分だった。だが、いまの医薬品は症状の原因そのものを消滅させる。根本からの治療なのだ。

新しいワクチンやサルファ剤や抗生物質は、各種の感染症に対しはかりしれない効力を示してくれた。どれほど多くの生命がこれで救われていることだろう。そして、いま、生命をおびやかす残された三つの大きな敵、ガンと心臓病と脳卒中にむかっての挑戦がなされつつある。そのなかで第一の目標となっているのがガンである。

個々の面では明るい収穫をあげつづけているにもかかわらず、ガンについてのきめ手はまだ確立されていない。しかし、医薬の関係者はコンピューターを新しく戦列に加え、最後の追い込みにかかろうとしている。

ガンについての既知のデータをすべてコンピューターに入れ、その疫学をあきらかにしようというのだ。ガンの発生する条件をつきとめ、それをさまたげる機構をみつけるのである。人間の手でやるとかなりの時間を要する段階だが、コンピューターはそれを驚異的に短縮してくれる。完全な勝利の日がそう遠くないことを、私たちは期待していいといえよう。

それと同様な方法により、心臓病や脳卒中のベールをはがし、本質を解明し、予防や治療の薬が作られ、日常的に普及するのもまもなくであろう。

新しい抗生物質を発見しても、やがて菌のほうが耐性を持って効果がうすれる。このいたちごっこはよく話題になるが、いまやその公式がわかりかけてきている。コンピューターの威力により、その悪循環がたち切られるのも五年以内であろうといわれている。

それらとは別な意味においても、医薬品の分野でのコンピューターの重要性は高まる一方である。ねずみ算のごとくにふえる新物質、爆発的に増加している文献。それらを整理し、必要な資料を瞬間に取り出しうる態勢のことである。それが完備すると、研究がむだなく利用され、データの見落しがなくなり、新しい理論がうかびあがり、創造力が効果的に回転する。

微妙な人体と無限の物質との最良の関連があきらかになり、医薬品は理想的なものへと近づいてゆく。

またコンピューターは、新薬合成の過程にも能率化をもたらす。物質と物質とがどう反応するかの情報を記憶させておけば、試行錯誤の重複がなくなり、その利益ははかりしれない。すなわち、病気の原因の追究、その治療法の決定、そのための薬の発見、さらにその製造法の確立、これらの経路をスムーズにたどれるのである。

コンピューターは医薬の恩恵を受ける側の人びとにも役立つ。医薬は適正な量が適正な診断のもとに使われて最大の効果を示す。コンピューターが医療面に普及すれば、病気の早期発見とともに、各人の体重にあったきめのこまかい医薬の使用がなされ、より完全なものとなってゆくのだ。

直接に生命をおびやかす病気の制圧ができたとしても、医薬品の使命はそれで一段落するというわけではない。のばされた人生をさらに楽しくすることが課題であり、重要な目標はまだまだ多い。たとえば、死につながらないとはいっても虫歯、視力の障害、水虫、毛髪、ふとりすぎ、インフルエンザ、身長を伸ばす希望、アル中など、苦痛であることに変りはない。

それらをより完全に、より容易にコントロールするのが人類の期待であり、今世紀中には医薬品がそれをかなえてくれるであろう。

また、社会の急速な変化は、いつどんな医薬の需要をひき起すかわからない。それにそなえて予見開発とでも呼ぶべきことも必要となる。一例をあげれば、武田薬品工業は数年前にニコリン（コリン誘導体）という名の意識障害の薬を開発した。頭の手術や外傷の治療に使うものである。研究に着手した時点はさほどでもなかったが、交通事故の激増した現在、その貢献の度合はくらべものにならないほど大きくなっている。

将来に発生するかもしれぬ公害への研究をもしておかねばならないという点、社会のひずみを埋める役割も、また医薬品がひきうけているといえよう。そして、人口調節。これは未来の地球の飢餓、混乱、戦争を防ぐためにも、現代に課せられた問題である。避妊薬の改良は世界の安定にもつながっている。

それに、長寿と健康だけでは人生といえない。豊かさがなくてはならぬ。においや味へのあくなきあこがれも、また人間の夢である。嗅覚や味覚の解明を進め、新しいさまざまな香料や調味料にみちた生活環境をきずくのも医薬品の使命のひとつなのだ。

そのような末端の感覚ばかりでなく、二十一世紀には大脳の生理とそれへの薬品についての知識を、人類は手にするにちがいない。精神疾患が一掃され、頭をよくし、記憶力を向上させることも自由になろう。そのころになると、老化防止の機構もあきらかになるかもしれぬ。成長の調節法がみつかれば、失った手足や臓器を再生することも夢ではないのだ。さらにそのつぎの時代には、遺伝因子の調節さえも可能にし、人類をむりなく進化させるという飛躍にとりかからないとも限らないのである。

こうながめてみると、医薬の分野は未来にむかっていかに多くの課題をかかえているかがわかる。すでに完成して未来図を描きにくい業種とちがい、医薬品は未来図が多すぎる形である。人間の限りない意欲の集中している分野だからであり、すべてはこれからなのだ。これが原動力となり、とどまるところを知らぬ発展が約束されている。同時に、その扱いを慎重にしなければならぬことはいうまでもない。

そして、その反面で、企業間の競争もまたきびしいものとなってゆくであろう。新製品を開発しつづけないとおくれをとるのである。自由化の時代となると、わが国の医薬品産業は米国の企業を相手に争わなければならない。

賭けごと

テレビや映画や物語でふしぎでならないのは、賭《か》けの勝負がつごうよく展開することである。主人公のハンサムな青年は、西部劇であろうと、時代物であろうと、スパイ物であろうと、ここ一番という時には必ず勝つことになっている。野球物だと、三点リードされた九回裏の二死後、主人公は必ず満塁ホーマーを打つ。これがくりかえされると潜在意識のなかで型が形成され、おれは悪人じゃないから賭けに勝つはずだ、などと思い込んでしまう。そして負け、ハンサムでなかったのが原因かもしれぬと反省したりするのである。よくない傾向である。正義の味方だろうが、ころりと負けるのが賭けであり、そこが面白いのではないか。文部省は検閲を復活し、この種の作品を取り締まるべきだ。このままだと、論理無用の必勝の信念のたぐいが出現し、またぞろ戦争をはじめかねない。

などと賭けに関する意見を述べたが、私はほとんど賭けをやらない。花札など、ルールは簡単なものだそうだが、いじったこともなく、やる気にもならない。これは私が賭けぎらいだからではなく、その機会にめぐまれなかったからだろう。麻雀も大学時代にちょっとやったが、そのご最近までやらなかった。身辺がごたごたし、それに忙殺されたためである。麻雀は普通の会社づとめで、すぐ四人そろう環境でないとだめなようである。

私は勝負事をきらいではない。碁にはかなり熱中した。碁会所にぶらりと行けば、たいてい相手がいるからである。まったくの他人でおたがいに情け容赦なく打ち、実力はつく。素人二段の免状を持っている。碁の面白さは、そのバラエティのひろさにある。序盤で失着をやっても、小さな利のつみ重ねで損失をとり戻せる点もいい。奇手を放って相手を面くらわせるのは、邪道かもしれないが愉快である。そして終盤近く、このままだと少差で負けと計算したあと、のるかそるかの一発勝負を開始する時のスリルもいい。ここに賭けの醍醐味《だいごみ》があるのではないかと思う。ルールの簡単なゲームでは味わえないものであろう。また、碁には性格がはっきり出る点もいい。碁はメディアのひとつである。しかし、その碁も最近はちょっとごぶさたである。執筆のほうが優先するし、小説を書くのもまた大変な賭けであるからだ。というわけで、まあ健全な状態といえそうである。

ゼロ

ゼロというものには、なにやら無気味さがあるようだ。こんなになった原因のひとつは、スパイ物の流行であろう。007である。小数点なしにゼロが書かれ、しかも二つも並ぶと、日常見なれていなかっただけに、異様だ。作者のフレミングが、これを殺人公認の情報部員の標示とした点、さらに効果的だった。

007の喜劇版と意識して制作されたナポレオン・ソロはいいとして、そのご小説、映画、テレビ、子供漫画にゼロゼロ物がどっと出現した。悲しくなるほど安易な物まねで、関係者の頭脳ゼロを見せつけられる思いである。

ゼロが緊張感をもたらすのは、ロケット発射の「スリー、ツー、ワン、ゼロ」という秒読みが頭にあったせいでもあろう。いや、それ以前に原爆実験の秒読みでも、それが使われていた。原爆製造の物語「ゼロの暁《あかつき》」という本がだいぶ前に出ている。ロケットも原爆も、たいへんな費用と技術とをその一瞬に結集し、成果を賭けるのがゼロ・アワーで、驚異と恐怖が迫ってくるのももっともである。

人類ははるかむかしから、ゼロとか無とかに潜在的なおそれを抱きつづけてきたわけであろう。火を利用する以前の人類にとって、暗黒の夜は無そのものだったにちがいない。認識できない周囲のなかで、時をすごさねばならず、時には猛獣などの災厄にさえ襲われる。きっといやな気分だったはずだ。

夜の暗黒のなかで恐怖と警戒心が結びついて、想像力が伸ばされる。妄想だの信仰心だの、言語だの文明だの、いろいろなものがそこからうまれた。無のなかで、無が原因となって、人類文明が発生したといえるかもしれない。

人間が無にとじこめられる怪談を、ウィリアム・テンという作家が書いている。欧米においては十三という数がきらわれ、ビルにはそんな階がなく、十二階の上は十四階になっているのが多い。

しかし、ある日、その存在しないはずの十三階をそっくり借りたいという変な男が、ビルの管理人のところにあらわれるのである。「それは無理です」とことわるが、相手は「料金は払う」という。ビルの社長に連絡すると「お客第一だ、金になるのなら契約しろ」との指示。借り主は家具を運びこみ〈未知無形不可能問題の専門店〉なるものをはじめる。人びとが忙しげに出入りする。

管理人はようすを知りたくてならないが、どうしてもその階へたどりつけない。しかし、店じまいで引越しの日、立ち会う権利があると主張し、連れていってもらったはいいが、そのまま出られなくなってしまうのだ。存在しない階から出られるわけがない。ゼロの空間につかまってしまったのである。

余談だが、わが国にはべつに十三へのタブーはない。だが、新しくできた霞が関の高層ビルでは、十三階は機械置場となっており、うまい処理だ。ここでは十三階は存在するのだが、一般人は行けず、管理人だけが行けるという形である。

タイムマシンとは、H・G・ウェルズが小説のなかで発明した空想的SF的な機械で、それに乗ると、過去や未来に行けるというしろものだ。

これに乗って未来へ行き大活躍をする映画があったが、そのポスターの「三十万年後へ五日間で往復」というのは、いまだに気になる文句である。機械には出発した日時へ戻る性能もあるはずだ。一日で往復、一時間で往復もできる。しかし、ぴしりと出発時へ戻った場合、時間的ゼロのなかに大活躍が含まれることになり、変な気分である。

そもそも、タイムマシンというものが異様なのだ。過去へ出かけてクレオパトラの鼻を傷つけたとすれば、帰りついた現在の世界はちがう歴史を持つちがう社会のはずである。そんな世界はどこに存在しているのだろう。もとの世界はどこへ消えるのだろう。

こんなことから、他の次元にはべつな世界が無数にあるという、アイデアの物語がうまれた。異次元物とか多次元物とか呼ばれる。私たちには認識できない無の空間に、世界が実存するというのだ。

なにかのかげんでそこへ迷いこんでしまった主人公が、核戦争後の荒廃の光景を見たり理想的な社会に接して感激したりするのである。時にはその他次元から、この世界への侵略が開始されたりする。

ブラッドベリの短編「ゼロ・アワー」では、幼い子供たちが妙なしかけを作り、他次元から青い影のようなやつらを呼び出し、おとなたちを驚かす。詩的で恐怖感のある物語だ。

いったい、完全な無というのはあるのだろうか。存在しないことが無なのだろうか。物質的な無でも、空間があっては無と呼べないのだろうか。私たちは無という言葉や概念を持っているが、それは無の存在を信じているからか。こうなると、理屈をもてあそぶような話になってしまう。

アシモフというSF作家にして科学者でもある人がいるが、そのエッセイは、知的興味を刺激されるものばかりである。そのなかに、こんな解説があった。無の存在を示すものだ。

まず、物質をぐっと圧縮するとどうなるかというものである。実験室の人工的なものでは限られた圧縮しかできない。だが、宇宙では超圧縮の現象が存在する。たとえば太陽の中心部。これはまわりからの巨大な圧力で、物質が高度に圧縮された状態である。これの度がさらに進むことがある。物質の最小単位は原子で、原子核のまわりを電子がまわっている。その電子が核に押しつけられてしまうのだ。

こういう超密度の恒星が白色矮星《わいせい》。そんな星は一立方インチ当り、つまり角砂糖ほどの大きさで六トンという重さになっている。想像を絶したような話だが、全天の星の三パーセントはこの種のものなのだそうだ。

このへんまでは天文学の解説書にのっているが、もっとすごくなったらどうなるのだろうというのである。

　太陽ぐらいの星が直径六・五キロメートルほどに収縮したとする。そうなると、重力があまりに強く、いかなるものも光速をもってしても、その表面から脱出できない。光の粒子も飛び出せず、つまり光らないのだ。放射線の粒子も出ず、熱も出ず、爆発することもなく、重力を伝える重力子も出ず、なんにも出ないのだ。

　かくのごとくなってしまった星は、存在を立証することが不可能になる。他とかかわりあうことができない。宇宙から消失したのと同じで、たとえ私たちの目前にあったとしても無害を通り越した無縁な状態だという。

　まさに怪談である。これは五十年以上も前にシュワルツシルドという物理学者によって作られた仮説だそうだが、私はアシモフの本で教えられ、ときどき思い出して妙な気分になる。現実に存在しながら無なのである。神がかりの珍説でもなく、でたらめな夢想でもなく、科学的で論理的なのだ。人間にとっての無の世界に、超高密度の物体がいくつもあるなんて……。

　一方、三十年ほど前から、カップとかホイルとかいう天文学者たちによって、物質というものは、なにもない宇宙空間から、たえまなく作り出されているのだとの説がとなえられている。いかにして無から出現するのかは不明だが、こう仮定すると、宇宙についての説明がより合理的にできるのだそうだ。

　こうなってくると、なにが無でなにが有なのか、わからなくなってくる。まさに神秘だ。科学は神秘を消すどころか、ますます神秘を作り出しているようだ。暗闇の無から抜け出した原始人のように、また新しい人生観に私たちは、飛躍するというわけなのだろう。

酒のにおい

子供のころの思い出だが、むかしは酒屋というものがあった。いまだってあるじゃないかとの反論が出るだろうが、ちがいがあるのだ。むかしは酒屋の前を通ると、独特のにおいがただよっていたものだ。回想すると、なつかしさがわいてくる。

最近はお酒も醬油もびんヅメになってしまったせいであろう。あるいは私がおとなになり、自分でもさかんに飲むようになって、においに鈍感になったためかもしれない。

私の父は若いころは大酒飲みだったそうだが、中年で禁酒し、私の幼年時代にはわが家に酒のかおりはまったくなかった。だから酒のにおいに敏感だったのかもしれない。また大声をあげる酔っぱらいは異人種のごとく思え、恐怖したものだ。

旧制高校時代にも私は酒を飲まなかった。もっとも、私ばかりでなく同じ世代の者はすべてそうだった。戦争末期でどこにも酒などなかったのだ。

大学では農芸化学を学んだ。農産加工とか発酵といった分野で、アルコールもそれに含まれる。

終戦になった解放感もあり、大学生とはもともとそういうところがあり、友人たちが酒らしきものを作りはじめた。

アルコールをどこからともなく入手してくるやつがあり、メチルかどうかの検査もできるし、さらには澱粉《でんぷん》を糖化し発酵させることも実験室でできた。妙な味ではあったが。

これが私の酒を飲みはじめた最初である。スタートはおそかったが、体質的には飲めるほうであり、徐々に酒に親しみはじめたというわけである。

酒の味がわかるようになるにつれ、出まわる酒の品質がよくなってきたのだから、幸運の経歴といえそうである。だが、子供のころの印象が強いせいか、酒癖の悪いやつは大きらいである。いうまでもなく、私もそうはならない。気持よくなって失礼して眠ることはあるが、それ以上のことはない。酒は周囲を楽しくさせ、自分を楽しませるものなのだ。そうしなかったら、酒の神のばちがあたるにちがいない。

クレジット

普通の英和辞典には、信用とか名誉とかの意味しかのっていないはずである。しかし、SFでクレジットというと、未来における貨幣単位のことである。たとえば、五万クレジットでロケットを買い、宇宙旅行へ出かけるといったぐあいである。円に換算していくらぐらいになるのか気になるが、どうもよくわからない。そもそも、量産時代の中古ロケットがどれくらいするものか見当もつかないのだから、仕方のないことだ。幻の貨幣単位である。Crと略すこともある。

アメリカのSF作家たち、未来社会や宇宙にまでドルを通用させるのに気がひけてか、全世界共通の貨幣単位としてこれを考え出した。ほかの呼称にはお目にかからない。全世界に通用する、安定した通貨が使えるようになったら、どんなにいいだろう。能率的でもある。そのような気分が、このクレジットという貨幣単位にこめられている。

また、コンピューターが普及し、銀行や商店などの連絡網が作られ、現金不要の時代となるとの空想もよく小説に書かれた。もっとも、最近ではこれが実現化しつつあるようだ。そうなれば、大金を落したとか財布をすられたという事件もなくなり、ずいぶん気楽なこととなるだろう。

だが、強盗などはどうなるのだろうか。通行人を襲っても所持金はない。銀行や商店に侵入してもコンピューターが動いているだけでは、どうしようもない。いい傾向とは思うが、拳銃をふりまわし札束をひっつかむというテレビや映画の犯罪物がなくなり、ちょっと味気なくなるのではないかと、私は妙な点を心配している。

私には意外と古風なところがあり、男子たるものは金銭のことを軽々しく口にしない、という感覚を持っている。私以外にも、こんな人は多いことだろう。封建時代のなごりである。

金銭というと貨幣を連想し、それから、その発散する執念のようなイメージを感じてしまうからであろう。だが、コンピューター時代ともなれば、こういった古くさい印象は薄れてゆくにちがいない。

また、経済が成長し社会保障がととのうにつれ、金銭は生存のためにあるというより、人生を積極的に楽しむためにあるとの形になりつつある。執念のイメージといったものも、やがてはまったく消えてしまうだろう。

考えてみると、お金というものの持つ意味が、いま、大きく変化しつつあるようである。有史以来、人間はお金に使われてきたようなものだが、これからの未来では、人間がはっきりと主人公になるのである。新しい文明の世紀が開けるといってもいい。

だが、いい気になったりとまどったりしていると、ふたたびお金に使われる時代に逆戻りしかねない。未来にむかっての、お金についての新しい心構えの研究が、そろそろはじまらなくてはならないような気がする。

未来のあなた

朝おきる。二日酔いで頭が痛い。コーヒーをがぶ飲みする。コーヒー園での殺虫剤が強力になったのか、舌がしびれる。しかし、そんなこと気にしてちゃ、この世で生活してられない。

新聞の経済欄を見る。おれの持ってる株が暴落している。各国の経済戦争の激化のせいだ。戦局に一進一退はつきものなのだ。おもしれえったらないぜ。

窓のそとを、どす黒い霧が流れている。工場や車の排気によるスモッグだ。硫黄だの鉛だの、変な化合物の微粒子が、むやみと空中にただよっている。防止対策は進んでいるが、生産上昇や車の増加、人口過密化のスピードのほうがぐんと早いのだから仕方ない。おもしれえったらないじゃないか。

上のほうから轟音《ごうおん》が、雷雨のごとく降ってくる。都市の上に縦横に作られた高速道路は、車でぎっしりだ。その上をモノレール。その上は自家用機。もっと上空は超音速ジャンボ機が間断なく飛んでいるからだ。

スピードこそ神であり、いかすことであり、大衆のあこがれなのだから仕方ねえ。高速道路で事故を起したのだろう。車が降ってきた。おもしれえったらないわい。

おれは外出する。残飯をあさってぶくぶくにふとったネズミが、のそのそ歩いている。ピストル型空気銃でうつと、ころりと死んだ。上空から待ってましたとばかり、カラスのむれが舞いおりてきて、それを食べはじめた。

ネズミの味をカラスにおぼえさせた成果なのだ。道はきれいになる。まったく、自然界の驚異といったところだ。

道ばたで青年が「ファシズム万歳、カンパお願いします」と叫んでいる。きのうはアナーキストだったやつだ。きっと新種の幻覚剤を飲み、思考が一変したのだろう。

通りがかった半裸の大女が、その青年を「男のくせに、でかいつらをするな」と、なぐりとばした。完全な女上位の時代。男がいかに過激思想を叫んでも、スズメのさえずりのようなもの。おもしれえったらないじゃないか。

おれのポケットのなかで小型電話が鳴った。情報会社からの無電サービスだ。軍艦マーチとともに「あなたの持ち株が十倍に値上がりしました」と知らせてくれた。ふん。どうせ、すぐ下がるさ。

横町からオートバイが飛び出してきて、おれをはねとばした。おれはビルの壁にたたきつけられ、腹のあたりがぐしゃりと音をたてた。しめた、これで二日ほど会社を休めるというものだ。

救急ヘリコプターが飛んできて、おれを病院へ運んでくれた。病院では音楽をかなでて歓迎してくれた。

「あなたは、本年、百万人目の事故にあった人です。おめでとう」

スポンサーからの商品の山。

医者はおれのからだの内部を調べ、人工臓器の分解掃除をやり、こわれた部分を取りかえてくれた。いまや、だれでもそうなっている時代なのだ。脳さえ残っていれば、あとはすべてもとにもどる。

そして、脳は特殊金属製のヘルメットで包まれ完全に保護されているので、決してやられることはない。つまり、だれも死ぬなんてことはないのだ。だから、事故や公害なんか少しもこわいことはないというわけ。

人間、死なないという保証があれば、周囲はごたごたしているほうが面白い。もっと、すさまじくなってくれないかな。かりに世の中が平穏そのものだったら、無限の時間のなかで退屈を持てあまし、自分で頭のヘルメットをはずし、むりやり自殺してしまうやつらが続出するということになる。

平和学

戦争とはなにかなど、知らないほうがいいのである。戦争をまるで知らない世代が育ってきたのは、いいことだ。遠からず日本に、戦争を知っているものはいなくなる。世界じゅうがそうなれば申し分ない。人類が五十年間だけ、なんとしてでも戦争を休めば、戦争の体験者は消え、戦争という習慣をここで断ち切ることができるのではなかろうか。そんな小説を私はかつて書いた。戦争という概念を強引に一掃するのだ。辞書やマスコミに戦争という語が出るのを禁止し、いかなる芸術品でも文学でも、戦争に関連したものは捨ててしまうのである。このSFを書きながら、極端すぎるかなとも思ったが、あとで考えると、ほかに方法はないようなのだ。

人は戦争についての知識を子孫に伝えるべきでない。かくも悲惨なことだと説明つきであってもだ。ムードは時とともに消え去り、そのうち人間は低能でない限り、じゃあ勝つほうにまわればいい気分だろうと考えはじめるにきまっている。それなら勝つ方法はなんだとなり、好奇心を肥料に種子は育つ一方となる。

にもかかわらず、党利党略、売名、商業主義で依然として戦争の語はばらまかれつづけている。よくない。各国が話しあい、戦争に関する記念日を暦から消すべきではないか。戦勝記念日でお祝いをやる国があれば、それをうらやましがる国だって出るのが当然。敗戦記念日もそれと表裏の関係である。古人の言葉に「愛の反対は憎悪でなく無関心である」というのがある。

人類はあまりにも長く、戦争にあけくれてきた。戦争こそ正常という考え方が、心の底にひそんでいる。人類の文化遺産のなかで、戦争に関した本や記録や研究は山のようにある。しかし、平和とはなにかの問題にとりくんだ本は、驚くほど少ない。ユートピア論はないこともないが、戦争文献の精密さにくらべると、粗雑そのものである。いかに平和がおくれた分野か、あらためて気づく。

戦争はたいへんなことで平和は安易だと考えている人がいそうだが、逆ではなかろうか。平和のほうがはるかにたいへんなことであろう。戦争は病気、平和とは健康のようなものだ。病気になるのは簡単だが、健康保持はたえざる注意と努力を必要とする。「戦争反対、平和」と呪文《じゅもん》のごとくとなえただけでは、平和はやってこない。「病気反対、健康」と祈るだけでは無意味なのと同様である。

「あなたは平和主義者か」とアンケートを送ってくるやつがあるが、どうかしている。「ノー」との答があると予想しているのだろうか。平和という言葉になにやらむなしい語感があるのは、私たちが平和の実体を知らず、その概念を持たないからである。公害問題には、人間にとって好ましい環境とはなにかの基礎常識があるから、わりと具体的に論じることができるのである。

ではどうすればいいのかとなるわけだが、平和学なるものを作るべきではないかと私は思う。世界平和とはどんな状態のことかを、あらゆる分野の知識を総合して組み立ててみるのである。いまはその目標さえ定まってない。平和はただのムードではなく、はっきりした青写真であるべきだ。

しかし、その結果として出てくる世界平和の状態とは、決して安易なものではないだろう。各人が予想もしなかった、かなりの精神的、物質的な負担が要求されるかもしれない。おそらく戦争よりはるかに難事業であろう。その二つをくらべて人類は「それでも平和を選択する」と断言するかどうか。

箱根の山

夏に家族づれで箱根に行った。箱根で数日間をすごすのが、毎年の夏の行事となっている。昨年は姥子《うばこ》のホテルにとまったが、ことしは元箱根のほう。

箱根は俗化していないところがいい。近代化もしてもらいたくないのだが、これは私の勝手というべきだろう。湖尻のほうにはいい散歩道ができていて、近代化の欠点がおぎなわれてもいるのである。この散歩道は林や高原に作られ、車を通さず、手入れもゆきとどいていて、申し分ない。これからの観光地や保養地は、散歩道完備を看板にするようになるだろう。私が箱根に来る理由の一つは、これがあるからである。

安心して歩けない場所へは、私は行かないことにしている。私の亡父の郷里は東北だが、このあいだ十年ぶりぐらいで訪れ、あまりのかわりように驚いた。久しぶりに来たのだから、風景を頭におさめようと散歩に出たのだが、自動車のものすごさにふるえあがった。

都会ではガードレールというと、車と歩道の境にあって安全の役目を果してくれるものだが、田舎ではちがうのである。道の両側にあって、自動車と呼応して歩行者を押しつぶすためのものらしい。懐旧の情などにひたって歩いていたら、死んでしまう。

箱根で私の最も好きなのは、霧である。濃い霧が流れるように部屋に入ってこないと、箱根へ来た気がしない。からりと晴れて遠くの山の木まで見えるのも悪くないが、霧には劣る。天然現象のなかでは、霧ほどロマンチックなものはほかにあるまい。

子供を連れて駒ヶ岳へのぼる。のぼるといってもケーブルカーである。子供づれでなければ歩いてのぼりたいのだが、そうもいかない。また、歩いてのぼる道など、もはやないのかもしれない。

ケーブルカーはスリルがあって面白い。いつ切れて落ちるかというスリルである。私の知人で、ある観光地でケーブルカー会社をやっている人がある。慎重な性格の人で、安全性についてはメーカーにくどいほどたしかめ、自分でもこれなら大丈夫と確信した上で営業をはじめた。

しかし、それなのに事故がおき、死者が出たのである。世の中に絶対安全なものなどない。それを知っているからこそ、私はスリルが楽しめるのである。ケーブルカーの安全を盲信し、なかでふざけるやつがあるが、これはスリルを楽しむのではなく、気ちがいとしか思えない。

駒ヶ岳の上にはなんにもない。休業中のスケートのサーキットのようなものがある。なにか荒涼としていて、手持ちぶさただ。しかし、霧が流れてきてくれるので、救いになる。山の頂では霧ができたり消えたりするが、それをながめているだけで満足なのである。

駒ヶ岳から芦の湯のほうにおり、そこの旅館で休む。「あいにくと満員です」と告げられるが、休むだけだと言うと、こころよく部屋に案内してくれた。古いつくりの旅館で、獅子文六の「箱根山」の舞台になったという。その映画のスチールも飾ってある。この小説は新聞連載で私も楽しく読んだ。

食事をし、温泉に入り、ぼんやりと庭をながめる。苔《こけ》が厚く、びっしりとはえている。箱根で霧についで好きなのは苔である。苔にはなにか神秘的なムードがある。東京のわが家の庭にも、一面に苔をはやすことはできないものだろうか。湿気が充分なら、育つのではないだろうか。そのうち調べて、試みてみようかと思っている。趣味として高級な気がする。私には流行の趣味を人まねして趣味にする趣味はない。

二日ほどたち、子供がプールで泳ぎたいと言いだす。いまの子供は、時どきとんでもない要求を持ちだす。仕方がないので、小《こ》涌《わき》谷の小涌園に行く。けっこう大きいプールだが、かなりこんでいる。そばの救助監視台の上には、外人の青年がのっかっている。外人留学生のアルバイトなのであろう。どうせ働かせるのならフロントにでも置いたほうがよさそうに思えるが、日本語が下手なのかもしれない。だったら、使いようがない。プールの監視係なら、言語は不要である。なるほどと思う。日本人なら退屈でいらいらしそうな仕事を、のんびりとつとめている。

私は家内と子供をそこに残し、強羅《ごうら》まで歩いてゆく。強羅には戦前、別荘があり、非常になつかしい地なのである。子供のころの思い出はそこに集中している。私が箱根を好む理由でもある。

小涌谷から二の平までの道は、むかしは林と畑で、トウモロコシなどが育っていた。夜はおばけが出そうな感じだったが、いまや一変し、商店が並んだ街なかの道路である。しかし、二の平の駅はむかしのまま。どういうわけか、登山電車の駅は強羅も含めて、みなむかしのままである。私はそこが好きなのだ。

二の平から強羅への道も、いまは自動車が通っているが、むかしは細いものだった。岩のあいだから、泉がわきだしたりしていた。そして、小さな川にかけた橋。川には赤ちゃけた岩がごろごろしている。子供のころ、よく水遊びしたものである。

また、初夏には蛍がとびかっていた。たしかこのあたりに、ワサビの畑があったような気がする。木立ちのなかの、つめたい水のなかで栽培するのである。白く小さなカニがはっていた。少年の日の幻のような気もする。

おもかげがそこなわれているのは、近代化のためだけではない。かつての早雲山のがけくずれのためでもある。あの被害の直後はひどいものだったが、いまは木がはえたりして、少しずつ目立たなくなってゆきつつある。

強羅を歩きまわり、ずいぶん写真をとった。むかしのなごりを見つけると、シャッターを切る。駅、郵便局、旅館など、戦前の姿を残しているものは、まだかなりある。他人には無価値でも、私には貴重な思い出だ。

むかい側には大文字山、すなわち明星ヶ岳がある。その形だけはかわっていないし、これだけはかわることもないだろう。ながめていると、少年時代の追憶が限りなくわいてくる。私が箱根へ来たがるのも、むりもないことといえよう。

誤　解

古典落語のなかでの最高の傑作は「こんにゃく問答」ではないかと思う。一方の男は仏教の哲理を論じているつもりなのに、もう一方はコンニャクにけちをつけられたと受け取り、怒る。情報の伝達がいいかげんだと、かくのごとく珍妙な笑いが発生するのだ。

しかし、考えてみると、小説や物語の筋を分析すると、このたぐいが大部分のようである。たとえば、女は男に愛されていると思いこんでいるが、男のほうはそうでない。この男と女を逆にしても同様だが、これすなわち悲恋物語。恋人に会えるはずだと旅をして出かけるが、すでに相手はそこにいない。メロドラマのすれちがいである。

忠臣とばかり思いこんでいたらあにはからんや悪人というのは、時代劇のお家騒動。まさかあいつが犯人とは、と驚くのは推理小説。どれもこれも情報の流れ方によどみがあるために成立している。ドラマ作成の秘訣である。

なにも物語に限ったことではない。実生活にもなんと多いことか。「うちの子に限って」と泣く親。「まさかあの会社が倒産するとは」となげくへそくり投資家。「この製品は必ず売れると思ったのに」と頭を抱える工場主。「この観光地はすいてると思ったのに」と家族づれで出かけてきて混雑にがっかりする者。「知らぬは亭主ばかりなり」という川柳の現象はむかしからある。

人生における悲劇というやつは、その多くが情報不足なのであった。そして、いまや驚異的なスピードで情報革命が進行中である。情報産業のサービスがきめこまかく行きとどき、だれもが日常的にそれを使いこなすようになる近い未来の日には、悲劇は大幅に減少するにちがいないと思われる。すれちがいのメロドラマなど、まっさきに昔がたりになることだろう。

物語作家は根本的に変質を迫られるにちがいない。作家が困るぐらいはたいした問題でもないが、社会がそのように向上することは、やはり大問題のようである。人生の同意語でもあった、さまざまな雑事雑念。それらから解放された精神エネルギーをどう私たちが使うかである。

ローマ字と漢字

ロスアンゼルスに旅行して感心したのは、道路のすばらしさである。幅がひろく立体交差で、日本から来るとその点は夢のようだ。大型車が高速で走っている。だが、乗っている人たちは、みなつまらなそうな顔でハンドルを握っている。わが国の高速道路を走るとくい顔のスピード狂とくらべると、面白い対象である。

ある在留邦人に聞いたことだが、車の性能がよくなりスピードが高まると、標識の地名が読みにくくて困るそうだ。スペルの最初の字と最後の字をさっと見て、適当に曲る。やりそこなうと戻るには次の立体交差まで行かなければならない。表音文字であるローマ字の不便さである。

私はこの現象に興味を持ち、インダストリアル・デザイナーの泉真也氏に会った時に話題とした。彼はその方面の専門家で、説明もくわしい。いわく、

「その通りで、日本人が KYOTO というローマ字を読むには一・二秒かかる。キョウトと片仮名で書いてあると〇・二秒。漢字で京都なら〇・〇一秒。ローマ字より百倍以上も早く読める」

驚くべき差である。車を走らせていて「危険」の文字があったら、われわれは危の字が目にはいったとたんにブレーキをかける。英語国民だったらどうであろうか。この点においては、表意文字のほうが便利である。

交通標識の記号を全世界共通にしようとの動きがあるが、これは新しい表意文字の開発といえそうである。電子計算機に読み取らせるには表音文字のほうがいいが、スピード時代に生きる人間にとっては、表意文字のほうがいいのである。未来の人たちは、この調和をどう解決するか、興味のある問題だ。

カナタイプというのが作られているらしく、それを使った手紙などが商社から来ることがある。しかし、これほど読みにくいものはない。頭のなかで、いちいち漢字に翻訳しながら目を走らせなければならないのだ。労力の強制で、こんな失礼なことはない。文字というものは読むための存在性のほうが、書くためよりはるかに大きい。

印刷機発明の以前なら、書く労力も問題にはなった。だが、多量印刷時代となると、書くほうは一人、読むほうは大ぜいである。一人の手間をはぶくために、その苦痛を増幅して大ぜいの人に押しつけるのだから、科学の悪用といえそうである。それにしても、カナタイプの字体というものは、どうしてこう親しみにくいのだろう。

メロディーと郷愁

〈勝って来るぞと勇ましく〉ではじまる歌詞の「露営の歌」という軍国歌謡がある。けじめにうるさい人の説によると、軍歌とは軍隊内で行事の時などに正式に歌うのを許されているもののことで「歩兵の本領」や「敵は幾万」のたぐいである。「麦と兵隊」のごとく、民間で作られて流行したのは軍国歌謡と称すべきものなのだそうだ。そういえばそういうものかもしれない。いまになっては、どうでもいいことのようだが……。

それはともかく、私の小学生時代にこの歌が大流行した。昭和十年代の初期である。レコードの売上げ新記録ができたという。おそらくそれは事実だろう。わが家でもその一枚を買ったのだから。当時は厳格な家庭が多く、わが家もそうだったわけで、流行歌のレコードを買うなど、とんでもない話だった。というわけで「露営の歌」はわが家で買った最初のレコードともいえる。それを手回し式蓄音機にかけ、何度もくりかえし聞いたことを、いまでもはっきり覚えている。

なんてお古い話だなどと、私をばかにしては困る。いまの若い人だって、カラーテレビを買った第一日目のことは、忘れられぬ思い出として、一生ずっと頭に残るはずである。

名曲のせいだろう、この歌はいまだに生命を保ちつづけている。中年の人はこの曲を聞くと、さまざまな追憶がわきあがってくるだろう。なつかしのメロディーとなると、たいてい登場する。

最近あるテレビ局にリバイバル歌手によるリバイバル曲の番組があり、霧島昇がこれを歌っていた。前記のレコードに吹き込んだ歌手である。それを聞いていて私は違和感をおぼえた。なぜなら、明るく勇壮な歌いかたなのである。そういえば私が少年の日にレコードに聞きほれた時、哀愁ムードはまるで感じなかった。これが原型なのである。

しかし私がふと口ずさんだり、中年の酔っぱらいが歌ったりする「露営の歌」は哀愁の極、痛切にして悲しみにみちている。戦意高揚の歌として出現したが、歌いつがれているうちに、いつのまにか戦いの悲しさが強調されてきた。霧島昇の原型にくらべ、だいぶ変化している。面白い現象である。

「コンバット」というテレビ番組の戦争映画があり、勇壮なマーチではじまるが、終りには同じメロディーが悲しみをもってかなでられ、効果をあげていた。まったく戦争というもの、最初はいつも景気がいいが、終ったあととなると、むなしさのみがのこる。

子供のころの夢はよく見るが、夢のなかでなつかしのメロディーを聞くことはない。私が音に鈍感なせいだろうか。多くの人も同様ではないのだろうか。作曲家の伝記には夢で楽想を得た話がよくあるのだが……。

においという感覚も、記憶と妙な結びつきをしているそうだ。においに接してこれはなんだとの判定はつくが、例えばバラの花のにおいを回想しろと言われても、大部分の人には不可能だという。そういえばそうみたいだ。しかし、なつかしいにおいというものはたしかにあり、それをかぐと、さっと昔を思い出したりする人は多いのではなかろうか。

人間の大脳内において、においやメロディーや映像などと記憶との関連には、神秘なものがある。やがては解明され、郷愁のメカニズムを私たちが手にするようになるのだろうか。それとも永遠の神秘なのだろうか。

幸福の公式

世の中、のんきな仕事などないようである。作家だって例外ではない。通勤の苦行《くぎょう》がないかわり、物語をでっちあげるという苦痛がある。こんな小話がある。

「出産の苦痛は、男の人にはわからないでしょうね」と女が言うと、作家である亭主が答えていわく「なにいってやがる。出産は存在してるものを出すだけだから簡単だ。こっちは、なんにもないところから出すのだから、もっとたいへんだ」

きたない話になって恐縮だが、酒を飲みすぎて吐く時、胃のなかのものをいっしょに吐くのは、そう苦しくない。しかし、胃がからっぽになったにもかかわらず、さらに吐き気がこみあげてくる苦しさといったらない。頭がからっぽであり、締切りの日が近づいてくる時の気分もまたかくのごとしである。

何回くりかえしても、いっこうに慣れない。あいかわらず苦しく、締切りはつぎつぎと押しよせてくる。なにもかも忘れ、しばらく休めたらどんなにいいだろうとあこがれる。

「それなら、注文を断わればいいじゃないか」と言われる。その通りだ。私もそれを試みたことがある。また、とくに断わらなくても、原稿の注文がとぎれ、空白状態ができることも時たまある。

ゆっくり休めるわけで、待望の状態となるわけだが、ちっともいい気分にならない。それまで仕事で押さえられていた雑念がわきあがってくるのだ。からだのちょっとした不調が、いやに気になる。大病の前兆かと悩み、医者に出かけたりする。ノイローゼの傾向である。社会や人生というものは、考えれば考えるほど絶望的になるようにできているらしく、悲観的な気分になる一方だ。ろくなことはひとつもない。

しかし、そのうち小説の注文が来たりし、近づく締切りを気にしながら、からっぽの頭をさらに圧縮し、なんとか結晶を取り出そうと苦しみはじめる。すると、あのいまわしい鬱病《うつびょう》的ノイローゼ状態がどこかへ消えてしまうのだ。私はまた、「なんでこんなに無理に苦しんで仕事をしなければならぬのだ、少しゆっくり休みたい」とぶつくさ言いながら毎日をすごすという、健康な生活にもどる。

この傾向は、だれにでもあるのではなかろうか。若い人が「ごたごたした日常から、しばらく抜け出したい。ひとり山奥へ行って、孤独になり人生を見つめたい」などと、本気でそれを実行したりする。だが、いざそうなると、無変化に三日とがまんしきれなくなり、発狂寸前のような気分で帰ってくるはずである。それでこりるかと思うと、さにあらず、またそのうち同じことを考えはじめる。人間とは、心のなかで矛盾《むじゅん》を持てましている動物といえそうだ。

なまじっか想像力があるからいけないのだろう。山のあなたの遠いかなたには、平和としあわせがみちている地があるはずだとか、いい気なことを考える。私たちは理屈を無視し、幸福の幻影を作りあげぬと気がすまない。

未来についても、また同様。なんとなく幸福がありそうな錯覚をいだく。現在の身辺にある複雑な人間関係、それから脱け出した自分を想像してしまうからだろう。私たちの空想する未来には、いやなやつ、虫の好かぬやつは、いないのだ。本当は、そんなのがいなくなることなど決してないのに。

アンブローズ・ビアスというむかしの作家は、未来を定義して「すべて仕事がうまくゆき、友人がつねに忠実で、われわれの幸福が確実なものとなる一時期」と言っている。人間のひとのよさを皮肉っているのだ。

万国博を見物すると、未来生活の夢の部屋といったものがある。なにもかも自動的にやってくれる装置が並んでいる。風呂にはいりたいと思えば、からだを動かすことなくそれができ、やわらかなものの上にねそべり、テレビをながめていればいい生活。また、未来都市というものは、公害も交通難もなく、気象さえ人工制御されるという。

そんなのに住み、世界が平和で、だれもが善意にあふれた人ばかりとなったら、みななにを考えて毎日をすごすのだろう。一日や二日なら楽しいだろうが、それが限りなくつづくのである。SFのテーマのひとつである。幸福にはちがいないだろうが、自己の死の問題を見つめねばならず、雑事でごまかし、気をまぎらすこともできず、かえって内面はつらい人生になるのではなかろうか。

「小言《こごと》念仏」という落語だったと思うが、口やかましく、なにかに文句をつけてないと気のすまぬ人物。ある日、身辺から文句のたねが消え「おれが小言をいえないじゃないか」と困るのがオチ。まったく、どうすればいいのだ、である。

幸福は幻影、万一それが実現したとしても、ろくなことにならない。それじゃあ身もふたもないことになるが、さにあらずだ。

おとぎ話や冒険物語の主人公は、どれも最後は「二人は結ばれ、それからしあわせな一生を送りました」となっている。大事件が片づき、平穏そのもの、限りなくつづく典型的なしあわせ。退屈か、頭がぼけるかのどっちかのはずだ。先日来、この点が気になってしようがなかったが、やっとわかった。つまり、物語の主人公たちは、それまでにドラマチックな活躍をしている。その追憶を持っているのだ。たしかに、これは確実な幸福である。

というわけで、私なりの幸福の公式ができあがった。つまり、人は未来に幸福の幻影をいだき、それをたよりに現在を「いやだなあ」とつぶやきながら、あくせく生きてゆく。すると、いつのまにかそれが集積され、過去の追憶となる。それをかみしめることが幸福であるというわけ。

四角な宇宙

大学時代には時どき麻雀をやっていたが、卒業したあと昭和二十六年におやじが死んでから、私はパイをいじらなくなった。べつに殊勝な心からではない。父の仕事のあとしまつに忙殺されたためであり、それが一段落してからは碁に熱中したためであり、作家となってからは手ごろな相手がまわりにいなかったからである。

ところが最近、若いSF作家のあいだで、だれが火元か知らぬが、麻雀がはやりだした。私はただそばで見物していただけだが、ある夜、ひとり欠けた穴埋めのため、なにげなく加わった。まったく魔がさした瞬間といえよう。私はリーチをかけ、ドラ入りの四暗刻をつもった。リーチなんかかけることもないのだが、リーチもドラも知らない旧式の麻雀歴しかなかったのだから、いたしかたない。

それが病みつきとなり、月に二回ほどやるようになった。それからはあまり勝たない。月に二回では多いとはいえないが、みな自由業であり、SF作家には物事にとめどなく耽溺《たんでき》する性癖があり、はじめたら最後、十八時間以上にわたってつづいたりする。酒を飲んだり、コーヒーを飲んだり、精神復活剤を飲んだりし、ばかげたジョークを飛ばしながらつづけるのである。こんな楽しいひとときはない。みなさほど強くなく、勝負にこだわってえげつなさを発揮する者もいないからである。

勝抜きトーナメント戦というのはよくあるが、勝敗によってでなく、気があい、いっしょに遊んでいて楽しい気分になるという条件での淘汰ということだってある。人生とはそんなものであろう。性格のあわぬいやなやつは排除され、ムードが共通しジョークの通じあう連中だけが自然に残る。

かくして残った四人が、エアコンディションの完備した室内で麻雀をするとしたら、これ以上のことはないと思う。エアコンディションも、タバコの煙が少しこもっていどの完備である。そのほうが感じが出るからだ。こうなると、そこには四角な小宇宙が形成されたといってもいい。そとでなにが起ろうと、それは異次元での出来事だ。

窓のそとでなにかざわめきが高まったとする。テレビでもつけてみろ、とだれかが言い、それによってニュース速報を知る。

〈有数の大企業であるG社が不渡りを出し、その関連銀行への取り付けさわぎに発展しました。この不安はさらに……〉

しかし、麻雀の四人は言う。

「うるさいな。大きな手でテンパイしたのだ。気が散るからテレビを切ってくれ」

「や、これはすまん」

もちろん麻雀のほうが重要なことなのだ。どこが不渡りを出そうが、自分が満貫であがれるかどうかのほうが、個人にとってははるかに切実なはずである。だれかがジョークを飛ばす。

「東《トン》きたりなば、南《ナン》遠からじ……」

麻雀むけのジョークというのがある。さっと発せられ、さっと通り抜け、あとに笑いを残すものである。思考を要求する考え落ちのたぐいは不適当だ。不適当もなにも、麻雀をやりながら伏線をはりめぐらした小話を考え出すやつもなく、それをじっくり聞いて感心するやつもない。麻雀という四角な宇宙には、現在という一瞬があるだけで、時間の幅、すなわち過去や未来など存在しないのだ。

どこかで車のサイレンが響く。

「消防車きたりなば、火事遠からじ、か」

だれかが言う。しかし、あまりサイレンがつづくので、またテレビをつけてみる。取り付けさわぎが発展し、銀行の前で人びとがわめいている。例によって、学生のむれと警官のむれとが加わり、それに輪をかけている。サイレンは警官隊輸送車のものだったようだ。

「学生きたりなば、警官遠からじ、か。そんなことより、麻雀だ麻雀だ」

テレビが切られ、パイの音がつづく。ツキの風の吹きまわしで、ひとりが大きく沈む。

「まるで、これは取り付けさわぎだ」

取り付けについての冗談が出る。しかし、そのうち取り付けとは、無一文の連中には無縁で金持ちが損する現象であると気づき、ばかばかしくなってジョークも他に移る。

ひとりに電話がかかってくる。革命の時が迫った、同志とともに決起してくれ、との内容である。しかし、その当人は電話口で、どうしても行けぬと出まかせの言いわけでことわる。当りちらしながら戻ってくる。

「やぼなやつだ。ひとのテンパイじゃまするやつは馬にけられて死ねばいいんだ」

「しかし、きみが革命グループに属していたとは知らなかったな」

「グループのやつらだって、おれが麻雀マニアとは知らなかったろう。そういうものさ。おたがいさまだ」

麻雀は進行する。こんどは、べつな一人に電話がかかってくる。右翼的な団体から、ぜひ行動に加わってくれとのさそいだ。やはり言を左右してことわる。

「きょうはどうかしているぞ。どうして、その連中はこう同じようなことを思いつくのだろう。赤きたりなば、白遠からじか……」

中《チュン》を捨てると白をつもり、他の役もあってみごと満貫。この四角い小宇宙は活気づく。ここの活気と、なごやかさと、楽しさ。そとにくらべ、どちらが好ましいかはいうまでもないことだ。

どこかで銃声がする。だれかがそれにつづけ、なにげなく「ばん、ばん」と口まねをする。他の者にたしなめられる。

「ポンとまちがえるぞ。気をつけてくれ」

「いよいよ、クーデターらしいな」

クーデターが話題になる。二・二六事件の時、遊廓にとまりこんでいた作家があったそうだと、だれかがうろ覚えの知識を話す。

「二・二六事件の時に、ふつか酔いだったやつもいたにちがいない」

「めしを食ってたやつもいる」

「トイレに入っていたやつもいる」

「ひそかにエロ本を読んでたやつだって、いたにちがいない」

「われわれはここで知的ゲームの麻雀をやっている。高級なものだ」

「しかし、なんで人は麻雀をやるのだろう」

「人いわく、そこにパイがあるからだ。パイいわく、ひと麻雀す、ゆえにわれあり……

……」

麻雀はつづき、点棒が動く。ひとりが不意に仕事を思い出し「すっかり忘れていた」

と電話をかける。そして、にこにこと戻ってきて言う。

「電話してみたら、むこうは接収されちゃってた。しめしめだ。心おきなく麻雀がつづけられる」

空腹を感じた者があり、出前を取り寄せるべく電話をするが、それどころじゃないとことわられ、おこられる。

しかし、麻雀はさらに佳境に入る。腹になにかをつめこまないほうが、頭がさえ勘もよくなり、みな大きな手が出来はじめるのだ。こうなると、食事と麻雀とどちらを選ぶかといえば、わかりきったことだ。

「すごいテンパイだ。これであがったら、天地がひっくりかえるぞ」

それがあがる。とたんに大音響。そとで爆弾が炸裂《さくれつ》したのだ。電気が消える。みなは窓ぎわに卓を移してつづける。やがて夕やみが迫ってくるが、そんなことはだれも気にしない。麻雀に熱がこもるにつれ、神経はさらに鋭くなり、心眼が開き、暗やみでもパイの見わけがつけられるのだ。

〈そとへ出ないで下さい……〉

拡声機の車が告げながら走ってゆく。

「なにを当り前のことを言っている。銃剣をつきつけられたって、だれが卓から離れて外へ出てなんかやるものか」

そして、夜がふけ、夜があける。まぶしさのため、窓にシャッターをおろす。依然として麻雀はつづくのである。

ヘリコプターが機銃掃射をしようが、戦闘機が急降下し爆弾を落とそうが、物事に没入している時には騒音など気にならないものだ。

「ぴっから、ちゃっから、どんがらりんと振り込んじまったぜ」

「戦争きたりなば、平和遠からじ、さ」

「そのギャグは、もうあきたぞ」

さらに麻雀の時が流れ、夕方となり、夜となり、朝となり……。いや、好ましいことへ熱中していると、日時など消失するのだ。

ここを訪れる者もなく、ここから出てゆく者もない。麻雀だけがはてしなくつづく。この四角な小宇宙は外界を拒否しているのだ。となると、外界だってこの小宇宙を無視する。外界にとって、この四人は存在していないのだ。

と、まあ、こんなストーリーを考えついた。悪くないようである。人物や細部の描写にくふうをこらせば、時代を象徴する感じの作品に仕上がるかもしれない。

そこで書きはじめたのだが、どうも思うように筆が進まぬ。なぜかと考えてみると、麻雀にあるらしい。麻雀をやらぬ人には、なんのことやら理解してもらえないのである。反発を受けるかもしれない。これは私の執筆方針にあわぬのである。

しかし、作家が商売ともなると、このまま捨ててしまうのも惜しい。麻雀にかえてべつな小道具を出し、人物の数もへらして短編に書きあげた。普遍性のあるものにはなったが、迫力は予想したより少しへったかもしれぬ。しかし、それは仕方のないことだ。方針は尊重する主義なのである。

絶　対

小学校のころの思い出である。担任の先生は今でもなつかしく思い出すいい先生だったが、ある日、教科書やノートを家に忘れてくる者のたえないのにがまんしきれなくなられたのであろう。みなにこう告げた。

「教科書やノートを絶対に忘れてきてはいかん。これからは、忘れてきた者があったら、家に取りに帰らせる」

めずらしくきびしい言葉。家に取りに帰されてはたまらない。その夜は、われながら慎重だった。ふだんは朝でかける前にランドセルにつめる習慣だったが、前夜に翌日の時間割りと何度もてらしあわせ、きちんとそろえた。まさに絶対の確信である。

それなのに、である。学校へ行き、授業のはじめ、さてとランドセルをのぞくと教科書がない。言い古された形容だが、一瞬、頭に血がのぼり、うろたえるばかり。やむをえず、恥をしのんで「忘れてきました」と先生に申し出た。そのときの救いは、忘れてきた同類がいやに多かったことである。しかし、先生と私たちの約束は約束。みな家へと取りに帰った。

こんな半端《はんぱ》な時刻に町を歩いている小学生はほかになく、奇妙な感じだった。ところが、家じゅうさがせどみつからない。しようがないので、また学校へ逆もどり。あとで判明したことだが、教科書はちゃんとランドセルのなかにあったのである。

極度の緊張は、よくさがせば存在している物を、目からおおいかくしてしまうものらしい。その日、私のごとく取りに帰った者がむやみと多かったのも、やはり同様の原因ではなかったかと思う。めったに忘れ物をしない優等生の女の子もそのなかにいたのだから。

忘れてこないのに忘れたと称し、授業をさぼろうとしたのもまざってたのでは、というのは戦後の考え方。昭和十三年ごろの小学生にそんな知恵のあるのはいなかった。それはともかく、あまりに意外な結果に先生もあきれてしまったにちがいない。そのごの父兄からの連絡でこの事情が判明したためか、この罰則はそれきりで中止となった。

絶対ということにこだわると、かくのごとき現象が発生する。存在している物が目に入らず、不必要にあわてふためくことになる。しかし、この体験は私にとって貴重なものであった。ふしぎがりながら学校へもどり、ランドセルのなかに教科書のあるのを知ったときの複雑な気分は、いまだに忘れられない。精神的にひとつ成長した瞬間といえよう。

人間の成長とは、絶対という緊張感と顔なじみになってゆくことのようだ。子供のころに読んだ冒険小説には、必ず主人公がどうにも絶対に身うごきがとれぬという、絶体絶命の窮地に追いこまれる場面があった。そのたびに、はらはらしたものだ。しかし、ひとつの例外もなく、助かってしまうのである。

いまや、こっちが書く側になった。絶体絶命の立場になった主人公がそのまま死んでしまう話を書いてみようかとも思うが、どうもうまくない。新しいアイデアにはちがいないが、読者が怒るにきまっているからだ。

子供ならいざしらず、おとなが「三角形の二辺の和は、他の一辺より絶対に長いのだ」とか「海水中には絶対に塩分が含まれている、おれはそれを信念として確信し、断固として主張する」などと叫んだら、気ちがいあつかいされる。

「この株は絶対に値上がりします」とか「奥さまのお肌には、この化粧品が絶対です」とかいうふうに使えば、世の中、正常な人として通用する。それを額面どおりにとり、だまされたとねじこむ者があれば、そのほうが気ちがいあつかいされる。「だからあのとき、絶対と申しあげたではありませんか。絶対とは、全面的に信用なさってはいけませんとの注意の言葉ですよ」と反論され、まさにそのとおりだからである。

学問の自由化

むかしにくらべ、大学の数が非常にふえた。また一校の学生数もむやみとふえているらしい。そのはなはだしいのをマンモス大学と称するそうだ。それが話題になるたびに、こんな形容がなされる。

「ああなると、学校じゃなくて企業体だ」

私たちSF作家には、なにか思いつくと、拡大鏡にかけたごとく、それを大げさに発展させる性癖がある。たとえば……。

それなら、いっそのこと大学を株式会社にしてしまったら、どうだろう。なにをむちゃな、と一笑に付する人もあることだろう。だが、思いついたついでに、少し検討してみたい。

現在の学校法人というものは、どことなくあいまいな存在なのである。だれのものやらさっぱりわからず、責任と権限の基盤もぼやけている。理事が評議員をえらび、評議員が理事をえらぶという方式なのだが、すっきりしているとは言いがたい。

順調の時はそれでもいいのだが、混乱が起ると弱味をさらけだす。弱腰になったり、責任がうやむやになったり、裏面で陰謀めいたものが進行したりするのである。

株式会社だと、この点ははっきりしている。株主総会の議決で経営の責任者がきまり、選ばれた者の権限は強力である。そして、運営能力不足の責任者は、総会で交代させられもする。そうせねば、企業競争に勝ちぬけない。株主は自己の財産に関することであり、のんびりとはしていられないのだ。

きびしい話ではあるが、だからこそ競争がなされる。そして、競争のないところには進歩もないのである。

大学を会社組織にすれば、そこに競争、すなわち進歩が起るのではないかと思う。各大学は質を向上させるために、一流の教授陣をそろえるだろうし、時には金にあかせて、他校の教授の引抜きもやるだろう。

そうしないと、学生を集め、高い月謝を取れないのである。学生がたくさん集れば、利益もあがり、株主への配当もふえる。株主も了承し、増資の株だって引き受ける。それで内容をさらに充実できるのだ。

堂々と公明正大にそれをやるのである。なにか悪いことでもあるだろうか。現在にくらべ、悪くなる点があるだろうか。

優秀な教授は、待遇が悪いの研究費が少ないのと、ぐちをこぼすこともなくなる。内職に原稿を書きまくり、別途収入をはからなくてもいい。学問に専念できるのだ。

学生のほうだって気持ちはいいはずである。月謝を払ったのに講義がつまらない、などという不満はなくなるのだ。月謝にみあう授業をしてくれる他校に移れば解決する。教育界は、みちがえるように活気づくのではないだろうか。

学問を商品あつかいするのかと、いんねんをつけたくなる人もあろう。あるにちがいない。しかし、なぜ学問を商品あつかいしていけないのだ。この疑問に即座に反論できるだろうか。

知識は情報であり、情報は自由に流通すべき商品である。正しく商品として評価し、価値をあるがままに見つめなおす必要が、いま迫られているのではないかと思う。

そもそも、知識と人格とを混同し、知識人すなわち人格者という通念のあるほうがおかしいのである。むかしはそうだったかもしれないが、その時代は終った。悪いことをするやつと、そいつの持つ知識量とのあいだに関連はないのだ。

現在の大学では、公衆道徳も教えなければ、手紙の書き方も、エチケットも、おじぎの仕方も教えていないのである。

「大学というところでは、人格教育までは責任を負いません」

こうはっきりさせたらどうだろう。となると、父母は覚悟をきめ、家庭でのしつけをきびしくするだろう。現状では、家庭で教育ママが勉学へのムチをふるい、人格教育についてののぞみを学校に託している。本末転倒ではないか。

教育ママには学問のことなど、なにもわからないのだ。子供への愛情は、すなおに人格教育の面であらわしたほうが能率的だし、順当でもある。一方、大学では人格教育まで手のまわるわけがない。知識情報を正確に与えることに専念すべきだ。

「しかし、そんなことになったら、金のある者しか学校へ行けなくなる」

との反論もあろう。だが、それはそれで別途に方法を考えればいい。大学、あるいは銀行から利息つきの金を借り、学問を身につけ、一流会社に入ってから返済すればいいのである。大学ローンである。なぜ一流会社に入れるか。それのできるだけの知識を、大学は当人に与えているはずだからだ。無利息の奨学金など、人を怠惰《たいだ》にする。無利息で、さいそくはゆるやかという金を借り、それで商売に成功した人はあまりいないはずである。

学歴は無用か有用かとの議論が世にある。だが、学歴を問題にするのが変なので、要は本人の持っている知識や能力の点である。学問を自由化してしまえば、このような議論は消えてしまうにちがいない。

これらはマンモス大学についての案だが、ついでに官立のも民間に払い下げて株式会社にしてしまうほうがいいかもしれない。半身不随とか悪口を言われている状態から抜け出せるのである。教えるほうも必死、教わるほうも必死という形がととのうのではないだろうか。

ただし、大学を企業体にした場合、採算がとれないために扱いかねる研究分野はもちろん出てくるだろう。その時には、はじめて国庫補助、すなわち税金を使えばいいのである。監督官庁の事務だって、それだけ簡素化されるというものだ。

逆説的な風刺的なつもりで書きはじめたのだったが、なんだかこのほうが本当にいいように思えてきた。欧米には社会事業についての伝統があるが、わが国にはそれがない。民間の非営利事業というものの運営に、みながなれていないのである。

また、わが国の国民性として、学問を心から神聖と思っている人は少ないのだ。そのくせ、外見だけをもっともらしくしようとする。そのへんに原因がありそうだ。なぜ大学へ進学したいか、なぜ子供を進学させたいか。統計をとれば、将来への有利な投資というのが多いにちがいない。

私はいつも思うのだが、わが国では無形のものはあまり尊敬されない。最近ではその傾向もあらたまりかけてきたが、それは金銭と結びついてきたからである。パテントとか、電子計算機の利用技術などである。それなら、知識情報もはっきり金銭と結びつければ、かえって尊敬の念がおこり、やがて神聖なものとならないとも限らない。

装置と責任

半年ほど前にコンピューターについて取材をしたことがあった。その時、みどりの窓口、すなわち新幹線座席予約装置について、このようなことを聞いた。秋葉原の本部には二台のコンピューターがあり、並行して同じ仕事をしている。また本部と各駅の窓口とは電話線と信号線の二本の回線で連絡してあり、一本の線が切れても支障はない。不意の停電にそなえて自家発電の準備もある。

そういうものかなと思い、そうでなければならぬと思った。ところが先日の新聞報道によると、このコンピューターが故障し各駅の窓口が混乱したとあった。座席予約など、計算とは呼べないほどの単純なしかけのはずである。この万全のそなえのどこに欠陥があったのかふしぎでならぬが、その点について記事はふれていなかった。どこからか圧力があったのではと、かんぐりたくもなる。

こんな知識が私になければ、装置だから時には故障もするさと、軽く読みとばしてしまったはずである。私たちの国民性として、人間が原因の事故は容赦なくやっつけるが、機械の故障による事故については、かなりの被害があってもおそろしく寛大であきらめがいい。人間をなぐり殺したら極刑だろうが、車ではねて殺すとさほどでない。

人間と装置と責任との関連について、早いところ明確にする必要があるのではないだろうか。保守的な法律と技術革新の差は、急速に開きつつある。金融機関の中枢にあるコンピューターを爆破したらはかりしれぬパニックとなるはずだが、器物破損の罪だけですんでは軽すぎる。器物の概念が一時代前とは一変してしまっているのである。

さらにべつな面でも、世の多くの人はコンピューターに不安の念を抱いているようだ。コンピューター時代開幕の声がはなばなしく、それなら勉強でもしようかと解説書を買ったとする。そのはじめのほうには、原理や構造や開発の歴史などが書かれている。もう、そこで拒絶反応が心にめばえてしまうのだ。

それでもむりして読みつづけると、コンピューターの長所は正確さにあり、まちがいは五十万回に一回ぐらいしか発生しないなどとある。だがべつなページには、一秒間に三十万回の計算をやるとある。計算単位のとりかたによるちがいだが、しろうとは二秒に一回で発生するのかときもをつぶしかねない。

エレクトロニクスの知識ゼロにもかかわらず、私たちはテレビを楽しむことができる。薬理学は知らないが、私たちははなはだ売薬好きである。文明の進歩とは、成果を容易に享受できることだと思いこんでいた。それなのに、なぜコンピューターだけは例外なのか。原理への理解が要求された品物は、文明開化以来これがはじめてではないだろうか。

こんなところが世の人の素朴な疑問であろう。この調整が必要なように思えてならない。理解しなければならないものなら、もっと肌にあった解説がなされるべきだし、それが不要ならば、科学知識劣等感を突くこともないのではないか。私の感じでは、これは過渡期における、俗な言葉でいえば「こなれていない」現象で、やがては日常生活のなかにとけこみ、原理はわからないが便利な装置として位置をしめるのではないかと考えている。

もちろん、多くのやっかいな問題の起ることは予想される。現金や機密書類以上にコンピューターは貴重なはずだが、その警備の手うすな企業があり、前述のような混乱が何回か起るかもしれない。ティーチング・マシンの普及は、各人の教育格差をさらにひろげるかもしれない。財産や行動の記録の面では便利になるが、一方ではプライバシーの保持がむずかしくなるかもしれない。高まる生産に消費が追いつけず、アンバランスの危機が現出するかもしれない。

だが破局に暴走することはないであろう。原始人は火に恐怖したはずだが、やがてはそれを生活にとり入れた。ダイナマイトも同様。原子力をはじめて知った時、私たちは身ぶるいしたが、いまではその害の面を押さえ有益な面を伸ばそうとの努力がなされている。ミサイルも当初は武器以外のなにものでもなかったが、いまやその主目標は宇宙開発にむけられている。

こうしてみると、人類の生活力は驚くべきものである。恐れとまどいつつも、いつのまにかとり押さえ、包みこみ、しかるべき個所におさめてしまう。コンピューターと人間とを比較すべきかどうかはわからないが、その差をあげるとすれば一般に言われているように感情の有無ではなく、むしろ生活力のほうではないだろうか。

おさきばしりでポスト（以後）好きの国民性。そろそろポスト・コンピューターの声がでてきそうだ。顔をしかめる人があるかもしれぬが、あんがい健全のあらわれかもしれない。コンピューターにはこんな発想はできないはずである。

アメリカ一駒漫画

アメリカの一駒《ひとこま》漫画を集めている。cartoon というやつである。相当な量になり、最近では持てあましぎみ。どれくらい集めたら威張れるのか、論ずる資格ができるのか、まったく見当がつかぬ。収集狂とは、だいたいにおいてそうなのではなかろうか。量が少ないうちは勢いのいい独断的な意見がいえるが、量に圧倒されるようになると、整理だけで手一杯となる。ハレムに美女を何百人もそろえた王様は、女性論や恋愛論など語ることができないのじゃないかしらん。

それでも、アメリカ漫画を大量に集めると、いくつかの特徴がいやでも目についてくる。なにから指摘すべきか迷うが、わが国の漫画とくらべて大きな差異は、時事風俗の点であろう。つまり、アメリカ漫画はニュースや流行を知らなくてもわかるのである。笑いだけが独立しているといえよう。

銀行へハンサムな強盗が入りこんできて、拳銃をつきつけ大金を強奪する。颯爽《さっそう》と引きあげかけると、窓口の女の子、呼びかけて「あたしを人質に連れてったら……」

血液銀行にやってきた子供に、受付の看護婦が「ここの存在を知っててもらえたのはありがたいけど、坊やの鼻血を買いあげるわけにはいかないのよ」

ある男、会社の帰りに同僚をさそい「ぼくの家に寄ってけよ。きっと、きみはぼくのワイフを好きになるよ。そして、それが進展してくれるとありがたいんだがな。ぼくはいざこざなく離婚できる」

ちょっと目にとまった、名作でも駄作でもない例をあげた。すべてこういったぐあいなのである。ある程度の基礎知識があれば、それで理解できる。そこへゆくと、わが国の漫画はもっぱら時事風俗。電子レンジが出まわりはじめると、それを使った火葬場漫画が描かれ、三億円事件もタメゴローも、あっというまに漫画になる。当意即妙をきわめ、事実の重みが加わっているだけに、接した時点での笑いの強烈さは、こっちのほうがはるかに強い。しかし、ニュースの記憶がうすれたり、外国人に対しての効果となると、それは弱くならざるをえない。

私はソ連がスプートニクをうちあげた時の、わが国の新聞雑誌にのった漫画を切り抜いて保存しているが、人工衛星漫画の大氾濫であった。いま見なおすと、なつかしさはあれど笑いはない。アメリカにも宇宙ロケット漫画という分野があるが、アポロさわぎで特にふえることもなく、強烈な笑いもないかわり、時がたったからといって笑いが弱まることもない。わが国の漫画の傾向は一時点に凝縮した形であり、アメリカのは時間的空間的に普遍性を持つのが特徴である。この差異を持つものを、同一の次元で論じてはいけないような気もする。早くいえば別種なのだ。

しかし、なぜこんな差異ができたかへの説明はつけられる。アメリカは雑多な人種の混合で、国土がひろく、地方分権のニュースなのである。アメリカ映画で見ると、新聞の第一面はその地方の銀行強盗だの大事故だのが、でかでかと印刷されている。わが国の新聞の第一面が大臣や外国元首の写真であるのといい対照。住所の書き方が私たちは県・市・町の順、むこうは身辺のほうが先で、それと同様といえよう。

ニューヨークの大事件、必ずしもハワイやアラスカの人の関心をひくとは限らない。新聞記事は各地方独自の構成である。そういう状態のところで全国にむけて漫画を供給するとなると、時事風俗から独立しなければならなくなる。私たちは全国紙とテレビとにより、ほぼ同質のニュースに同時に接しており、その共通基盤にのっかった笑いを楽しめる。この条件のちがいなのだ。

アメリカ漫画の時事問題からの独立ぶりは徹底している。一時あれだけ全世界を熱狂の渦に巻きこんだにもかかわらず、ビートルズに関連した漫画は、ほとんど数えるほど。ケネディもニクソンも雑誌の漫画には登場しない。離婚テーマの漫画は山のようにあるが、そこにエリザベス・テーラーは決して描かれない。キャプションの会話のなかにマリリン・モンローの名の使われることはたまにあるが、それは美女の代名詞としての意味しかない。モンローが死ねばバルドーでもいいわけで、キャプションの名の部分を入れかえて、同じ絵を再録して使ったりしている。実在の人物の登場、皆無とはいえぬが、率からいえばとるにたらない。

アメリカにおける唯一の特殊な例外は、マッド（MAD）という漫画雑誌。時事風俗密着漫画専門誌で、有名人やテレビ番組やコマーシャルなどをひねった笑いで埋めている。わが国にはこのマッド誌のファンが多いようだが、それはここに原因がある。

アメリカ一駒漫画の登場人物は不特定個人であり、その人間関係、あるいはなんらかのアイデアの上に成立しているのである。人気者などいない。有名人やスターをこうも排除した分野のあるということは、すがすがしい気分にもなる。

日米漫画の差異で特徴的なことをもうひとつあげれば、キャプションの点である。わが国のそれがほとんど「ボーナス」とか「海水浴」とか「ペット」など題名的なのにくらべ、アメリカ漫画のそれは画中の人物のひとりの発言になっているのである。さもなければ無題で、それはごく少数。なぜこうなっているかの説明は、あとで触れる。

私がアメリカ一駒漫画の収集をはじめたのは、孤島漫画がもとである。ヤシの木のはえた小島に漂着した人物を描いたもの。無人島漫画とも呼ばれるが、人物が漂着したあとは無人では変で、私はその言葉を使わない。

おおよそのパターンを知ればいいという程度だったが、集めはじめると面白くなり、ほかにマニアがなく独走態勢らしいと知るといい気分になり、ずるずると深みにはまりこんだ。収集狂によくある例である。

最初は熱狂的に集めたが、しだいにあわてなくなってきた。雑誌にのったのを入手しそこねても、やがて漫画専門誌に再録され、それも何年かたつとまた再録される。時事風俗から独立して古びない漫画の利点である。さらにはアンソロジーにも集録される。孤島漫画だけを集めた本など、何冊も出ている。だから熱狂しなくても、継続の意志さえ失わなければ、ふえる一方である。いま孤島漫画の私の所有は、ほぼ三千種である。

しかし、孤島漫画のパターンの指摘となると、ちょっとやっかい。三つの面からの分類が考えられる。第一に、人物構成の面。男、女、二人、夫婦、親子、友人、多数、驚異的多数、島がひとつ、二つ、多数の島といった分類である。第二に、描かれた感情効果の面。望郷、愛情、物欲、狂気、習慣といったたぐいでの分類である。第三に、小道具の面。食品、酒、薬、トランプ、ベッドからロボットに至る、書き加えられた物品による分類である。ひとつの孤島漫画に、これらのいずれの分類も適用できる。そこで私の模索しているのが、三次元的分類法。ひとつの孤島漫画は、三つの面の座標でその位置を定めることができるのではなかろうか。

三次元的分類法なるものは、すでに存在しているのかもしれない。だが私はなにか現実を通してでないと抽象世界に入れぬ頭の主なので、もっと孤島漫画をいじくってから、そのほうの研究をするつもりである。社会現象など、多次元分類法を使うと、だいぶわかりやすくなるのではなかろうか。

アメリカ漫画の例にもれず孤島漫画も時事風俗に無縁だが、アイデアにはいくらか流行があるようだ。かつては人魚のでてくるのが多かったが、そのごアラジンのランプを小道具に使ったのはやった時期があった。このところは、どういうわけか、ヤシの木への妄想をテーマにしたのが多いようだ。孤独のあげく、ヤシの木を女性と思いこんだもの。さらには、小さなヤシの木を妄想の女性とのあいだにできた息子と思いこんでしまうもの、といったたぐいである。

かくして、現在も休むことなく孤島漫画は生産されつづけている。外国漫画雑誌を買ってきて開くたびに「なるほど、ここにアイデアの空白があったか」と思わせられる。三次元的分類法におさまるという点では「太陽の下に新しきものなし」だが、アイデアの空白を埋めれば、それだけの意味はあるといえる。いまの私は、コンピューターを使ってこれらを整理してみたい心境である。私の頭も少しはすっきりするだろうし、人間方程式なるものへの手がかりがつかめるかもしれない。

それなら、将来はコンピューターによって漫画のアイデアが作れるのではないかとの空想になるが、当分はむりであろう。人間がなにを面白がるかの公式が不明のうちは、手のつけようがないからだ。しかし、である。

孤島漫画を集めているうちに、他の分野のも集ってしまった。孤島物だけ切り抜き、あとを捨てることもないからだ。そして、アメリカ漫画全般についての感じだが、漫画生産について、人間とコンピューターとの協力関係はさらに深まってゆくのではないかと思われる。アメリカの漫画雑誌社、あるいは漫画供給エージェントがすでにコンピューターを使っているかどうかは知らない。おそらくまだであろうが、それを導入できる基盤は存在しているといえそうである。

アメリカ漫画の製作過程における大きな特色は、アイデアと絵との分業である。F・ブラウンの短編「漫画家とスヌーク皇帝」というSFの主人公は、あまりぱっとしない漫画家なのだが、机にむかって案の捻出《ねんしゅつ》に苦しむのではなく、ひたすら郵便を待ちつづける生活なのである。すなわち、アイデア提供を内職あるいは職業とする者からの手紙。漫画家はそれを絵にして、売れたら分け前を払う。これが普通らしいのだ。

わが国の一駒漫画家は軽蔑すべき現象と、これに顔をしかめることだろう。しかし、ギャグ作者の評価がいちおう確立されているという点について、ある人はうらやましがるだろう。どちらがいいかは、なんともいえない。国情と国民性のちがいなのである。

もっとも、アメリカでもスタインバーグのような絵そのもので感情を表現する一流の画家、またヨーロッパから移ってきた漫画家のなかには、発想も自分でおこなっている人があるようだ。しかし、分業を否定する社会的風潮はなにもなく、ニューヨーカー誌の常連の怪奇漫画家チャールス・アダムズの作品も、これは私の推測だが、自己以外の発想のがあるように思える。したがって、アダムズの漫画をアイデアで分析する試みは、ちょっと的はずれになりかねない。もっとも、どのアイデアを採用するかの選択をするのは彼で、その一貫性はあることはある。

しかし、それはそれでいいのである。以前にリーダーズ・ダイジェスト誌で、ボッブ・ホープ専属の数人のギャグ作家の奇妙な勤務ぶりを読んだ。彼らが事務所に通勤し、しぼり出したギャグをホープが使い、大衆はホープのギャグとして大笑いするのである。是認というより、むしろ当然のことなのだ。

したがって、アメリカ漫画のできばえは、ビジネスライクな感じにならざるをえない。時事風俗からの独立の一因もここにある。すなわち、ニュースを受けとめ即戦即決とはいかないのだ。また、アメリカ漫画の構図の類型化もそのあらわれである。

たとえば、こんな漫画がある。人妻が若い男を自宅にひき入れ、ベッドで情事にふけっている。そこへ亭主が帰宅。立腹する亭主をなだめて、夫人が言う。「ベッドのあなたの側がつめたいと気の毒だから、このかたにたのんで、入って温めてもらってたのよ」

木下藤吉郎が信長のゾウリを温めた故事に似ている。もしかしたらこのギャグ、日系人あるいは日本人留学生が小遣いかせぎに、漫画家に投稿したのではないだろうか。それはともかく、この情事発覚テーマの漫画もむやみとある。案を投稿するほうも楽なのである。〈情事発覚の場面、だれがだれにこう言う〉と書けば、それでアイデアの伝達ができるのである。さきにのべたが、アメリカ漫画のキャプションが会話の言葉になっている理由。類型化されていると、伝達が容易なのだ。アメリカ漫画を一口でいえば、アイデアの図解ということになる。短文に還元できる特徴は当然のことで、すでに短文の過程をへているのである。

分業の成果であるため、漫画家自体の生みの苦しみ、苦渋のあとなど、まるでない。スランプの悩みが絵ににじみ出ることもない。一方、こりすぎた失敗作だの、案の枯渇《こかつ》による愚作も、発生しようがない。わが国の漫画とは別種に考えるべき点である。

また、したがってアメリカの一駒漫画からは強烈な個性、陰影、体臭、そういったたぐいも消えている。乾燥したクールとでも称すべきか。殺人漫画、死体漫画という分野があるが、そこからは決して死の匂いはたちのぼってこない。はだか漫画もむやみとあるが、いい意味でも悪い意味でも、エロティシズムはないのである。乞食や浮浪者漫画にあわれさはなく、アル中漫画や破産漫画や自殺漫画には悲惨さがない。葬式漫画に悲しみがなく、処刑漫画に残酷さがなく、人食い人種漫画に後進国蔑視《べっし》ムードがなく、病人漫画に苦痛がない。

あげればきりがないが、つまりそういうことなのだ。アイデアと笑いだけが残っている。例をあげれば、壁の前に立たされ、銃殺寸前の男。突然すたこら逃げ出す。それを呼びとめて銃殺隊長いわく「止れ、さもないとうつぞ」

これなど発想はブラック・ユーモア的なのだが、漫画になると人物すべてがとぼけた表情、われわれが死刑に対して持っている既成感情が消失している。ブラック・ユーモアとは、そういった既成感情のどろどろした暗さ、ブラックすなわちどす黒さと、笑いとの複合体の効果であろう。しかし、漫画には〈気の毒だがおかしい〉の〈気の毒だが〉の部分がないのだ。〈深刻だが〉も〈絶望的だが〉もない。そこにあるのはアイデアと笑いだけ。純粋抽出か蒸溜がなされたよう。透明なユーモアと私は仮称しているが、そんな感じである。

非肉体的な笑いといってもいい。また閉鎖的・完結的といってもいい。粘着性がないから、周囲のなにものにもくっつかないのだ。処刑漫画を見ても、死刑論議を連想し、さらに発展させる者は出ない。自動車事故漫画を見ても、それで運転注意を自戒する者は出ない。戦争漫画を見て好戦主義者がふえもしなければ、反戦主義者がふえもしない。

もちろん、じっくりながめて感情移入につとめれば、なんらかの感慨に到達できるかもしれないが、そんな読者は千人に一人もいないだろう。また、腕組みして五分ほどながめ、やがて理解してはたとひざをたたき、その高遠なる笑いに感激するというたぐいの漫画もない。

複雑で難解で深遠な漫画が一冊にぎっしりつまっていたら、もはや大衆娯楽ではない。べつなジャンルにまかせればいいことなのだ。アメリカ漫画にそれ以上のものを求めようとするのは、チューインガムから栄養をとろうとするごとしである。テレビは〈目のチューインガム〉と形容されているが、漫画は〈目のコカ・コーラ〉であろうか。キュッとした感覚がちょっとあり、あとはスカッとさわやか。いくらかの習慣性。あまずっぱさもなければ、満腹感もない。胸にもたれることなど決してない。よけいなものを加えたら、必ずあきられる。

驚異的多数を相手の、大量生産、大量消費のユーモアなのである。毒やトゲをふくんでてはいけない。余談になるが、ジョークや小話は日本では読むものだが、アメリカでは会合やパーティの必需品。十年ほど前にアメリカで宇宙人ジョークが大流行したが、それはこれなら他人を傷つけることがないからである。毒のあるジョークをパーティでしゃべるのは非常識。このことと関連がありそうだ。多くの人と交際しなければならぬ開放型社会では、閉鎖的完結的なユーモアが好まれ、そうでなければならぬのだ。逆に、ひっこみじあんで孤独好みの性格の人、いやなやつとはつきあわないですむ閉鎖型社会では、毒や批判、深刻や反抗など、どこかにむけて排水口を持つ開放的、あとに問題を残す非完結的なものが好まれるといえそうである。いうまでもなく、後者が日本人好みのもの。

パーティに出かけた時に人気をさらおうと、その前夜に考えついたジョーク。あんのじょう席上でうけた。その人は物はついでとばかり、文章にし漫画家に手紙で送る。前述のごとく、アメリカ漫画はジョークの図解なのである。それが漫画となって雑誌にのり、多くの人の目にふれる。こんな例が多いのだろうし、これが量産態勢をささえている。つきぬ泉。少数の天才が作るのでなく、大衆のささえる娯楽文化。まさしくアメリカの大衆文化そのものなのだ。

いささか駆け足であるが、以上がアメリカの大衆むけ一駒漫画の私なりのまとめ。漫画に思想性を求め、思想に娯楽的要素を求めたがるわが国の思考傾向をふりまわし、これにけちをつける論評をしてみてもはじまらないし、おかどちがいなのである。わが国では、それに含まれる情報量の多い漫画が好まれ、アメリカ漫画はアイデアが本質なのである。別種としてあつかうべきだ。

別種といえば、ここで同時に語るのはどうかと思うが、漫画には以上の一駒物cartoonのほかに、ストーリー性のある多駒漫画comicというのもある。バットマンやドナルド・ダックのたぐいである。私はこのコミック・ブックもSFや怪奇物を主に千冊ほど集めたが、これはいまのところ中断の形。子供むけであり、分業はさらに徹底し、ディズニーのごとき特別なもの以外は、絵のタッチや人物の顔がほとんど均一なのである。アイデア性がなく、大衆の参加がなく、大衆に迎合する傾向があり、通俗を絵にした感じ。

しかし、少し前からこの種の絵がポップ・アートとしてアメリカで話題となっている。これについて、ちょっと私見をのべる。アメリカの一駒漫画には名画をユーモアにした分野というのがある。「モナリザ」や、モンドリアンの「コンポジション」など、しばしばとりあげられている。それを逆にした形である。均一の極のコミックの手法の絵を、れいれいしく飾る。盲点をついたユーモアであり、画期的なアイデア。ユーモアとかアイデアとか感じるのは、この基盤があってこそである。ユーモアとみとめ、そのアイデアを尊重して大金を払うのは、アメリカなればこそ。わが国に移入のしようがない。この種の可逆的アイデアはアメリカの特性のひとつ。

彼我《ひが》の差は大きい。会社を舞台にした一駒漫画でも、アメリカではビジネス的ドライ、わが国のはサラリーマン的ウエット。ビルやエアコンディションやコンピューターなど、道具立てに差はなくても、漫画のなかでは、東は東、西は西。アメリカ漫画を集めて私が得たものは、いつのまにか日本の一面を見つめなおしていたということである。

夏

夏のよさは暑い点にある。からだがぐったりし、頭がぼやけ、精神がだらける。したがって世の中は平和である。わが国では盛夏に、政治的社会的な大事件は起りにくい。自然の力による強制休養である。もし日本に夏がなければ、勤勉な日本人は休むことなくせっせと働きつづけ、世界最高の繁栄を築くだろう。しかし、そのかわり、ろくでもないこともしでかすにちがいない。神の摂理というわけであろう。

小学校のころ

東京女高師の附属小学校、いまはお茶の水女子大学附属小学校と改称されている。昭和八年に入学し、十四年に卒業した。古きよき時代の最後ともいうべき時期である。世の中に刺激的なものが少なく、平穏だった。昭和十二年に日中戦争がはじまったわけだが、子供にとっては無縁だった。むしろ、身ぢかの平和を認識させてくれる役に立ったようである。アメリカの子供との、お人形の交換などという行事もあった。食べ物も現代のように過剰でなく、戦争末期のように欠乏でもなかった。赤マントという子供を恐怖させる怪人のうわさ話が、世をさわがせたこともあったが、私はそのころ病気で長く休み、登校しはじめた時にはおさまっていた。

一年生の時にはお茶の水に通い、二年生の時に大塚の新築校舎に移った。私だけが例外なのかもしれないが、なぜかさほど感激の印象がない。私は高師の附属中に進学し、そこでも新校舎移転の体験をしたが、やはり同様。子供にとっては、建物の新旧など、おとなが考えるほど大問題ではないのかもしれない。先生と級友のほうが大きな要素なのである。

回想していやなことは、そのころは結核が大変な病気だったことだ。長期欠席者が各級に何人かいたようである。卒業後に若くして死亡した者もある。現在なら、そのようなこともないだろうにと、胸のつまる思いがする。しかし、現在の交通戦争のほうが、もっとドライな恐怖といえるわけで、やはりあのころはよかったというのが結論である。

安易さ

先日、皇太子殿下に女児がおうまれになった。それについて女性週刊誌から私のところに電話があり「二十年後に、どのようなかたに成長なさるといいとお思いですか」との質問である。週刊誌というものは、なんでも記事の種にする。

そこで私は答えた。

「日本古来の伝統をうけつぎ、気高さと上品さと微妙さの象徴のようなかたになっていただきたい」

私の書くものに似ず、えらく保守的なので、むこうは意外そうだった。「ミニスカートでゴーゴーを」といった答を期待していたかもしれない。おあいにくさまである。

混乱の世の中を右往左往、頭を使わずに流行を追っかけまわすだけの人間は、ほっておいても量産される。そんな世の中だからこそ、流行を超越して上品さをたもつかたが必要なのである。早くいえば、ミニでゴーゴーなんてことは、その気になればどんな女性でも簡単にできることなのだ。睡眠薬遊びなんてのは、薬を口にほうりこみさえすればいい。犬やネコにだってできることだ。

しかし、上品さとなると、そうはいかない。身につけるのに、十年はかかるのではないだろうか。わざとらしさのない内面からにじみでる上品さとなると、二十年でも身につかないかもしれない。だからこそ貴重なのだ。そのような女性こそすばらしいのである。

ざっくばらんな、いわゆる人間味ある話し方も悪くはないと思う。しかし、上品な言葉づかいができた上での話であろう。ざっくばらんしかできないというのは、なさけないことだ。そんなタレントがふえている。

安易へ安易へと道をたどっている。テレビも週刊誌も、低級な女性への迎合である。迎合によって利益をあげようというのだ。そして、それが成果をあげてるということは、迎合されるとたあいなく喜ぶ存在があるからであろう。こういう傾向のなかでこそ自制心が必要なのだが、そんな主張はあまりない。自制心を身につけるには十年はかかるが、失うのは一日でたりる。みな目前の安易さのほうが好きなのである。

欧州旅行をした女性のなかには「イタリーの男性にくどかれた」と、とくいがる人が多い。厳格なカソリックの国で、良家の子女はひとり歩きしない国柄である。くどかれたとは、娼婦あつかいされたとの意味。単純でなさけない図である。

よき伝統をうけつぎ次代にもたらすのが女性の役目と思っていたが、どうやら、昨今は女性が先に立って伝統をぶちこわしている。こわしたあとになにかを築くのならまだしもだが、そうでもないのだ。世界じゅうの安易さを集めてつぎはぎしたものだけが残る。

女性の職場への進出はいいことである。男性との平等の要求もいいことである。しかし、平等の要求をするからには「女だから」との弁解は口にすべきでない。はたしてそうなっているであろうか。権利は主張するが、義務はしらん顔。こういう矛盾が気にならないのは困るのである。

お米だの牛乳だのの値上げ反対はいいことである。しかし、農家や畜産業の収入増加はどうすべきかとなると、しらん顔。自分の家庭の収入だけふえればよく、他人は知ったことかとの冷酷ムード。あげくのはて「それは政治家の考えることだ」で終り。選挙権を返上したらいいのじゃないかしらん。深く考えず、自分につごうのいい主張だけを叫んでいる感じである。

ということを女性の欠点としてとりあげたが、考えてみると、女性にかぎらず、いまや日本じゅうがそんな状態のようである。女性化傾向がひろまりつつあるのだ。利益とセンチメンタリズムだけで動いている。マスコミが女性を甘やかすから、男だってその仲間入りをしたくなるのだ。女性がしっかりし、甘やかしても企業や政党の手にはのりませんよと、はねつける模範を示すべきであろう。

思い出の味

なぜか鮮明に残っている幼いころの記憶がある。

ある日、昼の食事でおかずの塩ジャケの皮を食べそこなった。私はそれが不満で「カワ、カワ」と泣き叫んだ。祖母はそんな私をおんぶし「ヤマ、カワ」とまぜっかえしながら、あやしてくれた。これだけのことなのだが、いやにはっきりと思い出せるのである。そのころは本郷の高台の庭のひろい家に住んでいたのだが、おんぶをしてもらって庭のどのへんまで行ったのかも、ちゃんと頭に残っている。そして、これが私の人生における最も古い記憶なのである。

当時は何歳ぐらいだったのだろうか。満三歳か四歳といったところだろうと思う。古い写真帖をめくってみても、祖母におんぶされたのはそれぐらいの年齢までだからだ。

それにしても、たいして重要事件でもないのに、なぜこんなシーンが頭にひっかかっているのだろうかと、ふしぎでならない。味への欲求と、泣いたことと、おんぶと、皮と川をひっかけたダジャレと、それらが結合したために印象が強まったのかもしれない。

人間の頭は電子計算機とちがい、変なことをあとあとまで保存しておく機能があるようだ。いま私の子供は四歳と五歳だが、あれが食べたい、これが食べたいとしょっちゅう泣きわめいている。そのどれが成長したあとまで記憶に残るのか、まるで見当がつかない。

この、私の塩ジャケの皮についての思い出は、一生うすれることがないであろう。塩ジャケを食べるたびに、くりかえし頭のスクリーンに映写されるからである。他人にはどうかわからないが、適当に焼いた塩ジャケの皮というものは、私にとってじつに微妙な味である。だから幼児の私をとらえたのか、この思い出があるから微妙な味と感じるのか、これまたわからないことだ。

私はそのうち、塩ジャケを一匹買ってきて、皮だけをはいで焼き、思う存分食べてみようかなと思っている。いい日本酒を飲みながらである。まさに豪遊だ。しかし、そんなことをしてたんのうしたら、この古くなつかしい記憶も消えてしまうかもしれない。なんとなく実行がためらわれもするのである。

戦争中の昭和二十年の春、私は大学の一年生だった。そして動員で、農村の田植えの手伝いに行かされた。私はこのたぐいのことに不器用で、けっこう疲れたが、一仕事が終ってから吸った一服のタバコ。これも忘れられない味の思い出である。甘く、やわらかく、疲れをいたわってくれるような、麻酔めいたものが感じられた。タバコがこんなにうまいものとは、その時にはじめて知ったのである。戦争末期で一日に二本ぐらいの配給だったが、うちでは父が吸わなかったので、けっこうたまっていたのである。品質は粗悪だったが、いまだにあの時の一服は忘れられない。

そのご今日までタバコは吸いつづけたが、うまいと思ったことは一度もない。不健康のもとで、やめればいいのだが、意志が弱いのか、なかなか実現できない。できない原因は、もしかしたら、あの時の一服の感激が心に強くきざみつけられているせいかもしれない。

考えてみると、私の年代はひどい時代に少年期をすごしたものだ。そのかわり、終戦後の物資が出まわりはじめた時は、なにを食べてもおいしくて大感激をしたものである。製菓会社の人からキャラメルをもらった時には、あっというまに一箱食べてしまった。戦後はじめて口に入れたバターやベーコンなど、涙さえ出てきた。生きてふたたびめぐりあえたという、劇的な感動といったところである。

最近の若い人たちには理解できないことだろうが、これらが私の心に深い印象を残している味なのだ。

火星人

火星人というと、私たちはユーモラスなタコのごときものを連想する。火星探査ロケットのニュースなどがあると、新聞にはきまってこのたぐいの漫画がのる。

地球人より文明が進んでいるので頭が大きい。食品の進歩で内臓は小さくてすみ、重力が少ないので足は細くていい。かくして陸にあがったタコのような外観となった。火星は気温が低いから、なにか着てててもよさそうなものだが、ふしぎなことに裸である。エロチックな感じを与えないから、それでもいいのだろう。

この火星人の生みの親はH・G・ウェルズで、一八九八年に書いた「宇宙戦争」という作品のなかで登場させた。その描写によると醜悪にして無気味、不潔にして強烈。地球でのあばれかたは残忍このうえない。欧米人は理屈抜きでタコがきらいらしく、その基盤の上での効果である。

そこへいくと、私たちはタコといえば、おどけた印象を受け、ユデダコやスダコにして食えばいいという気分。恐怖小説でなく漫画の主人公のほうがふさわしくなる。

しかし、このタコ型火星人、火星の気象条件をふまえ、ダーウィンの進化論にのっとり、欧米原産だけあって合理的である。また、それ以前にこのような概念はなかったのだから、画期的といえ、ウェルズの偉大さは称賛すべきだ。これをきっかけとし、各種の怪物的宇宙生物が小説や画に書かれ、にぎやかなことになったのである。

ロボット

ロボットという名前を最初に考えついたのは、チェコの作家チャペックで、一九二〇年の「ロッサム万能ロボット会社」という作品のなかにおいてである。ロボットにロボットを作らせ、大量生産し、労働も戦争もみんなそいつに押しつけ、人間たちはいい気になる。だが、やがて反乱が起って形勢逆転という物語。機械文明の未来を風刺し、なかなか新鮮な発想。ロボットの名はたちまちひろまった。

もっとも、人造人間の話はその数十年前に、フランスのリラダンの「未来のイブ」という作品、アメリカのビアスの「マクスンの人形」という作品などに書かれ、いずれも名作である。これらのほうが先輩といえよう。だが、自動機械人形とかいう呼び名では、ぱっとしない。

ロボットという魅力的な名をつけたチャペックが栄誉をひとりじめにした形。ネーミングの重要さは、いつの世でも変りないようだ。

理想と現実

一九〇九年（明治四十二年）のニューヨークに二十五歳の男がいた。新天地にあこがれてルクセンブルクから移住してきた技術者。彼は電気器具の店をやりながら「モダン・エレクトリックス」というラジオ愛好者の雑誌を出していた。当時ラジオは二年ほど前に実験電波が発信されたばかり、番組といえるような放送がはじまるのはそれから十年もあとといった時期だったが、やがては電波の時代になるだろうと予想していたのだ。

毎号ラジオの解説記事を書いていたが、生れつきの強い想像力が頭のなかでむずむずしている。彼はひとつのものを空想し、それの普及した未来を空想した。それはすばらしい品なのだ。人びとの教育水準を高め科学的思考をひろめ、無知や誤解を一掃する。社会からは無用の争いが消え連帯感が強まり、みんな道徳的になり、宗教心は厚くなり、文化や芸術がずっと身ぢかなものとなる。

家庭でいながらにして、なんでも見聞できる装置なのだ。彼の頭には未来の生活の楽しいありさまが浮ぶ。一家そろって国立劇場から電気で送られてくるオペラをながめ、つぎの日は英国からのシェークスピア劇を鑑賞する。それが毎日できるのだ。劇場へ往復しないで節約できた時間が、どれだけ有効に人生に役立つことか。なんと意義のあることだろう。しかも、でまかせの夢じゃないのだ。彼は原稿を書き、ドイツでおこなわれた写真電送の実験を紹介し、その可能性ある未来図を力説した。これがテレビジョンだと。

テレビジョンなる語が米国ではじめて活字になり、その概念が一般に示されたのがこの時である。彼の名はガーンズバック、後世SFの父と称されるに至った人物。

その十七年後の一九二六年に英国人ベアドによってテレビ第一号が試作され、公開実験がおこなわれた。以後の発達と普及ぶりは、だれでもご存知のとおり。ガーンズバックの夢みた未来がここに実現した。しかも、効用のほうもまた、だれでもご存知のとおり。彼の予見の才能は驚くべきものというべきだが、その彼も、俗悪番組による白痴化が将来において問題になろうとは、思ってもみなかったようである。なにもテレビに限った話じゃないだろうが。

アポロ11号

SFの祖であるH・G・ウェルズの作品「月世界最初の男」の主人公の月における最初の発言は「起きあがろう、われわれは生きている」であった。アポロの月からの第一声はそうではなかったが、内心の叫びはやはり「生きている」でなかったろうか。テレビを見つめていた私たちも、長い緊迫のあとで無事を知らされ、ほっと息をついた。その安心感のせいか、月面上からの中継には、ものものしい壮挙というより、親しみある楽しさが感じられた。人類が月を征服したというより、人間が月に出かけたという印象である。

他天体への第一歩。いままでSFにたくさん書かれていたことだが、そのどれも乗員たちの英雄的な個人プレーによってなしとげられるものばかりだった。そして、いまそれが現実となったわけだが、乗員だけでなく、技術関係者、科学のあらゆる分野、それらの総合された結果だとだれもが理解している。

月をねらって命中させたのではなく、地球の上にしっかりした踏み台をいくつも重ねてのぼりつめた、あるいはみなの力で押しあげたという形である。SF作家もここまでは想像できなかった。

今回、数えきれぬ人がテレビをながめたにちがいない。だが、乗員の三人の名はと聞かれて即答できる人は、意外に少ないのではないだろうか。主役は乗員でなく科学の進歩そのものであると、だれもが感じているからだ。ホットな冒険ではなく、クールな成果なのだ。

だが、とにかく、感無量である。三十八万キロはなれた月面上で人間が活動し、それを私たちが見た。人類の生活圏が月を包んだのである。行けて生活できるという点において、地球上の地点と同じなのである。月はこれまで神秘な世界だった。神話伝説のほか、SFにも多く書かれてきた。底なしの砂、金属を即座に食いつくすバクテリア、地下の月人などミステリー・ゾーンそのものだった。しかし、宇宙進出が一段階発展するたびに、神秘さがしりぞき、人類の生活圏がそこへひろがる。正直なところ、SF作家はなごり惜しい気分をかみしめているのである。

じつは私、そんなことへのやつ当りもあって、さっきまでアポロに対しあまのじゃく的な意見をしゃべりつづけていた。いい気になってさわぐわが国の風潮に対し、反感を持っていたのだ。アメリカのやることのうち、いい部分については人類の成果とばかり大喜びする。その一方、ベトナムや黒人問題となるとアメリカ一国の責任だと、知らん顔をしていい子になる。いささか勝手すぎるような気がしてならなかったのだ。

しかし、到達の瞬間になると、私もまたいい気分になってしまった。ひねくれた感情など吹きとばしてしまうような圧倒的な印象であった。他の人も同様なのではないだろうか。ひどいむだづかいだとの主張も、しだいに影が薄くなりつつあるようだ。

アメリカでもアポロ批判の人はぐっと減ったという。コロンブスが大西洋に乗り出す時、そんな金があるのならヨーロッパの生活向上に使えとの意見が勝ち、出航が中止されていたら現在のアメリカは存在しなかった。解説でくりかえされるコロンブスの名を聞いているうちに、そこに気がついたせいかもしれない。夢を追うことは生活と同様に人間の必要条件なのだ。また、生活に余裕ができ、知的好奇心を満足させるための出費に抵抗を感じなくなったせいでもあろう。物質や物品の時代から情報の時代へ移行するきざしがここにもある。

人類の長いあいだの夢であった月旅行が実現した。すばらしいことだが、つぎにはなにを夢み、なにを目ざしたらいいのか、目標がさだまらずとまどいが起るのではないかとの心配もある。さて、今後の大目標はなんなのだ。そう指摘されると、首をかしげる人が多いにちがいない。

しかし、大きなものをひとつ忘れている。あまり長く夢みつづけ、いい古されているせいかもしれない。それは世界の平和。かつてユートピアといえば、どこにもない国という夢物語の意味だった。いまでも大部分の人は内心そう思っている。簡単に実現するものかといったムード。

なぜこんなムードがひろまっているのか。戦争とは大変な仕事で、平和は安易なものだと勘ちがいしてきたからではなかろうか。じつは戦争こそ安易なのである。ばかでもできる行為だ。しかし、平和達成となると想像以上の難事業。精神だけでなく、知能と技術と、その他ありとあらゆる文明の力を結集し、血のにじむ努力をつぎこんではじめて築かれるものであろう。これまでの人類の手におえる仕事ではなかったのかもしれない。

しかし、アポロの成功は夢物語を現実にする方法を示してくれた。目標をゆるぎなく定め、微細な部分に至るまで入念に検討し、確実な積み重ねで進むという道である。平和という目標へも、このような道をつけることだって可能なはずである。「これからはそれをやってみたらどうです」と今夜からの月は地球に呼びかけるごとく、光を送ってくるのではないだろうか。

人間を釣るエサ

いまだに感心していることだが、わが家とその近所に知能的な空巣の出現したことがあった。戦争反対の署名簿を持った老人なのである。入った家が留守なら物を盗み、家人にとがめられたら署名簿を出す。こっちはとっつかまえて警察へ突き出すのもためらわれ、うやむやに見のがすことになる。推理作家も考えつかぬような巧妙な手口。しかし、おかげで私はそれ以来「戦争反対」の言葉を聞くと、反射的にすぐ空巣を連想するようになってしまった。

戦争反対と聞くと、投石を連想するようになった人も多いにちがいない。わが家にはまた「平和のための資金にするのです、花を買って下さい」というのもあらわれた。なんたることだ。慨嘆にたえぬ。平和なる語を、ついに押売りの口上にまで下落させやがった。幕末のころには勤王の名をかかげた強盗団が商家を荒しまわったという。けっこうなスローガンも時とともに急速にその価値が下がる。なにか新鮮なスローガンが出現すると、早いところ利用してしまえという連中が、ほぼ同時に発生するからである。最初から耳を貸さなければいいのだが、人間なかなかそうもいかない。

この前の選挙のころから、政党のポスターに子供のあどけない顔のがむやみとふえてきた。ちょっといいなと思ったが、こう続出するとうんざり。いまや私は、あどけない子供の写真を見ると、党利党略の手先と反射的に警戒するようになってきた。テレビのコマーシャルも同様。子供用品の宣伝に子供を使うのは仕方ないが、無関係の商品にあどけなさをこう利用されると、子供とは宣伝の道具なりとの連想が固定するばかりである。

ふっくらと丸く小さいものを動かし、ヒナと思って舞いおりてくる親鳥をとっつかまえる研究をしている学者があるということだが、人間もその手に乗る動物なのだろうか。昨今はセックスについていろいろはなやかだが、芸術とか人間解放とか称しながら、結局は必ず売らんかなと結びついている。例外があるだろうか。このむなしさにみなが気づくのも、そう遠いことではないだろう。

このところさかんに利用されているキャッチフレーズには「未来」がある。未来の文字を見たら企業広告と思えと考えておけば、まちがいない。しかし、人はなぜ未来という言葉に簡単にひっかかるのだろうか。どうやら、未来にはやっかいな人間関係がないとの錯覚のためらしいのである。

現在の私たちのまわりには、わずらわしい人間関係がべとべととつきまとっている。未来になったからといって、それが消えるという保証はない。それどころか情報社会とやらで、対人接触はよりふえ、いやなやつとのつきあいもふえる一方にちがいない。テレビ電話が普及すれば、不快な顔がいやおうなしに家庭に入ってくる。それなのに、人は未来を空想する時、そんなことは少しも考えず、いいことだけを夢みる。ふしぎなことだ。

「未来」のさわやかな語感は当分つづくだろう。私たちはそれにあこがれ、ウマの前にニンジンをぶらさげて走らせる漫画そのままの図である。かくのごとく、人間を釣りあげるエサの種類はさまざま。しだいに手がこんでくる。それを見きわめる冷静さを持ちたいものである。

酒の未来

たとえば衣服だが、むかしと今とでは、用途にさほど差がないのに原料や成分は大いに変化している。石油からの合成品がこうも普及しようとは、むかしはだれも夢にも考えなかったことだろう。

おなじ空中を飛ぶのでも、鳥と飛行船とプロペラ機とジェット機とでは、メカニズムがだいぶちがう。世の物品には時代とともに変化するのと、しないものとがあるようだ。

変化しないものには、お風呂がある。お湯に入るという原則が、まるで変っていない。酒もまたそうだ。アルコールを含んだ飲料という点は古来不変である。もっとも、変ったら酒とは呼べなくなる。酒が不変なのは、人間の本性と密接にかかわりあっているからであろうか。未来や宇宙を舞台にしたSFでも、酒はいまと大差なく描かれている。

未知の惑星に到着した地球人たちが、宇宙船からシャンパンのびんを出し、大地にぶつけて命名式をやるという場面がある。未来なのだから、エアスプレーで酒を大地に吹きつけたり、口に入れたりしてもよさそうだが、それではかっこうがつかない。酒は人間性が不変であることの象徴なのである。ただ酔えばいいというものではない。

さきごろから私は、味わい学なるものを提唱している。料理学でも栄養学でもない。食べる楽しみの体系的な研究である。いかに美味なものでも、暗闇で食べたり、いやなやつと同席だったり、また大量すぎたりしても、ありがたみは完全に発揮されない。食品、調理、色彩、におい、ムード、年齢、体調、気候、その他さまざまな関連の上に味が成立しているのに、その総合研究がほとんどなされていない。なわばり根性のなせることであろうか。そのため料理の通人といういやなものが発生する。体系的でないから他人とのコミュニケーションが成立せず、いやな感じを与えるのである。

未来はレジャーの時代だと予想する人が多く、味覚はその大きなひとつになると考えられているにもかかわらず、このありさまだ。酒についても、この味わい学的な検討が必要なのではなかろうか。

発酵学者と、徳利や杯の収集家とは別次元の存在のごとくなっている。酒の音楽の研究家もまたべつな次元である。酒学会でも作り、あらゆる関係者をまとめたらどうだろう。そうすれば、酒の未来図が自然に浮びあがってくるというものだ。思いつきにたよっていたのでは、出る知恵もたかが知れている。

たとえば、ある酒については、気温と湿度がどれくらいの時に飲むと最もうまいかという基準がはっきりしたとする。壁のダイヤルをそれにあわせれば、室内のコンディションがそうなり、こころよく飲めるのだ。冬にはあつ燗《かん》というのにこだわることもない。室内を高温にして、ひやで飲むのだってもっと日常的になっていいはずである。

ムードの要素は温度だけではない。部屋の周囲の壁、さらには天井や床までがすべてカラーテレビ画面になる時代も、そう遠い未来ではないはずだ。となると、スイッチひとつで、いかなる光景にも身を置ける。月影のさす梅林だろうが、紅葉の山中だろうが、パリのテラスだろうが、お好みしだい。

立体音響で音が加わり、空気調節で花のかおりをただよわせるのも自由。せまい殺風景な室内で飲むよりは、いい味わいになろうというものだ。はやりの言葉でいえば、飲酒空間の開発ということになる。

また、エレクトロニクスによる健康診断機が普及すれば、その日のぐあいに最も適した酒の種類と量が指示される。変に悪酔いすることもなくなるはずだ。

将来は酒の飲み方についての教育が学校でなされるようになるかもしれない。酒は人生や社会と切り離せないものにもかかわらず、わが国ではまるでなされていない。性教育より重要だと思うが、だれも主張しない。社会の盲点である。

教育をしないのなら、新しい薬品を開発して酒にまぜるべきだ。それは酒乱をおとなしくさせ、陰気な酒癖を陽気にさせ、同席者を不快にさせるような話題は口から出ないという薬理作用を持つものだ。

そう酒のなかに、科学の先端が入りこんできては味けなくなる、という人もあろう。しかし、科学はすべてを割り切れるものではない。未知の部分と、個人の選択の余地は必ず残るはずである。むしろ、科学の導入によって、万人がより酒の真髄に近づけるほうが、はるかにいいことと思う。

じつは私は、未来には酔っぱらい禁止令が施行されるのではないかと思っている。より高速な乗り物が出現したら、酔っぱらい運転も大変なことになる。コンピューターを扱う人が酔ってボタンを押しちがえたら、大きな混乱がまきおこる。冷静さと精神の集中が必要な社会なのである。そうなったら酒の産業がつぶれる、と驚く人がいるにちがいない。しかし、飲むなでなく、酔うななのである。そのような時代になれば、急速に酔いをさます薬品ができることはまちがいない。仕事の時に酔っていなければいいのである。

酒の産業はいまの倍以上に伸びることとなろう。バーで飲んだら、薬で一瞬のうちに酔いをさまして、高速自動車で帰宅する。だが、なにかものたりなく、もう一回あらためて飲みなおすはずである。自宅で飲んでいる時も、外国からのビジネスについてのテレビ電話がかかってきたら、酔いをさまして応対し、すぐあと、またはじめから飲みなおす形になる。消費者もそれで満足する。どこかおかしい気もするが、人間とはもともと不完全なもので、だからこそ人生が楽しいのだ。

郷愁

しばらく前のことだが、私は郷愁にひたりに出かけてやろうと思いついた。といって、とまりがけの旅行を試みたわけではない。

私は大正十五年に東京の本郷曙《あけぼの》町にうまれ、昭和二十年までそこですごした。幼年期少年期をずっとである。だが、ここ二十年ほど訪れてないことに気がついた。同じ都内に住んでいると、いつでも出かけられるというわけで、年月がたってしまったのだ。腰をあげてみる気になったのも、それに気づいたためである。

出かけてみると、やはりなつかしかった。その一帯は戦災で一変しているが、起伏の多い場所で、その地形はむかしと少しも変らない。道路も細い裏道に至るまで変っていない。戦災をくぐり抜けたのか古く大きな樹が緑の葉をしげらせているのもあり、それには見おぼえがあった。近くには吉祥寺というお寺があり、それは無事で古い本郷の面影を残している。

私は無意識のうちに、あたりの風景をむかしの姿に修正している。心のなかのなつかしさは高まり、いまはなき祖父母や、幼稚園や小学校時代の友がそのころの年齢のまま出現してきそうな気分にもなった。ノスタルジアを満喫したといえるだろう。悪くない一日だった。

フィルムを買いに入った写真屋で、私は上気した顔で「子供のころこのへんに住んでたのですよ」と話しかけた。だが女店員「はあ、そうですか」と、およそそっけない。考えてみれば、二十歳そこそこの女店員に共感を求めようなど、むりな話だ。

私はふたたび本郷に引っ越し、住んでみようとは思わない。住んだからといって、私が少年に戻るわけでなく、祖父母が生きかえるわけでなく、仕事から解放されて気楽に日々がすごせるわけでもない。現実の故郷は私の追憶のなかにしか存在しないのだ。

ブラッドベリというSF作家の短編に「サルサのにおい」というのがある。六十歳になった男が、暗い冬の日に屋根裏部屋に入り、古い思い出の品をいじっているうちに、過去へ通じる道を発見するのである。

少年時代、そこはいつも夏なのだ。氷屋の店、リンゴの木、花火、笑いさざめく声……。男は妻のとめるのを振りきり、その胸の高鳴る世界へと消えてしまう。

現実には決して起りえないからSFなのであり、だれもが心の底で望んでいるからSFなのである。少年時代がいつも輝かしい夏、現在が春の訪れることのない冬という扱いも、読者の心に迫ってくる。

〈郷愁〉異郷のさびしさから故郷に寄せる思い。ノスタルジア。（岩波・国語辞典）

世の中にさびしさを持たない人間がいるだろうか。生きてゆくには、なにかしらいやなことがつきまとうからだ。

したくもないことを、しなければならぬ。したいことはできない。とくにわずらわしいのは人間関係で、心にもないおせじを言わねばならぬ。時には心を鬼にして怒ってみせなければならぬ。怒ってみたはいいが、相手に誤解され、それがこじれ……。こんなにもいちいち例をあげることはない。だれもが経験していることなのだ。こんな状態のなかでは、正常な人間なら孤独感におそわれ、さびしくもなるというものだ。そして、その救いとして理屈みたいなものをつけるのである。

現在のここは異郷なのだ、と。異郷の生活なのだから、さびしいのも仕方ない。故郷にいるのではないのだから、がまんしなければならないのだ、と。

その故郷へ行きさえすれば、そこではいやなことはすべて消えさり、みにくさにも直面しなくてすみ、人情はこまやかで裏切られることもなく、なにもかも静かで、空気は甘くかぐわしく、花が美しく咲き、遊ぶことはいっぱいあり……。

さあ行こう、とつづければ観光地の過大広告のポスターになってしまうが、行きようがないのだ。行こうにも、どこにも存在していない。人生という旅に出発してしまったからには、故郷から遠ざかる一方。

しかし、そう言いきってしまっては、みもふたもない。いてもたってもいられない気分だ。しゃにむにどこかに故郷をでっちあげ、そこに思いを寄せ、なんとか気をまぎらせなければならない。あわれな悲しい話である。私たち人間はロボットとちがい、こういったどうしようもない、やっかいな感情を持てあましている。そしてまた、ロボットとちがい、なにかを手がかりにそれを美化し育てる想像力を持っているのである。

故郷があるから郷愁がおこるのではなく、郷愁があるから故郷が作られてしまうのだ。郷愁の対象となる、その故郷なる世界の光景。それはなぜか、いやに鮮明である。ふしぎな現象といえそうだ。私はかつて、これを「双眼鏡をさかさにのぞいたながめのように遠くなつかしく、静かに充実している」と形容したことがある。だれもそんなふうに頭に描くのではないだろうか。

現実には存在しない世界を、頭のなかに鮮明に描きあげる。それが郷愁なのだ。となると、過去における自己の体験でなくてもいいわけである。私は子供のころ、江戸川乱歩の「少年探偵団」を愛読した。テレビなどのほかの娯楽のない時代だ。その印象は鮮明に残っている。それに対して、私は郷愁のようなものを覚えるのである。

中学生時代には「巴里祭《パリ》」などのフランス映画をよく見た。最近はテレビの深夜劇場で時たまやるが、やはりたまらなくなつかしく郷愁がわいてくる。そこでは私は若々しく、多感であり、苦労を知らず、純粋なのである。

私の旧制高校時代は戦争末期だった。勉強どころのさわぎではなかったが、それでも理科乙類であるためドイツ語を習い、「ローレライ」などの歌を原語でおぼえたりした。そして、映画だのエハガキだの小説などからさまざまな断片をよせ集め、ドイツについてのイメージを鮮明に作りあげた。

もちろん、それは現実とは大きくちがうものだろう。だが私の心のなかにおいては、その古きよき時代のドイツは正確に存在し、郷愁の対象となる故郷のひとつなのである。

それを構成する断片には、いやなものは加わっていない。だから、あくまで美しくロマンチックで、痛いほどのあこがれにみちているのだ。

私の故郷はほかにもいくつかある。戦後になってオー・ヘンリーの作品を愛読した。彼の描いたニューヨークも、そのひとつである。また、さきにあげたブラッドベリは火星を舞台にした一連の作品を書いたが、その詩情にみちた世界も私の郷愁の対象となっている。私は目をつぶれば、そのどのシーンも鮮明に頭に描くことができる。火星を舞台にしたSFは、エドガー・ライス・バローズという作者によっても書かれている。これはロマンスのある冒険物で悪くないのだが、私にはすでにブラッドベリの火星があるので、それを受け入れにくい。

しかし、バローズの火星にさきに熱中した人びとは、そのほうを郷愁の対象に作りあげてしまうのだ。人数もはるかに多いらしく、グループを作り、会誌も出しているそうだ。全世界におよぶ組織で、小説をもとに作りあげたくわしい火星地図とか、絵とか、熱狂的な手紙などがのっているらしい。

シャーロック・ホームズの世界にも、そのような熱心なファンが多いらしい。料理のメニューからレンガの一枚に至るまで、ゆるぎなく作りあげ、故郷をわがものとしてしまうのである。

小説によるものばかりを列記したが、それに限ることはない。子供たちが空想する未来の世界。それもやはり郷愁の対象、すなわち故郷なのである。成人とちがって追憶を持たないから、未来に築かれることにならざるをえない。

そして、その空想の世界はやはり鮮明なのだ。おいしい食べ物ばかりがあり、なにもかも便利で、おこらない両親、やさしい先生、感じのいい友だち、従順でおもしろいロボット、といったものだけの世界なのだ。いやな構成分子はすべて除かれている。

そんな空想画を見て、子供の夢は無邪気だなどと思ったらまちがい。現実がいやだから、そんな故郷を求めるのだ。私のような年配の者が過去に作りあげる故郷と、どこに差がある。

最近はやりの未来論の描くビジョンも、政治家の公約する社会も、やはり夢の国ではないか。そこには住宅難も交通難もなく、物品はみちたり、余暇はありあまっている。しかし、こういったユートピアには、郷愁なるものがない。細部までの鮮明さがないからであろう。個人の心のレンズを通過して投影されていないからだ。

故郷の条件には、鮮明さのほかに、複雑な人間関係のわずらわしさのない点もあげることができよう。生きてゆく上で、これにまさる苦痛はない。

未来を舞台にしたSFのなかには、ずいぶんいやなシチュエーションのが多い。第三次大戦後の悲惨な世界のもあるし、自然界の異変で人類が滅亡してゆくのも、宇宙からの侵略者の制圧下にあえぐのもある。だが、そんな世界にも読者は魅力を持つのである。たえがたい人間関係が存在していないから、爽快感《そうかい》もあるのである。もっとも、これはSFに限らず、大部分の小説がそうなのではなかろうか。物語では人間関係を単純化しなければならぬのである。

やはり故郷である。時間軸《じく》の上であろうと、空間のどこかであろうと、行けないところであればどこでもいいのだ。

夜空の星々を見あげると、人は郷愁のようなものを覚える。宇宙は人間関係から解放される場所だからだ。うすよごれた、べとつくような肌《はだ》ざわりはない。いらいらさせる相手もいない。

あの星のひとつひとつにも世界があるのだろうな。生活もあるのだろうな、と想像する。どう空想するかは各人の性格にもよるわけだが、いやな人間関係のない点だけは共通しているはずである。

どこかの星には王子さまがいるかもしれない。だが、王位継承のみにくい争いはなく、おべっかのうまい側近はいず、秘密警察の護衛もいないのだ。地球以外の遠い星には反目だの中傷だの、だし抜いたり足をひっぱりあう行為はない。あってはならないし、あるわけがないのだ。そこは郷愁の対象の故郷なのだから。

故郷は空間や時間のかなただけにも限らない。行けないところなら、どこでもいい。死後の世界だっていいのである。すなわち天国とか地獄である。これらにも郷愁に似た感情を人はいだく。

鮮明であると同時に、人間関係のうるささから脱却できる場所であるとの故郷の条件をそなえている。地獄のほうがより鮮明なのは、だれもがやましさを持っているからだ。

だが、火で焼かれるという刑はあっても、どうにも肌のあわぬやつらと一部屋に押しこめられるという刑はないのだ。故郷では、そんなことの起るわけがない。

科学主義で死は無であると規定されては、郷愁もなにもあったものではない。抽象的とか、あいまいなものに郷愁は抱けないのだ。そうなればなったで、人は異次元空間とか極微の世界の奥にとか、むりにも場所を作り、そこに故郷をすえつけるだろう。生きてゆくには、それが必需品なのだから。

では、時間の流れのはてには、どのようなものが待っているのだろう。エントロピー増大の極限である。とっつきにくい用語だが、つまり、エネルギーも物質も宇宙内に均一に拡散してしまった状態のことである。すべて均一となると、そこにはなんの動きもない。どこもかしこも同じなのである。一切の変化がないから、時間すらない。完全な静寂なのだが、静寂という言葉すら通用しない。なぜなら、静寂とは喧噪《けんそう》に対応する言葉だからだ。

この説にもまた郷愁がある。時が消え、光も闇もなく、大も小もない。区別の尺度もないのである。とらえどころのなさもここまで徹底すると、強烈なイメージを発散してくる。永遠に、うまれる前の状態でいられるといった感じである。この学説は十九世紀の末のもので最近は異なった宇宙論も提唱されているが、これにかわるほど体系づけられてはいないようだ。そんなことはともかく、ありとあらゆるものの故郷としては、これ以上のものがないように私には思えるのである。

恥のすすめ

かつてパリに旅行した時、大蔵省からOECDに出向している上野雄二氏におせわになった。彼は太宰治のお嬢さんと結婚したかただが、その時は式より半月ほど前で、ひとりで気軽に案内してくれた。

ある夜、モンパルナス近辺を見物させてくれた。古びて、いかにもパリらしいムードがある。丘の上にカフエすなわち喫茶店があり、コーヒーを飲んだ。なかば歩道にはみ出たような店である。ここにはサルトルが時たまやってくるという。

そのうち、私たちのテーブルにみすぼらしい身なりの老婆がどこからともなくやってきて、手を出す。乞食であるとすぐわかる。私は小銭でもやらなければいかんのかと、ポケットへ手を入れかけたが、上野氏に制止された。

「金を出すな……」

金をやらないでいると、老婆はあくたいをつきはじめた。私はフランス語がわからないとはいうものの、かなりひどい文句であることは身ぶりや表情で想像がつく。出すまではやめないぞとの、いやがらせである。

あくまでがんばっていると、捨てぜりふらしいのを残して去っていったが、まわりのテーブルには大ぜいお客がおり、一種のはずかしさでだいぶ疲れた。なにがサルトルだ。

たいていの日本人は、そのがまんができなくて金を出してしまう。そこがいけないのだそうである。そのため、日本人はいいカモとねらわれるようになる。悪循環だ。パリにくわしい上野氏ともなると、歯がゆくてならない思いであろう。

私たちは旅先で恥をかくのをきらいなようである。あるいは、恥をかかなくてはならぬ場合に、それを逃げてしまうのである。時に応じて恥をかくべきだ。

あのカフェを訪れる人は、ケチとののしられようが決して金を出すな。柔道で老婆を投げとばし「サルトルめ出てこい」とでも叫ぶべきだ。それが同胞のためである。

上野氏の話だと、パリの日本人女子留学生が時たまさらわれ、中近東に売りとばされているという。なぜ日本女性がねらわれるかというと、危機に際してもはずかしがって大声で助けを求めようとしないため、さらいやすいからである。

非常識な行動のいけないのはいうまでもないが、日本人はかくべき時には堂々と恥をかく修業をもっとしなければならぬ。

私も旅先では相手に不快な念を与えない範囲内で、なるべく恥をかくようにつとめている。そのため、ＳＦ作家の見学旅行では時たま、案内してくれた人を驚かす。

いつだったか放送関係の研究所を見学したことがあった。無響室という反響の完全にない部屋に入った時、なかで手をたたいてみた。ここまではいいのだが、つぎに無電波室という、外部からの電波を一切遮断した部屋に案内された時、やはりなかで手をたたいたやつがあった。

だれだったか忘れたし、あるいは私だったかもしれない。このたぐいのギャグはすぐに忘れる。しかし、案内係が妙な顔をしたのは覚えている。音波と電波の区別を知らんのかと、笑いを押さえていたのだろう。

しかし、これはいいことではないか。案内係は見学者を迎えるたびに、同じような説明をくりかえし、同じような感心の表情を見せられているのだ。時には変な客があったほうが楽しいにちがいない。あるいは次の日から、

「妙な客がいましてね。この無電波室で手をたたいて……」

との説明が加わり、新しい見学者だって喜ぶようになるかもしれないではないか。それに私たちは、無電波室で手をたたくとどうなるかという知識も得たのだ。変化なしということも、知識のうちである。やってみるのは一時の恥、やってみないのは一生の後悔である。

せんだって私たちが京都に行った時、小松左京に国立京都国際会館を案内してもらった。各種の国際会議に使われる建物である。なかなか現代的な外観で、内部は国連を小さくしたような高級にして品のある感じである。

しかし、国立であるとか、ものものしいとか、お高くとまっているとかの印象を受けると、とたんに反射的にからかってみたくなる悪い癖がある。

「これでは日本ムードが少ないから、なんとか改造すべきだ」

「そうだな。まずピンク色のチョウチンを、窓のそとにずらりと並べて飾る……」

それからはじまって、桜の造花をあたりに配置しろとか、玄関には赤く大きな両端のそりあがった鳥居をつけろとか、女子の制服はネグリジェ風の和服にすべきだとかの提案が出た。筒井康隆の「色眼鏡の狂詩曲」を読んだあとなので、こんな話題になったのかもしれぬ。建物の壁には竜の模様をつけろ、屋上には軍艦旗をかかげろ、紅白の幕を張れ、チンドン屋をやとえ、となる。

いかにもモダンでシンプルな建物をながめながらこのような空想をするのは、刺激的で面白いものである。さらに発展し、ハニー・バケツ（オワイの容器）を並べろとか、屋根に金のシャチホコをつけたほうがいいとか、ハラキリ用の部屋を作れとか、前の池には屋形船を浮べて「支那の夜」の曲を演奏しろというさわぎになった。

むちゃくちゃな話である。関係者の耳に入ったらさぞ立腹することだろう。しかしである。こんな空想は、はたしてけしからんことであろうか。外国から日本へ来る人の一部分は、日本ムードに接したいはずである。ムードに強烈に酔い、どっぷりとつかりたいはずである。察してあげる必要はないか。

私たちはフランスやイギリスに出かけるが、普通の者ならルノーやロールス・ロイスの工場などべつに見たくもない。その地に特有のムードを求めてゆくのである。

パリには拷問《ごうもん》道具を並べた、中世そのままの地下牢《ろう》を利用したバーがあった。ギロチンまで置いてある。考えてみれば、過去の歴史のみにくい部分で彼らにとって国辱ともいえるのだが、パリっ子はそうは考えず、訪れる外人旅行者だってけっこう喜んでいる。なぜわれわれはピンクのチョウチンを並べ、外人を迎えるのに抵抗を感じるのだろう。後進国のせいかもしれない。おくれたものほど、気おって背のびし、いいところを見せたがるものだ。

フジヤマ・ゲイシャのムードのものを堂々と自慢できるようになってこそ、はじめて国際的な先進国であろう。早くそうせねばならぬ。

国民総生産をぐんと高め、その一方、外人を呼んでキャアキャア楽しみながら桜おどりをいっしょにやるなど、豪華なものではないか。

それにしても、わが国ではどうしてこう古い風俗を大事にしないのだろう。無性格で欧米のイミテーションのよせ集めばかりの国になったら、日本の魅力はまったくなくなる。

小松左京論

開高健氏がある雑誌に書いていた。「小松左京のユーモアは開放的であり、星新一のは閉鎖的である」

私はそれを読み、なるほど簡潔にうまく指摘するものだなと感心した。私も小松左京との作風については同様のことを前から感じてはいたのだが、こう短く表現できるとは思わなかった。開高氏の才能にあらためて敬服した。しかし、あまりに簡潔すぎて、一般の人にはなんのことやらわからぬかもしれぬ。ここでその解説をしようというわけである。

ある時、小松が私に言った。「SFというのは、じつにふしぎな性格を持っている。どんな点かというと、いかなる分野とも接触できることだ。たとえば、ミステリーともとなりあわせのような気分だし、文学や童話とも同様。天文学や考古学、エレクトロニクスや超心理学、学問のあらゆる分野に、ストレートにつながることができる。政治、経済、流行、社会現象、落語、アニメーション、その他SFととなりあわせでないものを探すのに苦労するほどだ」

こう言いながら、いかにもうれしそうだった。この道に進んだしあわせをかみしめている、といったようすであった。彼の喜びの表情は天下一品である。どこかの企業がこれをテレビのコマーシャルに使わないのはふしぎである。

なんでこんなことをよく覚えているのかというと、ちょうど同じころ、私もそれと似てまったく逆なことを思いついていたからである。あらゆる分野から一定の距離をおき、その影響から無縁で、超然としていられるのはSF以外にないのではないかという点だ。これについてはある雑誌に書いた。ヨーロッパの錬金術師たちは、政治、宗教、実利といった世俗的なものからの無風圏地帯、すなわち安全地帯に身をおいたからこそ、奇妙な発想ができた。SFも同様であろうとの内容である。

かくのごとく、考え方が逆で、ここに作風の差異がある。どっちがいいかとなると、それはだれにも判定のできぬことであろう。とでもしておかないと、彼のほうが正しいなどと言い出すやつが出てこないとも限らない。

私は自己の小宇宙を構築するほうに熱心で、彼はその殻を破壊するほうに熱心である。私には小宇宙がなく、彼にはそれがあるからかもしれない。このへんになるとよくわからぬ。人間の性格の差異であり、また、これまでの人生の差異であり、世代の差異でもあろう。なお参考のために記せば、私のほうが五歳の年長である。

さらに参考までに記すと、私の作品の主人公は出不精の性格である。ドアのノックの音ではじまり、部屋のなかで話の終ってしまうようなのが大部分だ。登場人物の移動距離を合計して、数十メートルを越えることはめったにない。

そこへゆくと、小松作品の主人公たちはみなよく動く。移動距離の合計では、私とはくらべものにならないほど多い。

登場人物ばかりでなく、小松本人もよく動く。毎週のごとく飛行機で大阪から上京してくるし、外国にもよく出かける。彼のルポは定評がある。関西での日常の行動は知らないが、おそらく連日のごとく、あっちへ行ったりこっちへ行ったりしているにちがいない。

そして、ただ移動するばかりでなく、主張の通り、あらゆる分野と接触する。まさに彼のSF観の発露である。

未来学という、とてつもない問題と取組んだのも、彼の性格の当然の帰結であろう。未来学というときわもの的なムードがあるが、小松の説明を聞くと、総合文明論とでも称すべき大変なもので、時空のなかを駆けめぐらなければならぬしろものだ。

また、大阪万国博にも一役買っているし、これまた容易な作業ではない。虫プロの企画にも手を貸し、ベトナム問題にも参加し、ラジオでは落語家の桂米朝とレギュラー番組を持ち、テレビにはしょっちゅう出ているし、その他たくさんあるらしい。どれも片手間でなく本気でエネルギーをそそいでいる。まさに開放型の典型であり、しかも、どこまで開放しているか、わくのはめようのない状態である。

もちろん、小説の分野においても独自の光彩をはなち、わが国でこれまでに書かれなかった型破りのものである。外国においても前例のない作風ではないかと思う。私は同方向でのライバルにならなくてすみ、内心ではほっとしているところである。だからこそ、安心していっしょに飲み食いし、ばか話をして笑っていられるというわけである。

看板の趣味

数年前に書斎を改築した。八畳の洋間と四畳半の和室とのつづいた妙な部屋である。機能的であればいいとはいうものの、壁面があっさりとして、いささか殺風景だ。

改築前にはエッチングを四枚ほど飾っておいた。春に毎年ひらかれる版画展で買ったものである。わが国の版画は世界的な水準にあり、また価格のほうは手のとどかない高さでない。しかもエッチングにはSF的ムードがあり、私は満足していた。

部屋がせまい時はそれで申しぶんなかったのだが、広くなると少し釣合いがとれなくなる。私は近視で、エッチングの精密さがぼけてもしまうのだ。そんな気分でいたころ、街を歩いていて古道具屋に入り、江戸時代の両替屋の看板をみつけたのである。〈両替・渡世・相模屋〉と達筆で書いてあるものだ。これについては以前に随筆に書いたので、くわしい説明は省略する。

買って帰って壁にかけてみると、悪くない。まさにぴったりである。時代物の作家がこんなことをしても、べつに面白くもおかしくもないだろうが、私がSF作家なので、対照の妙の印象を来客に与える。そこがいいのだ。もしかりに、天文写真を壁に飾り、ロケットの模型だの計算尺などをもっともらしく机の上にのせたりしたら、精神年齢をうたがわれ、内心でばかにされるにきまっている。

ところで、なぜ私が古道具屋などへ入ったかである。私はそういうたぐいが好きなのだ。なぜ好きなのかとなると、問題はそこで行きどまり。趣味とはそういうものであろう。野球のジャイアンツ・ファンは多いらしいが、ファンになった理由や原因を聞いてまわったら、およそたあいない答ばかりが集るにちがいない。恋愛だってそうである。ひとめ見た時に好きになったという以外に、理由もなにもつけようがないのだ。

だが、むりに私の古道具への関心を分析すれば、大正十五年の本郷生れという点にあるかもしれない。関東大震災にも残った地域であり、吉祥寺だの、上野だの、古いおもかげの残る場所が近くに多かった。そういうことへのノスタルジアである。戦災のため、東京はあらかた灰になってしまった。それをくぐりぬけてかすかに息づいているのは、古道具屋のなかぐらいである。私の足はしぜんに古道具屋に入り、私の手はなつかしさに触れたくなるのだ。

両替屋のが気に入ると、もうひとつというわけで、つぎに傘《かさ》屋の看板、さらに酒屋の看板を入手した。いずれも木製。木製というのが私の好みにあっているようだ。金属はつめたく、陶器はこわれやすく、木がいちばんいい。

酒のつぼの形をしている。これに書いてある酒の字もみごとで、漢字の美しさをつくづく再認識させられる。しかし、これをながめていても、べつに酒を飲みたくはならぬ。テレビのコマーシャルをながめた時のほうが、飲みたいなあと感じるのだ。時代の変化というわけであろう。

そのほか、将棋屋の看板も二つある。将棋屋の駒の形は日本特有で、飾ると親しみがあっていい。これが将棋の会所の看板なのか、駒を売る店のものかはいまだに不明である。碁の店はどんな看板だったのだろうか。

古銭屋の看板もある。四角く穴のあいた銭の形をし〈富神寿宝〉と書いてある。おめでたい文字だ。だが、これは実在の古銭をかたどったものらしい。私が買った店の主人は「この古銭の本物は、いま数万円もします。しかし、この木の看板は五千円にしておきます。安いものでしょう」と妙なすすめ方をした。なんら論理的なつながりがない。いずれは「あの女はピカソの絵のモデルになった女です。絵のほうは数万ドルですが、一晩二十ドルで遊べます。安いものでしょう」とコールガールのぽんびきがお客にもちかけるなんてことになるかもしれない。

江戸時代に古銭屋が何軒ぐらいあったのだろうか。かなり収集家がないと営業が成り立たないはずだ。店もそうたくさんはなかったのではないだろうか。となると、この看板は掘り出しものかもしれない。

そのほか、刀のツバ屋とか、質屋のたぐいとか、二、三ある。ここで一段落。部屋の壁がひとわたり埋まったからである。私は収集マニアでもなく、利殖が目的でもない。あくまで飾りが目的である。薬屋の看板は時おり見かけるが、どうも装飾的価値がなく、買う気にならぬ。「このお茶漬け屋の看板はいいものですよ、買っておきなさい」とすすめられ、私も手のこんだ細工とみとめるが、これは大きすぎて飾りようがないのであきらめた。今後は、よほど気に入ったものだけを、ゆっくり買うつもりでいる。

しかし、看板といっしょにとった私の写真が雑誌のグラビアにのったりすると、話が大げさになって伝わるらしい。このあいだデパートから電話があり「展覧会をやりたいから収集品を貸して下さい」と言われた。そんなに威張れたしろものではないのだ。

また、ある料理雑誌社からの電話では「肉料理の特集をやるので、江戸時代の肉屋の看板があったらカットに使わせて下さい」とたのまれた。うちにはない。だが、考えてみると、江戸時代には肉を食べる風習がなかったはずで、ないものねだりの典型である。

いつだったか、私の随筆を読んだ人から「うちの先祖は相模屋という屋号で、江戸で両替屋をしていました」と電話があった。うちにあるのがそれかもしれないが、相模屋両替店の看板は時たま見る。のれんわけで同名の店がたくさんあったのではないだろうか。

そのご看板趣味を少しひろげ、アメリカに行った時、ワシントン市でむかしの消防署の看板を買ってきた。これは鉄製。赤い消防車の絵が描いてある。署というより、火災保険兼消防会社といった感じである。調べてみようと思っているが、これもまだである。私の趣味は実情調査のほうにはむいていないようだ。

そのほか、西部劇時代のバーやホテルの看板もある。もっとも、これらはイミテーション。開拓時代の品はアメリカでは博物館級の貴重品で、旅行者ごときの買える値段ではない。だが、イミテーションでも、スペルなどわざとまちがえたままで、ムードを味わうことができる。

このあいだ、あるデパートでスコットランド展が開催され、酒場の看板を輸入したとの新聞記事を見た。私はわざわざ朝はやく起きて買いに行った。複製品だが、革細工でスワンの形をつくり、木の板にとりつけたもので、応接間の壁にかけたらなかなか引きたった。絵にくらべて看板は立体的であり、飾った効果もあるといえよう。

かくのごとく、少しずつではあるが、わが家のなかに看板がふえてゆく。いやでも目に入る。収集マニアだと数をふやし、しまいこむのに熱中するのだろうが、私は看板の意味や変化などのほうを考えることになるのである。営業や店のシンボルなのだ。

そこで見まわすと、現代のわが国は看板喪失の時代のようである。街を歩いていて、人目をひき簡明に訴えかける看板のなんと少ないこと。理髪店、タバコ屋、コカ・コーラぐらいである。どういうことなのだ。商売に誇りを持たなくなったからであろうか。そろそろ、風格と個性のある看板の復興が叫ばれていいころである。商品の広告ばかりで、商店がそのなかに埋まってしまっている形だ。

スピード時代になり、いちいち目で字を読んでいては見落してしまう社会環境となった。そのため、交通標識は図案化された。オリンピックや万国博では会場内の救急所、トイレ、迷子の部屋など、やはり図で示すことになっている。外国人にもそれで通じる。視覚に訴え、わかりやすく、それで感じのいい図形の時代に入ろうとしているのだ。新しい看板が開発され、それは親しみと深みとを持ったもので、さまざまな形と、とりどりの色がある。それが都市のアクセサリーとして花のごとく点在しはじめてもいいのではないだろうか。

赤ちゃん

ある病院でひとりの女性が出産した。しかし、彼女はくどいほど医者に聞くのである。

「先生。子供は健康なんでしょうね」
「ええ、りっぱな男のお子さんですよ」
と医者がいくら説明しても、彼女はなかなかなっとくしない。むりもないことなのだ。彼女はこれまで三人も子供をうんだのだが、いずれも幼いうちにつぎつぎと死んでしまったのである。かわいそうな女。

彼女の亭主は国境の税関につとめる平凡な男で、いささか酒癖が悪い。ここで家庭になごやかさと幸福をとりもどすには、この子に丈夫で成長してもらわなければならないのだ。心からの祈り。ああ、神様、お恵みがこの子の上にありますように。

そして、坊やにつけられた名は、アドルフ・ヒットラー。アメリカの作家ロアルド・ダールの「誕生と破局」という短編である。小説ではあるが、ヒットラーの誕生について調べた上で、正確に書かれたものであるという。

インドの詩人タゴールの言葉に「すべての赤ん坊は、神がなお人間に絶望していないというメッセージをたずさえてうまれてくる」というのがある。まったく、幼児のあどけなさをよくあらわした文句である。

しかし、成長するにつれ、ヒットラーになるのもあれば、犯罪者になるのもあり、どうもおかしなことになる。世の中とは、どこか、しかけが狂っているようである。もし、赤ちゃんというものが、悪のかたまり、悪魔の化身、むちゃくちゃをきわめたものであったほうが、かえっていいのではと時に私は空想したりするのである。

そうだったら、事情は一変する。社会や大人たちは全力を総動員し、それをなおすことにつとめるだろう。しなければならないことになる。その結果、全員がまともになり、現状よりは静かでおだやかな世の中になるかもしれない。

「誕生と破局」を書いたダールは、赤ちゃんをひねくれた目で描いているが、ご本人はどうかというと、さにあらず。来日した時に会った人の話では、自分がいかに子ぼんのうであるかを、広言してはばからなかったという。人間とはそういうものなのである。

私もまた、ずいぶんぶっそうな小説を書き、人類破滅の物語などいくつも書いたが、やはり子ぼんのうであることに変りない。新兵器が開発されたニュースなどに接すると、子供たちの時代にこんなものを残していいのかと、真剣に心配してしまうのである。これもまあ当然の心情といえよう。

赤ちゃんのかわいらしいことは、いまさら書かなくても、わかりきったことであろう。その本能的なものに、理性を加えるべきだろうと思うのである。そこに動物とのちがいがあるはずだ。

赤ちゃんには、天使のようなという形容がぴったりだが、天使そのものではないのである。ここのところをもっと考えるべきだと思えてならない。

チャンス

昭和二十四年ごろ、私は旧制の大学院に籍をおいて、ぼやぼやしていた。すると友人がやってきて「そんなことをしていないで、役人にでもなったらどうだ」とすすめた。私も研究室で化学実験をするのが性にあってるとも思っていなかったので、その気になった。

国家公務員試験を受けてみると、わりといい成績で合格した。だが、その年は大幅な行政整理のあった年で、どこからも採用の通知がこない。そのうち官僚ぎらいの父にばれ、怒られてしまった。もしあの時に私の意志が強く、行政整理がつぎの年であったら、いまごろは枢要な地位につき、汚職でごそっともうけていたにちがいない。チャンスの神に見はなされている。

やがて父が死亡し、会社のあとしまつをやらざるをえないはめになった。無理を重ねてきた倒産寸前の会社の整理ぐらい暗鬱《あんうつ》なものはない。まじめになればなるほど、こじれるのである。筆舌につくしがたいし、つくしたところで他人には通じぬ。まだ当分は作品に書く気にもならないだろう。亡父が健全な内容の会社を残していてくれたら、こっちも苦労をしないですんだはずなのに。私は幸運にめぐまれていない。

それでも一段落し、また私はすることがなくてぼやぼやしていた。人間ぎらいになりだれとも交際しなかったが、根岸寛一さんの家には時たま遊びに行った。もうなくなられたが、亡父の知人であり、元満映の経営者で映画関係にくわしい人。惨憺《さんたん》たる時期に私をはげましてくれた唯一のかたである。その根岸さんがある日、私に言った。「映画俳優にでもなってみないか、木暮実千代さんに紹介してやる」

そのころ私は若々しく、からだつきもスマートだったが、いくらなんでも自信がない。うまれてから学芸会にも出たことがない。演技のなんたるかも知らないのだ。気が進まぬままうやむやになってしまったが、もし身のほどをかえりみず飛びつき、体当りで修業していたら、ばか殿様専門の時代劇スターぐらいにはなれていたかもしれない。いまにして思うとチャンスをのがした感じである。

つぎには、友人がある私立大学の先生にならぬかとの話を持ってきた。これは楽な仕事かもしれないと私は乗り気になった。くわしく聞いてみると、まず講師になって何年かつとめなければならないという。それは仕方あるまい。しかし、いまは改善されたかもしれないが、調べてみると講師の給料たるや驚くほど少額。意欲がしぼんでしまった。もし断固としてその道に進んでいたら、いまごろは無能教授となり、学生に石をぶつけられていたかもしれぬ。貴重な体験をするチャンスをのがしたというべきかもしれない。

性格のある種の欠陥のため、私はずいぶんチャンスをのがしている。しかし、官界にしろ他のどの分野にせよ、私みたいなのが入らなかったのは幸運である。その分野は被害をこうむらないですんだのだ。かくして私は、いま、怪しげな小説を書いている。時たま「作家になるには幸運をどう切り開いたらいいでしょう」などと聞く人がある。「ほかのチャンスをみなとりにがすことでしょう」と答えると、相手は変な顔になる。じつは私も、どうなっていたら最もよかったのか、自分でもわからないでいるのだ。

『俳句——四合目からの出発』阿部筲人著（文一出版）——の書評

どういう風の吹きまわしか、この本を買った。かつて俳句に興味を持ったことがあり、また書名の『俳句——四合目からの出発』というのも意味ありげだ。のぞいてみると、どうやら異色の内容らしい。

買って帰って読んでみたら、予想以上に面白く、痛烈な本であった。名作の俳句を集めた本、あるいは名作の解説をした本はいくらでもあるが、これはその逆なのだ。しろうとっぽい俳句とはいかなるものであるかを、例をあげ、分類し、その欠点を指摘したものだ。著者がどういうかたかは知らないが、批評眼がたしかで、努力家で、ユニークな観察力を持った人のようだ。また文章そのものが一種の文明批評、人間への風刺にもなっており、俳句に熱中していない人にも面白い。いや、俳句に無縁な人のほうが、愉快さはいっそう強いかもしれない。

内容に少しふれる。

ペダル踏む甲州街道の夜の寒さ

という句を例にあげている。自転車に乗る俳句というと、だれもかれも「ペダル踏む」としか表現できないとの指摘である。そう言われてみると、まさにその通りだ。他の同類の例として、都心の通りは必ず「ビルの谷間」であり、月光は「ぬれる」であり、瞳は「うるむ」であり、顔や花は「ほころびる」

香はほのかで、果物はたわわ、赤い色は燃えで、風は一陣、台風は一過。夕暮れの柿は必ずひとつで、日なたぼっこは必ず縁側、障子はりには必ず子供か猫がじゃまをする。初詣《はつもうで》の老人は孫の手を引き、賀状はどさりと配達され、ボーナスは洋服を着ても「ふところ」に入れ、毛糸には猫がじゃれ、寒い朝には納豆売り、肉体労働者は汗を流し、ビールはぐっと飲み、鍋料理は必ず「突つく」で、子供の瞳はいつもつぶら。

このようなものが列挙され、壮観である。私たちが毎日、なんと陳腐な文章を陳腐なまま使っているかを、いやというほど見せつけられる思いである。私たちは文章や語句の持つ可能性の、ごくわずかしか利用していない。その立証なのである。

新聞記事の常用句は、よくからかいのたねにされている。火事は必ず「折からの強風にあおられ」で、展覧会は「名作ぞろい」で、警察の留置場では「丼飯をペロリと平げ」るし、外国でクーデターが起ると「事態はなお流動的」にきまっているのである。

新聞の場合はこれでいいのかもしれない。記事の文章があまりに新鮮ですみずみまで熟読させられ、電柱にのぼった猫がおりられなくなった記事まで、われわれの心をとらえてはなさなかったら、日常が不便でならぬ。

しかし、俳句となると、おのずからちがうのだ。用件がたりればそれでいいものではない。心の問題である。平凡を排し、いかに独自性を示すかの場なのである。

そのことについても、この本は例をあげてふれている。

一人泣くことさへ慣れて毛糸編む
泪《なみだ》ぐむまで夕焼けを見つめいし
愁《うれい》あり勿忘草《わすれなぐさ》の花咲けば
噴水の虹へ孤独のベンチ占む

などが「感傷俳句」に分類されている。泣くのにおぼれては安易なのである。同情をひく自己宣伝であろうと痛烈だ。孤独を孤独とそのままのべるのは、芸もなにもない。死を安易によんだのが「葬式俳句」で、むやみに人生を論ずるのが「野狐禅《やこぜん》俳句」で、極限状況の好きなのが「どん底俳句」

その他、「憂愁俳句」「しあわせ俳句」「詩人きどり俳句」「同感強要俳句」「ムード誇張俳句」「しょんぼり俳句」「ひねくり結論俳句」……。

分類名だけで句が想像でき、にやりとさせられるほどだ。精神や感情は自由なはずだが、冷静に示されると、かくも類型的なのである。私たちは精神をしばる類型の網から、早く脱出せねばとのあせりを感じる。

いまや一億総評論家といわれ、やがては総文筆家にもなろうという時、新聞や雑誌の投稿欄はにぎやかである。しかし、この本の読後には、一億が二億になろうと、どうということもないんじゃないかとも思えるのだ。

大衆化することと、その分野の本質のきびしさがうすれたのとはちがう。この著者のように、世に迎合しないで指摘する人がいなくてはならぬ。また、文を書くからには、しろうとくろうとを問わず、いいかげんな気分の許されないことを知らねばならない。投書婦人はかなり多いのだろうが、そのかたたちはこの本に接することで、文の新鮮さや水準がぐっと高まるのではないだろうか。それは読者の側にとってもありがたいことだ。

買って以来、私はこの本を枕もとにおきっぱなし。そろそろ書庫にしまおうかとも思うのだが、なぜか引っかかって、それができない。どこかいじのわるいところがある本だ。

食事と排泄

私は大食ということになっており、事実、人前ではかなり食べる。くだらぬ話をして笑っていると、食欲がわいてくるという体質なのである。しかし、自宅ではそう食っているわけではない。食うのはいいのだが、これ以上ふとるのを防止せねばならないからだ。SFという分野は歩きまわって調査しなくても書けるので、しぜん外出不足になる。いい気になって食っていたら、ふとる一方だ。「運動せざる日は食うべからず」が座右銘である。

かつて、机にむかうと胃が痛みだすという妙な症状に悩まされたことがあった。病院でバリウムを飲み、レントゲンでみてもらった。バリウムは飲みにくいとのうわさを聞いていたが、バニラの香気がついていて、けっこううまかった。同好の士があれば、いっしょにバリウムを飲む会をやってもいい。

バリウムで面白いのは、便となって排泄《はいせつ》される時、まっ白くかたくなっている点だ。セメント製のウンチ、またはウンチの化石という感じ。私はそれをワリバシでつまみあげ、しげしげと観察した。不潔感など、まるでない。水で洗って保存しておけばよかった。

つぎの機会には、そうするつもりである。黄色い絵具をぬって棚の上にでも飾っておいたら、来客はいじりまわし「よくできたオモチャだな、本物そっくりだ」と感心するにちがいない。それが本物なのに。

そのご胃はなんともないが、食後に消化剤を少し飲むのが習慣となっている。これも気やすめのようなものである。

腸に関しては、ずっと順調。便秘したこともなければ、下痢もめったにしない。私のからだで誇れる器官は、腸だけかもしれない。快便である。

だが先日、薬品愛好の性癖で魔がさしたというべきか、毒掃丸なるものの味をしめ、それを愛用しはじめてしまった。これには快便がさらに快便となり、排泄した便が芳香をはなつという愉快な作用があり、私はもっぱらその娯楽的な要素を楽しんでいるというわけである。

お人形と楽隊

お人形たちの楽隊が、あるデパートの片すみにいる。なかなかかわいらしく、音にあわせて身ぶりまでするのである。見とれている子供たちは魂をうばわれたかのように動かず、こっちのほうが人形のようでもある。手をのばしていじってみようともしない。母親たちは勝手に買物をしているが、これだと迷子になる心配がなく、いいアイデアだ。巧みに動く人形には、人間を静止させる作用があるようだ。とすると、お人形の機動隊を編成して出動させれば、全学連もさわがなくなるかもしれない。大臣をみんなお人形にしたら、国会の乱闘もなくなるだろう。ロボットの普及した未来においては、世はきわめて平穏で、人間はまるで動かなくなるにちがいない。

カンヅメへの進化

カン・フラワーなるものが市販されている。カンヅメの花のことである。といって花そのものをカンヅメにしたわけではない。草花の種と、肥料を含んだ清潔な土とをカンヅメにしたもので、カンキリであけ、水をやれば、発芽して育ち、そして花をつけるのである。

じつに気のきいた思いつき。しゃくにさわるぐらいスマートだ。第一に便利である。いまの私たちが家で草花を育てようと思った場合、かりに庭があったとしても、そう簡単ではないのだ。種の袋にこれこれの肥料をやれなどと印刷してあるが、どこで売っているのか、少量でも売ってくれるのか、どんな濃度でやればいいのか、多くの人は知らないのだ。その過程をはぶいてくれる。

第二に本物である点だ。造花のホンコン・フラワーはますます精巧になり、においさえもついたのがあるが、しょせんは作り物。成長という動的な変化を楽しむことはできない。花は好きだがひまもなくめんどうくさい。それに土のある庭もない。こういう時間的空間的な障害を克服し、そこに花を咲かせてくれるのだ。

第三には確実な点。種を庭にまくとスズメがつついたり、子供がふみつぶしたり、水をやり忘れたりだが、カン・フラワーとなると安全である。これが普及すれば生活にうるおいが加わるわけで、いいことであろう。

しかし、草花の側の立場で考えてみると、どういうことになるだろうか。これが進化の一段階のように思えるのだ。動物の場合、魚だのハチュウ類においては、卵生で繁殖している。卵はうみっぱなし、あとはひとりでに卵からかえり、ひとりでに育つ。さらに進化した鳥類となると、居住環境がより悪化しているため、卵をあたためてやらねばならないが、その程度ですんでいる。

しかし、これがホニュウ類となると、氷河期をきりぬけ、さらにきびしい環境でも繁殖できるように胎生となったのである。母体内で保護し、栄養を補給し、かなりのところまで面倒をみてやらなければならない。これが進化である。進化とは、より悪い環境で生存できる能力を身につけることなのだ。

カン・フラワーは、草花におけるこれと同様な進化といえそうである。種だけでほうり出されても、ひとりではやっていけない世の中。かりに都市の上空から飛行機で種をまきちらした場合、花をつけるまでに至るのは、その何パーセントぐらいだろう。むなしくコンクリートの上に落ちたり、車につぶされたり、汚染水をあびたりで、きわめて微々たるものにちがいない。

かくのごとくあわれな環境だ。草花も胎生にならざるをえない。といって草花自身がその能力を身につける時間的余裕もない。もしかしたらカン・フラワーの考案者は草花の精にたのまれ、その進化を手伝ってあげたのかもしれない。ハナサカジイサンに匹敵する、心やさしき物語だ。しかし、国乱れて忠臣あらわれ、ドライな世だからこそ心やさしきアイデアが出るのだ。あんまりいい状態ではないようである。

ことは草花だけではない。いまや私たちの生活はカンヅメ時代。カンヅメ食品をよく食べるということではない。みながカンヅメ化する傾向にあるという意味だ。団地の小さな住居もカンヅメのようなものだ。苦心して買うマイカーもまたカンヅメのごとし。

ヘルメットの流行も同様である。小学生たちが学校の往復に黄色いヘルメットをかぶっている写真などを見ると、こうまでしないと人間も成長できなくなったのかと、胸の痛む思いだ。

生活と外界とのあいだに、丈夫な物質の膜を張らないと、どんな災害にあうかわからないのだ。テレビニュースなどブラウン管のガラスをへだてて見物しているからいいようなものの、あの光景を現場に見に行ったら、命がいくつあってもたりないだろう。なにかをへだててでないと、身に危険がおよぶ。新鮮な語感の文句を使えば、保護空間の開発とでもなるのだろうが、どう言いかえたってなさけない状態には変りない。

外界には鬼がうじゃうじゃ。みずからカンヅメのなかにとじこもり、鬼は外福は内とつぶやきながら暮してゆくのである。そして、つぶやく本人も、他人にとっては鬼に相当するのだ。いやな気分。私はカンヅメの草花になりたい。冷凍室の片すみで時の流れをやりすごし、おだやかな未来に目ざめたいものだ。多くの人はこんな心境ではないだろうか。

人間の胎児をカンヅメにしておいて、両親は生活に余裕ができたらそれから出して育てる。そんな夢だか悪夢だかを考える人もでるだろうし、科学はすぐ現実化してしまうのではないだろうか。また事故にあっても凶悪犯におそわれても絶対に大丈夫なんていう、軽便なヨロイが作られ普及するかもしれない。喜んでいいのかどうかは、なんともいえないが。

世の環境が悪くなり、それに適応するためカンヅメ人間がふえてくる。一生を装置に包まれた胎生ですごすのだ。これも生物進化の悲しい宿命なのであろう。いやもおうもないのかもしれない。カンヅメ人間時代に対処する心構えを論ずべき時期なのかもしれない。カンヅメで重要な部分はなにか。それはレッテルである。レッテルのないカンヅメはどうしようもない。いかに他人のレッテルを見わけ、いかに自分のレッテルを作るかである。これを情報社会と称するのだろうし、魅力的な語感でもあるが、私には環境悪化のあらわれとしか思えないのである。

万国博短評

万国博は大にぎわいのようである。私は友人の小松左京の案内で開幕前に少しのぞいたし、開会当日はある雑誌社の取材で見物した。その日、空中ビュッフェ一番乗りをこころみたが、あとで他の場所のそれが事故を起したと知り、冷や汗をかいた。

数年前にニューヨーク世界博を見物したが、その時の日本館はみじめだった。国内には好評の報道しか伝えられなかったが、実情は大恥の失敗作である。モントリオールの万国博は知らないが、見た友人の話だと日本館は宣伝臭が強くて、やはりあんまりいい出来とはいえなかったようだ。

それがこんどの大阪万博では、みごとに及第点。前二回の日本館を見ている外人が来たら、想像の何十倍というできばえに驚くはずである。ここ数年間の日本の繁栄の幅は、たしかにすごいものだ。毎日を日本ですごしている私たちにはさほど実感がないが、やはり発展は高速度だ。私が案内したノールウェー人は、極東でこんなことがなされている事実を信じられないような表情だった。

恥をさらさずにすんだといえる。しかし、それと表裏をなす現象だが、日本関係のパビリオンはどれも優等生的な模範答案のようになってしまい、ユーモアがないのである。万博見物をすると疲れるが、それは歩きまわるためでなく、ユーモアがないための精神的疲労でもある。有益で高度な情報の氾濫は決して悪いことではないが、人間を疲れさせ、あとになにも印象を残さない。

万博見物をし、なるほどわれわれにはユーモアが欠けていたと気づけば、それはひとつの収穫である。つぎの目標として浮きあがってくるのだ。情報時代のつぎはユーモアの時代との予兆がそこにある。ユーモアとは人間に特有の瞬間的な総合判断の感覚で、今後は大いに再検討されるべきもののようだ。

もっとも、国内企業館のうちリコー館はアイデアとユーモアが抜群。私は故市村清社長に関してよく知らないが、これから察するになかなかの人物だったようである。

会場に不足しているもう一つの要素は、ペーソスである。お祭りにはペーソスがあってこそそのムードが高揚され、ぐっと胸にこみあげる感激となる。万博計画の初期には「東京オリンピック閉会式の、あの感じを基調にする」などと言われていたが、その根本であるペーソスはどこかに消えてしまった。

メキシコ館ではマリアッチ楽団が毎日演奏をやっている。メキシコ音楽というやつ、明るいなかに哀愁があり、じつにいい。日本関係の館が人間不在であったと気づくのだ。ペーソスもまた再検討すべき重要な問題のようだ。生存の実感といったところ。

われわれが過去から受けつぐべきものはペーソスで、未来に目ざすべきはユーモア。情報なんかくそくらえと言うつもりはないが、ユーモアとペーソスがなくて、なにが情報、なにが人間だである。

それにしても万博の入場者は連日相当なもののようだ。行列と忍耐ということらしい。そこで気づくのは、なぜ各パビリオンとも人間を館内に導入する方式でなくてはならなかったのかの点だ。入場料を取るのなら、無料見物防止のために館内陳列の意味もある。しかし、パビリオンはどこも無料。無意味な混雑。館内有料時代の先入観のなごりが出てしまったわけである。

無料時代には閉鎖空間の必要はない。開放空間にむけてデパートのショーウィンドー形式にすべきであった。アポロ、ヴォストーク、月の石など、外部の広場にむけて飾れば、より大ぜいの人に見てもらえるはずである。といっても、目玉商品をえさに人びとを呼びこみ、愚にもつかぬ国威発揚品をいやおうなしに見せるのが作戦だったとしたら、そうもいかないかもしれぬ。けちくさい精神を切捨てる決意は、人間にとってユーモアやペーソスの復興以上に至難なことかもしれない。

アズカル・アズケル

犬の場合。「おあずけ」と命じ「よし」と声をかけるまでエサを食べさせぬこと。人の場合。やはり行為や結論を延期すること。いよいよ命をかけた血みどろの決闘が開始されようとしている。だが、ご当人たちは内心、なんでこんなのっぴきならない羽目になったのだろうと後悔している。また見物人も、外国とちがって、激突のあげく勝敗の明白になることをあまり好まない。そこへあらわれた、いや、おびき寄せられた人物こそいい迷惑。「この争いはあずかる」と言わざるをえず、解決の役を押しつけられてしまう。どちらか一方を勝たせるわけにもいかず、結局は損をすることになっている。大物になった気分を味わった代償である。

イッピキオオカミ

周囲の者たちから、なんの利用価値もないとの判定を下された者。本人は「こんなとこばかりが世界じゃない。よそにはおれを歓迎してくれるところもあるさ」と遍歴に出る。しかし、どこへ行っても状況に大差なく、やがて名実ともに一匹狼となる。といって、完全に集団から離脱し、荒野をさすらったのでは一匹狼の意味をなさない。

集団のまわりをうろちょろし「コブタどもなんか、こわくない」と歌うのである。

一匹狼になるのはかくのごとく容易で、また一匹狼の名も、すごみがあって悪くない。したがって、最近その数は増加の傾向にある。彼らはその生存効率化のため、コンビを組み、トリオとなり、イッピキオオカミズというグループサウンズを作る。はては一匹狼助け合い大連合なるものを組織することともなろう。

そして、そのなかから、なんの利用価値もないとの判定を下される者が出る……。

ウヤムヤ

解決困難の時に用いられる、最高の解決方法。たそがれの霧のごとく、にじんだ墨のごとく、芸術的でもある。線的思考、点的思考のつぎに来る、より次元の高いもの。

解決後は関係者みな泣き寝入りの状態となる。科学的には、だれか利益を得た者が存在しなくてはならないのだが、うまくやった者はすぐ忘れてしまうから、やはり全員泣き寝入りである。すなわち、「うやむやにされた」とぼやく者はあるが「うやむやにしてやった」と、とくいがる者はいないのである。

といっても、忘却や無とはまったくちがう現象で、当人の頭から損失の記憶の消えることはない。しかし、八回ほども泣き寝入りすれば、やがてこつを身につけ、うやむやで一回ぐらいは受益者になれるというものだ。

カオ

男性の首から上についている部分の前面。その位置のため、つぶされたり、よごされたりすることしばしばである。わきの下あたりについていたら、さぞ面白かったであろうと思われる。

いっこうに美的なものでも、尊厳にみちたものでもないが、だからこそ、意識して大切にするのであろう。「おれはがまんしてやってもいいのだが、このよごされた顔はどうしてくれる」と言う。

一般的傾向として、つらの皮は厚くなりつつあり、整形美容の技巧も進み、今後は以前ほど問題にならなくなるものと思われる。

アメリカへ行った代議士が〝My face does not stand〟と叫んで通じなかったという伝説があるが、その相手のアメリカ人は、心情を充分に察しているくせにポーカーフェイスをしたのであろうとの解釈もある。

クロマク

トッポ・ジージョなるネズミ人形があたかも生きているごとく動くのは、黒をバックに黒衣の人形師があやつっているからである。人間の目は不完全で、黒色光線を識別する視神経を持たぬため、かくのごとくあわれな現象が起る。

実社会でもほぼ同様だが、あやつるほうもあやつられるほうも人間という点がちがう。黒幕の側は「すべておれの成果」とほこらしくなり、動いた側も「すべておれの実力」とほこらしくなる。喜びを二倍に増幅でき、きわめて高度な文明といえよう。

しかし、ある夜ひとり目ざめ「おれの行動はすべて黒幕の指示なのかもしれぬ」などと思案してはならぬ。じたばたすれば、幕は黒と白の縞模様《しまもよう》となり、人生の幕ともなりかねない。

グチ

生活上あるいは精神的に、なにか欠陥のある者の使う、一種のチューインガム。たえず口を動かしてグチを試みることによって、精神の安定が保たれるという効用がある。自分のために自作自演するバックグラウンド・ミュージックでもある。作曲者本人は大変な名曲と酔いしれているのだが、その意図や効果が他人に伝達されることはまったくない。第一に、真剣に耳を傾けてくれる相手が存在しないこと。第二に、耳を傾けてくれる者があったとしても、相手は自己の幸運の確認に役立たせ、快感を得てしまうのである。

真に効果的なグチは、精神的金銭的に余裕のある人のみがこぼせる。金持ちと、金を借りに来た人との会話の場合、グチのみごとさの点では、いつも金持ちの側に軍配があがる。

サカズキ

太古においてはおたがいの血をすすりあったものだが、血よりも味のいい酒という液体の発見以来、杯を用いる風習が普及した。痛くない点でも進歩である。

日本人は、人間というものを信用しない。すべての他人および自分自身を信用しないのである。したがって契約の精神が皆無という、たぐいまれな特質を持っている。万事うまくいっているとはいうものの、それではあまりにもかっこうがつかないので、杯をもてあそぶことにより、その空白を埋めているのである。

欧米の秘密結社にあっては、ものものしい入会儀式がおこなわれているという。だが、日本の公然にしてあいまいな結社にあっては、容積数立方センチの液体入れでたりるのである。質量ともに劣るが、数でははるかにまさる。杯をやりとりした回数を総計すれば無限ともいえるほどで、それによっておぎなわれている。

スジ

落語に、腹中に入ったやつがいろんな筋を引っぱると、クシャミ、笑い、泣きなどの生理現象があらわれるというのがある。配線回路の意であり、それを電気発見以前に予見したという点、偉大な思想というべきであろう。

世の中がこみいってくると、筋への信仰が高まる。どこかに筋というものがあり、それにうまく乗れば目的地へ最短の時間と距離で行きつけるにちがいない、との考え方である。だが、そんなチャンネルはどこにもないのだ。

よく「やってあげてもいいが、筋を通してもらいたい」という、明快にして確固たる言葉が使われるが、それはただの拒絶の意味である。出なおして筋を通すとは、一段と相手に利益をもたらす形にして再訪することなのだ。

ゼンショ

「まだ報告は受けてない。事実とすれば大変だ。まことに遺憾に存じます。さっそく調べて善処する」という調子のいい歌があるそうだ。

時期方法を明示しなくていいという、当事者にとってはありがたいもの。要求する側も、これ以上に悪くさせぬとの保障の意と解し、あまり過大な期待をいだかない。善処の約束をめぐって、あとで大げんかという、やぼな例はいまだない。

最近は「積極的にとりくむ」とか「前むきの姿勢で検討」などの言葉も用いられるが、内容は同じ。

善処とは本来は仏教用語で、来世に生れるよいところのことだそうだ。となると、生きているあいだに善処に接することはできないわけである。

最近の大学生のなかには〝全暑〟と書くのがいる。汗をふきながら答弁している姿から、〝まったく暑い〟と覚えこんだのだろう。困った傾向だ。文部大臣、どうしてくれる。はい、さっそく調べて……。

ナキドコロ

泣きどころが皆無だと、敬して遠ざけられる。泣きどころばかりだと、一人前の扱いを受けぬ。共同生活をするに際し、適宜な量を持っていなければならぬもの。

恐喝《きようかつ》の種にされる弱味とも似ているようだが、本質はちがう。泣きどころを突かれた当人は、一種の快感をも同時にあじわっているという点である。

大部分の日本人は泣かれることが泣きどころで、なんでもいいから泣いていれば、事態は必ず好転する。罪一等が減ぜられるのである。死刑は懲役ですみ、懲役は罰金ですみ、罰金はただになり、ただはいくらか金をもらえることになる。

ただし、外国人を相手にする場合は、まずそいつの笑いどころを知るほうが、ことはスムーズにはこぶようである。

ナワバリ

オーバーのさらに外側に着る衣服。それにより、危険が身に迫るのを防げる。

すなわち、つごうの悪いこと損になることの入ってくるのを許さないというライン。

だが、ナワバリ内の住民も、もうかる時にはラインを越えてどんどん出かけるが、いやなことはそのラインで足をとめる。したがって、ナワバリ内部が天国のようになるのは当然といえよう。

ナワバリ・ラインはナワもはってなければ、標識もなく、地図もなく、所在が見わけにくいようであるが、意外と簡単にわかる。勝手に行動してみて、なにかいやがらせを受ければ、他のナワバリにふみこんだということなのである。

世にナワバリの存在を非難する人は多いが「では、まずご自分のナワバリを撤廃なさったら」と言われると、非常にいやな表情になるのが一般である。

ハナミチ

道路事情は人生社会における場合のほうがもっと大変で、快適な道はほんの一部。大部分の者は通る道にめぐまれず、細い悪路。幸運な者においても、ごく短期間しか許されない。これを花道と称する。

少しでも長くそこを通ろうとする者は、実力と運でたどりついた者であっても、たちまち石を投げつけられ、引きずりおろされ、大衆の残酷娯楽ショーに供せられる。かくのごとく、通行ははなはだ困難で、ほとんどがおなさけによる引退用である。死刑囚の処刑前夜の、豪華な食事のようなもの。

神聖

戦前に幼年期、少年期を過ごしたことのある私のような者は、たいてい食物を神聖視するしつけを受けている。神聖さのなかでは特に米が上位にあった。お米を捨てると目がつぶれる、などということを教えられた。また「お米を一粒作るには一年かかる」などとも言われた。「では二粒なら二年ですか」という幼稚なジョークもあったが、おとなの前で口にすべきではないと、だれでも知っていた。

わが家ではそうでなかったが、食事前に手を合わせる家庭も多かった。外国にも食前の祈りというのはあるが、それは神への感謝。わが国のは食物そのものへの儀礼のようである。

お米の神聖さは戦局の悪化、食料の欠乏とともにますます高まり、まさに神の座についた形だった。高価とか貴重などより、はるかに上の感じだった。もっとも、このころが絶頂。

文字の神聖さというのも存在した。書物を重ねて踏み台にするなど、もってのほかの行為だった。本を大切にするのはいいことである。古本屋にも高く売れる。パルプ資源の保存にもなる。それに、足でけって遊んだ本を読んでも、頭に入れて身につけるのは困難であろう。足には脳細胞がないのだ。戦前には、ばかばかしい内容の本というものがなかったが、そのせいかもしれぬ。最近くだらぬ本が多くなったのは、本を足でけっとばす人がふえたからであろうか。くだらぬ本がふえたから、けっとばしたくもなるのであろうか。

現在の私はきわめて慎重な人間だが、戦前は軽々しい性格であった。少年だったから当然である。学校の運動会の時、さわいだ勢いにのり「審判がだめだぞ」と声をあげた。すると友人に「審判は神聖だ、悪口を言ってはいかん」とたしなめられた。私も反省した。だが、戦後になると審判は神聖でなくなり、権威は下落した。プロレスでは審判がリングの外に放り出される。野球の審判は選手にこづかれる。

小説を読んで知ったことだが、アメリカでは「アンパイアを殺せ」というのが、野球場観客のシュプレヒコールの決まり文句のひとつになっているらしい。もちろん、判定への不満の表明で、本当に殺されるに至ったのはいないらしい。だが、それにしてもぶっそうなことだ。

時代の激変にあって、多くの語に価値の変動があった。むかしは重みを持っていたのに、吹けば飛ぶような語感になってしまったのも多い。

だが、ぜんぜん変らないものもある。すなわち神聖なる語だ。神聖の旗のもとにあるものは一変したが、神聖という語そのものは依然として神聖なのである。〝神聖〟なる語に接し、うすよごれた、いやらしい、見せかけ、愚劣などといった連想を持つ人はいない。すなわち、時代や環境を超越し、さんぜんと輝いている。

ヴォルテールの言に「神というものが存在しなかったら、それを創造する必要があろう」というのがある。むしろ、必要が神を生みだしたというべきかもしれない。唯物主義の国では、唯物主義が神聖となる。どこへ行っても神聖は必要なのだ。神聖は必要なのだ。

神聖は時間の節約にもなる。こましゃくれた子供に「宇宙はどうしてできたの」と質問された場合ほど、神のありがたさが身にしみる時はない。「神さまがお作りになられた」との万能の切り札を持っていれば、いつでもけりをつけることができるのだ。

幾何学の公理も神聖である。「三角形の二辺の和は他の一辺より長い」など、はたしてそうであろうかなどと思索にふけりはじめたら、前進は永久に始まらない。公理なる語はもともと、神聖のような意味から出たものだという。

生命を粗末にしてはいけない、ひとりの生命は地球より重い、などという。地球上の生物の進化、何億年とかかって、生存に適し生命力の強いものが生き残った。生きのびようという現象が生命なのである。生命はなぜ貴重かと考え始めたらきりがない。公理で神聖だからと片づけておくほうがいい。

しかし、公理だの生命の大切さなどは、あまりに自明で、さほど神聖なるムードが感じられない。神聖ムードには、どこか不合理めいたものを含んでいなければならないのだ。

「不合理ゆえに、我信ず」という名言を残した古人がある。合理的なものは理解をすればそれにてたりる。「テレビはエレクトロニクスの作用であることを、私は信じて疑わない」などと大声で言明したら、ばかと思われるに決まっている。しかし、不合理めいたものであり、それを受け入れなければならないとなると、神聖なものに祭りあげ、信ずる以外にないのである。

戦後においてかずかずのタブーが取り払われたが、セックスなどはその大きなひとつかもしれない。むかしは良風美俗という万人の認める神聖なわくがあったが、それがなくなったのだ。それ以来今日まで、タケノコの皮をはぐように、タブーを一枚ずつ売って金にしてきた。国産接吻映画第一作など、大変な騒ぎだった。アマゾンの「裸族」の記録映画などは、今ならばからしくて見られたものではないが、押すな押すなのさわぎだった。

業者はセックスの神聖の売りぐいの味をおぼえ、観客もタケノコの皮をはぐ味をしめた。路線が確立されると、あとは簡単。と言いたいところだが、ある点で壁にぶち当った。一般良識なるものによって、加速が押さえられたのである。

しかし、売りぐい側は妙手を考えた。芸術という名の神聖さの利用である。毒を以《もつ》て毒を制するという形容があるが、その手法だ。絶妙の戦術としかいいようがない。

かくしてセックスの神聖さの内堀が埋められ、最後の城壁もうち破られた。そして、今やほとんど売りつくした。小説雑誌をのぞくと、同性愛や近親相姦《そうかん》など日常である。だが、神聖さの失われたところ、背徳の刺激もないのである。

検閲でひっかかったの、ローマ法王庁で禁書になったのとあおろうとしても、そこにはもはや草一本もないことを皆が知っている。終末である。過去の実績をたよりに、利益を予定してセックス産業に投資をしようとする者は、パニックを警戒しなければなるまい。

目先のきく人は、他の神聖さに目をつけている。つぎはどれの売りぐいをはじめようかというわけである。現在進行中なのはプライバシーの売りぐい。

プライバシーの語は新しいが、のぞき趣味が下劣だとの意識はむかしからあった。なぜという理由以前の問題だった。すなわち私事の神聖さである。私事の暴露で利益をあげる雑誌がふえてきた。小説でもそうである。他人にさきがけてもうけねばならない。

セックスの神聖さを破るには、芸術という神聖さが利用された。プライバシーの壁を破るには、社会正義という神聖さが利用される。こんなことが許されていいでしょうか、という調子である。

収賄《しゅうわい》など不正な金銭所得はたしかに糾弾《きゅうだん》されるべきではあるが、その金を女につぎこんだの、ばくちをやったの、酒を飲んだの、珍奇なペットを高価で買ったの、などという点を広く伝達するのはどうであろうか。収賄や恐喝でもうけた金でも、施設に寄付すれば立派ということになってしまう。変なことだ。もともと、大衆の興味は二号や秘密のぼくちのほうにあるので、収賄は二の次なのである。プライバシーの暴露が目標なのであって、大義名分などは早くいえばどうでもいいのだ。

この傾向は今のところ止めようがない。テレビにもこのたぐいの番組がふえてきた。売りつくし、人びとが不感症になるまでは続くだろう。

さきごろ翻訳のでたドイツの小説に「詐欺師の楽園」というのがあった。ヨーロッパの小国を舞台に、名画を偽造する架空の物語。偽造というより、古典派の巨匠をでっちあげてしまうのだ。古い伝記やら、住居の跡や、それについての評論集まで作りあげてしまうのである。

美術品を神におきかえ、画商や美術評論家を神官におきかえれば、ヨーロッパ社会がうきぼりになるというわけであろう。と同時に、美術品についての大衆の信仰を風刺していることはもちろんである。

偽造という行為は、芸術の神聖さを食いつぶす商売。将来は巧妙になり、さらに発展するかもしれない。これで芸術の神聖さの座がゆらげば、さきに芸術にねじふせられたセックスの神聖は、いいつらの皮。死んでも死にきれまい。

わが国においては、神の概念がないといっていい。映画でおなじみのように、欧米では法廷で聖書に手をのせて宣誓する。わが国の法廷では「良心に誓って真実を申し述べます」とかの文句を朗読させられる。しかし、誓うとは絶対者を認めた上での行為である。神のいないところで誓ってみても無意味だろうと思うのだが、といってほかに適当な方法もないのだろう。

欧米だと偽証は大変な罪だが、わが国ではさほどでもない。恩人を裏切って証言などしたら、非難される。恩の神聖さのほうが、誓いの神聖度より強いのである。

高性能のうそ発見器の開発に努力するほうがよほど国情にあっていると思うが、この点は欧米にならってまだまだである。近代化の遅れた分野といえる。

科学を神のかわりに祭りあげようとの風潮が、わが国には昔からある。文明開化期においては、科学は万能の学問と思えたにちがいない。科学を徹底的に無視した宗教があってもいいと思うが、わが国にそんなのはない。

少年にとって科学はまさに神である。敗戦によって、これはいっそう高まった。山下奉文将軍はフィリピンで処刑される時「敗因は」と聞かれ「サイエンス」と答えたという。

航空機や原爆やレーダーなどによって、科学の差を思い知らされた。理屈ぬきである。西洋のことわざ「力は正義なり」には抵抗を感じるわれわれも「科学は正義なり」と変えると、すらすらと受け入れてしまう。そういう基盤があったのだ。

ペニシリンは戦後に一時期を作った神聖なる物質だった。DDTにも少しだが神聖ムードがあった。科学といえば人類の宝。特に医学は群を抜いている。野口英世は尊敬する人物の横綱クラスである。もっとも、私も野口英世には好意を持っている。最近、プライバシー暴露的な批判もあるようだが、業績とそれとは別個だと思うからである。

だが、このところ科学の神聖さもおかしくなりはじめた。その最初が原爆の放射能。しかし、原子力は未来の偉大なエネルギー源でもあることを否定もできない。科学の神聖さをそのままにし、この現象を処理するため、ひとつの工夫があみだされた。

たたり、ごりやくの解釈である。悪用しようとすると、科学の神がお怒りあそばされ、罰としてたたりを示される。だが、われらの心正しければ、ごりやくがもたらされるというわけである。みごとな論理だ。原子力艦は放射能を出すが、原子力商船は出さないのかということにもなるが、それくらいはなんとかごまかせる。

だが、もはやその論理ではおっつかなくなった。自動車の激増による事故の上昇である。モータリゼーションというやつは、科学の神のみ心に添うはずであり、われわれにも悪心はない。だが、あらわれた現象は死傷者である。ぼろが出はじめたのだ。

科学の神は斜陽をあびて退場しつつある。だが、長いあいだ親しんだ神だ。それだけになごり惜しく、科学の神のなかにも、真に神の名に値するかたがいらっしゃるのではないかの思いをたちきれない。

コンピューターがそれだ。多くの記事をみると、これからの万能の神に押しあげようとの信者たちの悲願がよくわかる。だが、コンピューターの技術者は、「コンピューターはただの便利な機械にすぎず、それ以上のものではない」と必死の弁明を繰り返しているのである。

矛盾しているようだが、賢明なことだ。やがては没落する神の座におかれるより、ほっといてもらったほうがいいのだ。なお、私は、将来においてコンピューター普及による大パニックを予感している者である。

戦後において神聖の座についたものに、科学のほかには金銭がある。むかしからその資格はあったのだが、武士道精神の残光によって、そうもならなかった。しかし、その制約が失われると、神の座にのしあがった。

しかし、神聖に仕上げるにはムード作りがいる。繁栄、平和、向上、しあわせ、安定、たのしさ、その他の夢のような語で荘厳に飾りたてられた。そして、マイホームなる神聖さが完成した。まさに神聖である。マイホーム主義なる言葉があるが、主義なんてものではない。理屈とは違うのだ。それを超越したものである。

マイホームを批判し原稿料のたぐいをかせぐ人がでてきたが、議論で神聖にたちむかえるものではない。しかし、マイホーム批判屋はいい商売である。神聖さは当分のあいだゆるがず、したがって失業となることもないからだ。その神聖さのゆらぐのは、やはり商業主義に骨までしゃぶられたあとであろう。

マイホームの神聖感は、国家的規模にまで拡大されている。外国でエコノミック・アニマルと称されようが、首相がトランジスターの商人とけなされようが、神聖さの前には無力である。そのニュースでいやな気分になった人はいないはずだ。むしろ誇りである。

わが首相が反省し「国民に耐乏してもらっても、世界のために金を使う」などとは言いっこないし、言ったとしたら、私たちはみながっかりするのである。神聖をけがすことなのだ。

東京オリンピックも神聖だった。聖火が空に燃えた。ただのタイマツを聖火とはなんだとの意見もあったが、新聞社とは短い語を使いたがるものなのである。それはともかく、オリンピックを神聖の座にすえたがる社会情勢でもあったのである。戦後の苦しい時期を乗り切り、なんとか繁栄した形になってきた。戦争のいやな思い出を、我も彼も忘れかけた。ここらでお客を招いて、お祭りをする。お客とかお祭りとかは、これまた神聖と密接なつながりがある。むりなくブームへ盛りあがった。

万国博はどうなるであろうか。なにかもうひとつ欠けた感じである。オリンピックの夢をもう一度という無理なのである。しかし、夢というやつは、見ようとしてもそうはいかない。人工的に神聖の座に押しあげることが可能かどうかの実験である。私は不可能とは思わないが、そのためにはかなりの努力を要すること確実であろう。

列挙すればきりがないので、以下は簡単に片づける。むかしは労働も神聖の座にあった。これこそ永久政権と思われていたのだが、最近は風向きがおかしくなった。特に筋肉労働の転落はいちじるしい。質的にも量的にも激減してしまったのだ。かわってのしあがったのが、レジャーや趣味のたぐいである。レジャーのためにやむをえず仕事をする形であり、趣味が人格に優先する時代でもある。

そして、教育。私は教育とは神聖でもなんでもなく、重要な情報産業と規定するのがいいのではないかと思っているが、この神聖さへの帰依者《きえしゃ》は多い。教育ママの増加がそれを示している。教育パパだってけっこういる。これを投資とか、エゴイズムとか、代償行為とか論ずる人があるが、神聖への陶酔と献金と理解すべきであろう。批判などではびくともしない。

宇宙もここ十年ほど神聖だった。人工衛星があがるとともに、それまでの無関心連中は信者に一変した。壮挙であり、科学技術であり、進歩であり、新時代の開幕であり、その他もろもろの光彩を放った。

しかし、気象衛星やテレビ中継衛星などのごりやくを限界として、そろそろ下り坂に入りはじめた。「そこに山があるから登るのだ」を延長し「そこに月があるから行くのだ」という、神聖を背景にした議論も怪しくなってきた。月があるから行くのではなく、対立国に負けるのがいやだから行かざるをえないのだ。この実情が、もうだいぶ明白になってきたからである。

未来なる語も今のところ神聖である。しかし、これまでの例のごとく、神聖になったとたん商業主義による食いつぶしが始まるのである。企業宣伝の手助けに堕落しつつある。「未来」と聞けば「ああ宣伝だな」と反応する人が大部分になるのも間近い。

以上、いささか思いつくままに書いた感もあるが、神聖そのものについての私見を述べる。神聖とは社会の山ではないだろうか。山とはご存知のように、地殻に力が働き、褶曲《しゅうきょく》によってできあがったものだ。アンバランスな力によって生れたヒズミの結果である。

人間がみなロボットのごとく合理的ならば、社会にヒズミも発生せず、神聖という山もできてはこない。しかし、悲しいことにか喜ぶべきことにか、人は矛盾を持っており、そうはならないのである。そして面白いことには、われわれ人間なるものは、神聖という山ができあがると、それを崩すという商売にとりかかる。売りぐいなのである。

かつて終戦当時、平和なる語がどんなに純な輝きを持っていたことだろう。だが、いまや党利党略の手段。また、平和運動を看板にした押売りまで出没している。うす汚れてけちくさいイメージしかない。だれのせいでもない。人間とはそういうものなのだ。人びとは血まなこになって、どこかに神聖の山はないかと捜し求めている。そして、適当なのをみつけると、最初は遠慮がちに、やがては事務的に能率的に、それを削って金にかえる作業を進める。ぐずぐずしていたら他人にやられてしまうからだ。そんなことをしているうちに、また社会のどこかにヒズミが発生し、山ができあがってくるのだ。そして、また……。

悲しい宿命のような感じがしないだろうか。そう。サイの河原の物語の逆のようなものである。サイの河原では死者たちが積み上げた小石の山を、やってきた鬼たちがつき崩す。この繰り返しだ。しかし、この鬼たちの不当を、声を大にしてなじった説は聞いたことがない。鬼たちの行為が、なにか意味ありげに思えるからではないだろうか。私たちがこの世で、神聖という山を削り、金にして食っている。良心はとがめるが、だれもやめようとしない。このバランスをとるために、サイの河原があるのかもしれないのである。存在しなければならないのだ。

下北半島

わかりやすく鮮明な看板があるということは、よしあしである。フジヤマ、ゲイシャ、ハラキリなどのため、日本は外国に対し誤解とはいかないまでも、理解され方の不足みたいな形になっている点があるのではないだろうか。下北半島における恐山の存在も、またそんな感じだ。七月末のお祭りの日には、テレビは毎年のようにこの霊場のありさまを放送する。それはいいことであり、人目をひきつける要素も強いが、強すぎるのだ。視聴者は、下北とはそういう地帯なのかと思いこんでしまう。下北半島の中心のむつ市がどんなところなのか、知らない人が多いというのが実情であろう。冬の下北となると、なおさらである。私もまたそうであった。

東北本線を野辺地《のへじ》で乗りかえ、大湊《おおみなと》線でさらに北へ進むと、むつ市に至る。この線と並行し、完全舗装の自動車道路もある。快適な道で、むつ・はまなすラインと称する。左に海をながめながら陸奥《むつ》湾ぞいに走り、所要時間はほぼ六十分。うっすらと雪がつもり、明るい。明るいのは雪の反映のためであり、雲が厚くないためでもある。雲は粉雪をぱらつかせるかと思うと、たちまち晴れ、青空のもとで風に吹きあげられた雪がキラキラと美しく舞ったりもする。気まぐれな天候。そして風はつめたい。

ここにおいてつめたく気まぐれなのは、天候だけではないのである。過去十年間ちかく下北を翻弄《ほんろう》した大製鉄所のいきさつも、またそうといえよう。

明治以来の海軍の基地の町であった大湊と、田名部《たなぶ》町とが合併してできたのが、むつ市である。つまり戦前は軍事機密の問題がからまり、下北地方はあまり調査がなされなかった。戦後となり調査に手がつけられて、無尽蔵ともいえる砂鉄資源があきらかになった。砂鉄を原料とすると、良質な鉄ができるのである。

ここに銑鉄から鋼鉄まで一貫作業で生産する大製鉄所を建設したらどうだろう。港湾もあり立地条件がいい。巨大な工業都市へ発展するのだ。その動きのはじまったのが昭和三十二年。政府も乗り気になり、計画はさらに具体化し、昭和三十八年には「むつ製鉄株式会社」が設立された。政府出資の東北開発株式会社と、三菱系の鉄鋼関係の四社の協力によるものだ。まさに下北開発の万能の救世主の出現である。

むつ市と青森県は受入れ態勢づくりに専心した。工場敷地をたくさん造成し、港や道路を改修し、工業高校を新設し、病院を増築し、合計七億円ちかい資金をつぎこんだ。社会党系の市長は、中央との接触に支障あってはと自民党に入党した。かず限りない陳情。この実現促進は万事に優先しておこなわれた。

かくして製鉄会社が発足し、夢の実現まであと一足となったのだが、昭和三十九年の秋に至って、事業として採算があわないと三菱系がとつぜん手を引き、この計画は煙のごとく、あっというまに消えさってしまった。技術革新により、砂鉄原料でなくても良質の鉄ができるようになった。鉄鋼価格の値下がり、既存業者の妨害などが原因だという。縁談がまとまり結納がかわされ、世帯道具を買いととのえた段階までいって破談になったような形である。ひどいものだ。政治不信におちいらざるをえぬ。テレビは恐山ばかり放送しないで、これをドキュメンタリーにした番組を制作すべきだろう。このほうがはるかに悲しく、無常の風、身につまされる物語である。

地元にとっては政治不信を通りこし、ショックによる虚脱状態といったところであった。これにたずさわっていた青森県知事、むつ市長はあいついで死去したという。この製鉄所計画一本に目標をしぼっていたため、ほかの開発案はなく、それを考え出す気力もおこらず、そのご三年ほどは呆然としたうちに過ぎていった。こうして十年ちかくの年月が空費されたわけである。

そのつぐないという意味もあって、下北地方は政府によって国定公園に指定された。また、はまなすラインの完全舗装がなされた。いい道路でバスも走っている。しかし、そうなればなったで、大湊線は赤字線だから廃止しようとの声が、国鉄のなかにあがりはじめているという。地元ではいま廃止反対の運動がさかんである。赤字は感心しないことであり、国鉄と政府とはべつだといっても、あまりにドライすぎる。いくらなんでもとの同情心がおこってくる。

むつ市の名は、すこし前にも新聞に大きくあつかわれた。原子力船の定係港、すなわち母港として指定されたのである。原子力船の燃料補給、修理、乗員訓練などをおこなう基地のことだ。昨年の八月になんの予告もなしに発表され、地元の人びともびっくりした。横浜が第一候補だったが住民の反対でだめになり、その代替として急に指定されたというのがいきさつである。

製鉄の夢の消えた呆然がつづいていたため、むつ市はすなおにそれを受け入れた。もちろんいくらかの不安は感じたが、学者をまねいて質問点をただし、安全性と将来性をなっとくしたのである。ひょうたんから駒が出たような成り行きだが、むつ市はこれによって未来への扉の鍵を手にしたといえると思う。エネルギー革命は人類を原子力の利用へとむかわせている。原子力はより安全でより日常的なものへと進む一方である。大型船はすべて原子力という時代も、そう遠くはないのだ。

むつ市は十勝沖地震でかなりの被害をこうむったが、母港の建設がすんでからでなかったのは、不幸中のさいわいといえよう。地震の教訓をいかすことで、それは安全度の保証ともなるのである。

東海村についで、ここを第二の原子力センターにしたいとの意欲もめばえている。だが、期待を裏切られつづけのむつ市は、こんな心配をしているのである。原子力の時代になったらなったで、中央の港が以前の反対の口をぬぐって、定係港の指定をかっさらおうとするのではないかと。まったく、中央の都市の連中は勝手なやつばかりなのだ。

以上のいくつかのことでわかるように、下北の人は人柄がいい。その人柄のよさを示す例を、さらにひとつあげる。

新しい産業がまだ確立せず、半農半漁といっても、気象条件にめぐまれず農も漁も高収益をあげられない。したがって、男たちの多くは東京や北海道方面へと出かせぎに行かねばならぬ実情である。しかし、他の地方に多くある、出ていったきり蒸発してしまうという例が少ないのだ。みな冬には帰郷し、ここですごすのである。安易さにおぼれない、芯《しん》に強さをひめた性格といえよう。

冬に帰郷した男たちの多くは、失業保険ですごしているという。失業保険は青森県の第四次産業だとの冗談もあるそうだ。いいことではないが、これへの非難はできない。郷土を無責任に見捨てようとしないあらわれである。もう少し見まもってあげるべきであろう。

むつ市とその周辺は、このように長い年月を迷いのうちに空費した。しかし、これからはすべてが逆に、いいほうへとむかうのではないかと思われる。人柄がよく、愛郷心があり、過疎地帯にもならず、公害がまったく発生していない。このような条件の地は、日本には少なくなっているのだ。

なにもかもこれからがスタート。どの方向へも進むことができる。他の地方都市のなかには、目先の流行を追い先走って工業化を進めたはいいが、いまや半身不随となり後悔しているところが多く、方向転換にも手おくれ、不健康という代償を払いつづけている。そこへいくと、むつ市は柔軟である。どのような進路をとるかについて、無限の選択が許されているのである。いかなる明日を築くことも自由である。非常に高価な権利といえよう。これを大切にあつかってもらいたいものだ。

むつ市は新しい動きをはじめようとしている。少し寝すぎはしたが、早く起きた連中の失敗を参考に、より賢明な行動をとれるのだ。

製鉄所を予想して造成された、海岸ぞいの広大な用地。ここには企業誘致第一号として、厚木ナイロンの工場が作られた。ナイロンの原糸を運んできて、機械で加工し、ストッキングにするのである。近代的で清潔な工場の内部は、ひろびろとしていて、あたたかく、そとの寒さがうそのようだ。主として中学卒の若い女性が数百人で作業をしている。パートタイムの従業員もおり、それだけ市の労力開発に寄与しているわけである。また、なににもまして、この工場からは有害ガスや汚染水がまったくでない点がすばらしい。

公害をともなう企業の拒否ということが、市の方針になりつつある。うらやましいことだ。助役さんは言う。「ここの夜、とくに冬の夜空の星はみごとです。都会からきたかたは、地平線までずっと星が美しく見えると驚きますよ」

助役さんはつづける。「下北地方だけは永遠にきれいに保ちたい。しかし、農家の男たちが他に出かせぎに行く必要を、一日も早くなくしたい」と。そのため、木材利用工業などの誘致も計画中とのことである。

そして、いま進行中の分野に牛がある。牧畜の振興である。昨年の秋に、アメリカやカナダからヘアフォード種の肉牛を輸入し、近郊の繁殖育成牧場にそれが百頭ちかくいる。茶色をしていて、顔と腹の部分が白いという見なれない牛である。いずれも妊娠した雌牛ばかり。つぎつぎと子牛が生れている。胎児の時にここに移された子牛は、それだけここの風土に早くなれるわけであろう。

牛たちは雪の戸外にかたまっている。粉雪をあびながらほっぽりだされている状態で、見るからに寒そうだ。同情したくなるが、この種類は寒さにつよく、粗食にたえるのが特長だという。欠点としては湿度に弱く、湿気にあうと病気になりやすいそうだが、下北には梅雨がなくちょうどいいのである。ここはカナダと気候が似ており、見とおしは有望であるとのことだ。

乳牛だと搾乳《さくにゅう》などに手数がかかり、農家の副業としては五頭が限度となる。しかし、肉牛ならそれがない。下北の八割をしめる国有林を利用できる。林のなかに放牧し、フンは木の肥料ともなり、いずれにもいい効果をあげられるそうだ。やがては一万頭にふやし、下北のビフテキ肉という名をひろめたいというのが関係者の夢である。そして、実現可能なことのようだ。食生活向上への世の傾向は、肉への需要を高める一方であろう。むつ市は下北全域の開発への責任をも負っているわけで、他の市にくらべかくのごとく苦労も多い。

なお、市街地から少しはなれたところには、斗南丘《となみがおか》酪農協同組合というのが以前よりあり、順調に運営されている。ここは乳牛専門で一軒あたり二十頭ほどを飼い、広い牧場や並木など日本ばなれした風景を展開している。牧場は公害をともなわなくていい。

むつ市の特長としては、海上自衛隊の基地でもあることを付記しなければならない。戦前の軍港時代からの関係で、市とはなんのいざこざもない。現在、二千人の隊員がおり、艦艇やヘリコプターがある。地震のさいには大いに活躍したし、台風の季節に多い水害にも心強い存在である。また漁船の救助もおこなっている。下北のためにあるような感じで、ずいぶん役に立っているようだ。

大湊の基地は、むつ市の富士山ともいえる釜臥《かまふせ》山のふもと、海に細長くつき出た岬にかかえられた港で、景色がいい。ここは白鳥の渡来地としても有名であり、冬季に四百羽ほどがやってくる。鋼鉄製の艦艇のまわりをスワンたちが静かに泳いでいる図は、その対照の妙に微笑させられてしまう。

スワンと軍艦。なんとなく童話的なムードがある。そういえば、半島の西南端のサルも童話的である。日本のサルの最北の一群なのだが、住みたくてここにいるのではない。夏の季節にいい気になって、南の本土から北上したサルたちである。寒くなって南へもどろうとしたが、東をまわることを知らず、行きどまりとなり、仕方なくこうなってしまったのだ。かわいそうな動物物語。いまは餌づけがこころみられている。

カモシカが北海道へ海を泳いで渡っていったという話もある。古い話で信頼性もうすいが、カモシカのむれが一列になって、海峡を泳ぐのを見たというのである。先頭のが疲れると、列のうしろにつき、進んでいったという。夢幻的な光景だ。

カモシカは今でもおり、天然記念物に指定されている。近くできる自動車道路には、カモシカ・ラインとか名づけられるそうだ。カモシカの数をふやし、一か所に集め、だれにも見物できるようにできないものだろうか。私は見たい。テンやムササビもそうなったらいい。童話的な一大自然動物園となるわけである。

そのほか、下北の観光資源は豊富である。ヒバの林はあり、ブッポウソウは鳴くし、きれいな川では釣ができる。肉牛が林のなかで放牧されるようになったら、ほかでは見られない景色となろう。温泉もあり、景勝地も多い。北端の岬は北海道の函館とフェリーで結ばれ、一時間半である。

このようなことが知られてきて、観光客は昨年五十万人、本年は百万人が予想されている。そして、むつ市が起点となって旅行者が遊ぶ。いま、自動車道路が各方面にむけて作られつつある。これからはレジャー時代。観光客の伸びは相当なものであろう。へたな企業よりはるかに有望で、収益もある。そのためには観光客用の施設をさらに整備しなければならず、といって、安易に急ぐと他の観光地のごとく俗化しかねないというわけで、そのバランスに関係者は苦心をしているようだ。

きれいな開発が進み、童話的牧歌的なムードが洗練されて、恐山がそれらのなかのひとつとして調和するようになれば、それこそ万人のふるさと、夢の国である。一方、清潔な企業をえらんで誘致し、原子力で未来への繁栄の保証もある。この軌道にのりつつあるということは理想に近いことのようだ。

大製鉄所の夢の破れたのは残念にはちがいないが、あれが実現していたよりいい結果になったという日の早いことを祈りたい。意外に早いのではないだろうか。最後にちょっとした不安をつけ加えれば、交通事故への歩行者の保護である。全国的な現象で下北に限ったことではないが、道路が整備されるとマイカーの大群が押しよせ、事故の増大はあっというまである。この公害に関してだけはいやな予感がする。（一九六九年二月）

奇現象評論家

われわれの友人のなかに斎藤守弘という博学きわまる人物がいる。空飛ぶ円盤とか霊魂とか、世界の奇現象にくわしく、少年誌などに「ふしぎだが本当だ」といった題でずいぶん紹介している。普通の筆者なら紹介にとどまるが、彼はその先まで論ずるのである。

たとえば「黄金の卵をうむニワトリ」の存在について、彼はその可能性を最先端の科学理論を駆使して説明し、みなを煙に巻く。そのあげく「百五十円で元素転換機ができるのだ」と宣言したりするのである。なるほど、そのニワトリのヒナをふやして育てれば、それくらいの費用で黄金製造機が入手できることにもなるわけである。

しかし、発言があまり教祖的であるため、その説が人から人へ伝わるうちに「百五十円のサイクロトロン」になり、「百五十円の原子炉」になり、はては「異次元世界の地図を子供雑誌の付録につける」となり、世をまどわすような形になってしまうのだ。

文章修業

文章修業について書くのは、考えてみると、まことに容易でないことだ。かりに苦心を重ねたことを書きつらねたとする。しかし、その文章を読者がいま読んでいるというわけなのである。

「なんだ、修業の結果がこんな程度なのか。ふん……」

と、つぶやかれるかもしれないのだ。読者とはそういうものなのである。いや、そうあるべきではないかと思う。じつは、かつて私がそうだったのである。

私の二十代の後半、すなわち昭和二十五年から三十年ごろにかけて、世の中はまだ繁栄時代に入っていず、テレビもはじまっていなかった。私は独身であり、極度にひまをもてあました状態であった。

そのころは巡回貸し雑誌業なる商売があった。家々を回って雑誌を貸し、三日ほどたってとりにきて、貸したのを引きあげ、べつな雑誌をおいてゆく商売なのである。安い料金でたくさんの雑誌を読むことができる。月おくれの雑誌だとさらに料金が安かったが、汚れもひどく、そこまで節約する気にはなれなかった。最近はこの商売を見かけないようだが、みな生活に余裕ができたためだろう。

私はそれに加入した。何口も加入したのである。かくして月に二十数種の雑誌がとどけられることになった。

文芸雑誌もあり、中間小説誌もあり、さらに通俗的な娯楽雑誌もあった。あのころはトルー・ストーリーの日本語版なんてのもあった。ついでに映画雑誌やリーダーズ・ダイジェストまで含めた。

それらを片っぱしから読んだのである。貸し雑誌で読むのはいいことだ。買った雑誌だと、あした読んでもいいのだと一日のばしになりかねない。しかし、これだと当人が読もうが読むまいが、三日たつと引きあげられてしまうのである。

読みもしないのに持って行かれ、料金を払うぐらいしゃくなことはない。わずかな金とはいえ、人間とは無意味な損失をきらうものらしい。というわけで、なかば意地で読んだのである。おもしろい作品もあったが、つまらない作品もたくさんあった。

「いったい、このどこがおもしろいのだ。こんなくだらないものを、なぜおれが読まなければならぬのだ……」

と腹を立てながら読んだりした。料金を払うからには、読まねば損なのである。いま回想すると、まったく変なものだ。一冊の雑誌にどれくらいの作品がのっていただろうか。その二十数種、掛ける十二か月、掛ける五年である。若くてひまを持てあましていた時期だから、そんなことがやれたのだろう。

そして、つまらない作品を読み終るたびに、私は考えた。なぜつまらないのだろうと。作品自体に責任のある場合と、読者である私のほうに責任のある場合と、二つあったようだ。いかに名作であっても、私の好みにあわなければ、つまらないという結果がうまれる。ひとつひとつについて、私はそれを確認した。自分の好みについての確認である。

批評家がいかにほめ、世の多くの読者がさわいだ作品であっても、私の好みにあわなければ、それは確実につまらない作品なのだ。

名作との評判につられて読み、そういうものかと感じたり、よさのわからないのは自分のせいかと思う人も多いらしい。しかし、そんなことは私においてはないのである。ムードに影響されることは絶対にない。

自分本位の読者である。これがいいとか悪いとかを論じてみてもはじまらない。大量の読書のあげく、こんなふうな性格になってしまったのである。頑固なものだ。しかし、これが個性とか独自の観察眼とかいうものかもしれないのである。

そのご運命が変り、私は小説を書くようになった。昭和三十二年にたまたま同人雑誌にのせた作品、それが江戸川乱歩先生にみとめられ「宝石」に掲載されたのである。それをきっかけに、注文も少しずつくるようになった。

だが、私の好みはきまっている。「こんなふうなものを書けば当ります」と忠告してくれる人もあったが、好みに反した作風のものを書くのは私にできないのである。文章もまた同様。乱読時代に好みにあう文章と、どうしても肌にあわぬ文章とがきまってしまった。自分の好みの文章でしか書けないのだ。

修業といえるかどうかわからないが、これが今までの経過。世の中には私の作品の傾向をきらいな人もいることだろう。そのような人は少なければいいなとは思うが、かつて読者であった自分をかえりみると、文句をいえる義理ではないのである。

いまさら説明することもないだろうが、創作の過程は、まずアイデアがうかび、それが具体的な物語に発展し、あるいは発展させ、文章によって作品にまとまる。アイデアは私の好みの奥からうまれ、物語も好みに従って展開し、文章もまた好みの文章以外のなにものでもない。すべては私の好み、すなわち個性と関連し結びついているのだ。

文章とは表情のようなものではないかと思う。その人の性格や人生のあらわれである。人のいい人物にずるそうな目つきをやれといっても限界があるし、めぐまれた陽気な人に悲しみにみちた表情をやれといってもむりだ。人生体験の集積なのである。

表情術といったものは存在しないだろう。いかに技巧をこらして笑ったり泣いたりしても、とんでもない時にそれをやったのでは、すべてぶちこわしである。当人がおかしいと感じた時に笑い、悲しいと感じた時に泣く。それが表情なのだ。

文章もそのようなものだろうと思う。なによりもまず自分自身の個性をはっきりすべきで、表情はあとからついてくる。

SFにおけるプラス・アルファ

プラス・アルファについて語ろうと思う。本来はプラス・エックスが正しい。この語が輸入された当時、外人の書くのをのぞきこんだ人が、X《エックス》とα《アルファ》と読みちがえたため、アルファのほうが定着してしまった。まぎらわしい字を書いた外人がいけないのか、そそっかしい日本人がいけないのか。いずれにせよ珍事件だ。野球ではαがXに訂正されたが、一般はまだそのままである。外国SFの題に「明日プラスX」というのがあり、それが正しいのだが、ここでは慣習に従ってアルファの言葉を用いる。まったく、やっかいなことだ。

SFはアイデアとストーリーと描写とから成り、これがそろえば形はととのう。しかし、それだけではだめなのである。そこにプラス・アルファがなければならない。作者のほうも、締切りや金銭や虚名のために書いているわけだが、それだけではない。プラス・アルファがなければ、おそらく一行も書けないはずである。たとえ無理に書いたとしても、読者を引きつける力を持たないものとなる。あらためて今さら論ずるまでもないことかもしれないが……。

普通の小説においては、作者が自己の心情をそこに表現するのは比較的容易である。読者のほうでもアルファを感受しやすい。しかし、SFとなると、フィクションつまり作り物であるため、なまの形であらわれにくい。これが通念だが、私の意見では普通の小説以上に、かえって明確にあらわれるのではないかと思う。べつに逆説をとなえようというわけではない。

このところ遠ざかっているが、私はかつて碁に熱中し、二段の免状を持っている。碁の面白さは、純粋に頭脳と計算と実力だけによるゲームでありながら、そこに性格があらわに出てしまう点である。

一般に女性が男性に比しはるかに戦闘的な性格であることは、碁を打ってみてはじめてわかった。なんとなく、あるいは書物によって、女性のすごさを知ったような気分になっている人は多いだろうが、碁をやってみると、実感となって迫ってくる。

上品な美人と打ったことがある。しとやかな物ごしであり、手紙の文にも女らしさがただよっている人だ。だが、盤上では気の強さが燃えるのである。なさけ容赦なく強い手で攻めてくる。人はだれでも、日常生活や外見や交際などでは推察できない。時にはまったく逆でもある性格を心の奥に秘めている。それが抽象的な勝負の場において、裸にされてしまうのである。

これと同様なことが、SFにも言えそうに思える。普通の小説の場合は、作者が読者に心情を伝えやすいのだが、また幻惑しやすいともいえる。衣裳や演技があるていど通用するのである。だが、純フィクションであるSFとなると、そのごまかしができない。アルファの正体がはっきり出てしまうのである。私がここで自己のアルファを失い、他からの借り物で延命をはかろうとしても、すぐに見破られ、読者にそっぽをむかれてしまうことだろう。

ＳＦの世界は意外にきびしく、ＳＦの読者はこわい。普通小説の作家が片手間に書いたＳＦや、ブームに乗ってやれとばかりに書いたＳＦは黙殺されてしまう。ＳＦのコツや泣かせ所を知らないからだという説もあるが、私はそうは思わない。ＳＦにはコツも泣かせ所もない。あるものは作家のアルファだけである。スマートに三振する選手より、なりふりかまわずボールをたたく選手のほうが本物だ。もっとも、本物が上達するにつれスマートになる場合もあろうが、それは二次的な問題である。

私のいうアルファとはこの点である。べつな表現をすれば、作者の個性、独自の味という言葉になる。もっと早くいえば、好ききらいの要因のことである。ＳＦの読者はそれぞれ、好きな作家を持っている。ＳＦファンがファンという形で存在するのは、ＳＦ作品にアルファがはっきりあらわれるからであろう。自己の好むアルファを、すぐに発見できるからだ。

また、ＳＦ界の特徴のひとつに、きらいな作家の存在という現象がある。ブラッドベリには愛好者が多いが、彼のアルファをきらう人も多いらしい。私もまた、ある外国作家のＳＦをきらいである。普通の分野の場合、きらいなら読まなければいいのだが、ＳＦの場合は、わざわざそれに接触して「きらいだ」と叫ぶのである。

私もまた、大きらいな外国作家の作品を途中で投げ出そうともせずに読み「たしかにおれとは肌があわぬ」と毎回つぶやく。まったく異常な現象だ。魚ぎらいの人が、料理屋で魚料理を注文して食べ終り「まずい」と文句をつけている図など想像できない。

これはつまり、SFというもの自体の持つ大きなアルファのためなのである。これについて、また各作家のアルファについて、いずれ私は分析を試みたいと思っている。しかし、その前に自己のアルファをもっと発揮した作品を書かねばならない。二段の腕前の者が本因坊クラスの棋風を論じては、やはり時期尚早ということになってしまう。

笑いの効用

かつてロケット競争でソ連にたちおくれ、アメリカがあせっていた時期があった。こんな笑い話がはやったという。基地関係者の幼い息子が「パパ、ぼく数えかたをおぼえたよ。三、二、一、ゼロ、や、また失敗だ」

発射失敗の笑い話は、まだ各種あったようだ。しかし、そんなふうに笑いながらも、ついにアポロを打ち上げ、11号の乗員たちは地上とユーモラスな交信をしたし、12号となるとその笑いの度はさらに強くなった。帰還を迎えたニクソン大統領の会話も、またユーモアにあふれていた。人類の月到達は笑いによってなしとげられたといえそうだ。

フレドリック・ブラウンというSF作家はこう論じている。人間とアリとはどこがちがうか。類似点はいくらもある。住居を建設し、食料を貯蔵し、戦争もする。集団で社会的な生活もする。決定的な差異はただひとつ、アリが笑わないという点。そのためアリの社会は無変化で永遠の静止である。だが笑いを知る人類の社会は動的で、悪化する場合もあるが、進歩の可能性もまたそこにある。人間から笑いが失われたら、未来への変化もなくなるとの指摘である。

科学が進むとすべてが自動機械化され、人間疎外がおこって不幸になるとの説があるが、先進国アメリカの例では、科学と笑いとは相互作用で進んでいるようだ。進歩がもたつき生活が不幸なのは、笑いの押さえられた国のほうである。以前に南米のインディオの記録映画を見たが、彼らはにこりともせず単調な音楽にあわせ、なにが面白いのかわからない感じで踊りつづけていた。衰退とか終末とかの印象そのものだった。

それなら繁栄を築きつつあるわが国においてはどうかとの問題となる。議論はいろいろあるだろうが、昔にくらべればはるかに笑うようになっていると思える。生活の向上と比例しているようだ。

講演もコマーシャルもユーモアがなければ人をひきつけられないようになったし、くそまじめな絶叫は敬遠される。深刻ドラマよりお笑い番組のほうがずっと視聴率も高い。いい傾向である。たとえ低俗でも、笑いのない状態にくらべればどんなにいいことか。低俗は洗練に変化する可能性を持っている。みなが笑うようになったのは精神的な余裕のためであり、その余裕こそ知的発展のささえなのである。

政治など公的な場の笑いはまだ不足だが、それは言葉じりをとらえ他人を失脚させるのが好きな国民性、それへの警戒意識のためであろう。だが、やがては反省され、改善されてゆくのではなかろうか。それよりも問題なのは、笑いの普及という現象はあっても、大部分が受け身の笑いであるという点だ。専門家が生産し媒体《ばいたい》でばらまかれる笑いばかり。自己が参加し他に笑いをふりまく技術となると、未熟である。多くの人は小話を何百何千と見聞しているが、他人に話して笑わせる習慣が身についてない。欧米人にくらべて劣るといわざるをえない。

個人対個人のコミュニケーションが未発達なのだ。だが、これは国民性によるものではなく、社会基盤のせいである。アメリカはさまざまな人種の混合で、しかも流動的な社会。個人個人のあいだに潤滑油が必要である。笑いの技術を身につけざるをえない。見知らぬ人とも気にくわぬやつとも接触しなければならず、黙っているわけにもいかない。冗談のひとつもしゃべらねばならないのである。

アメリカの小話やジョークには、毒や痛烈さを含んだものがない。それはこのためである。他人との接触でそんなのを口にしたら、潤滑油の役に立たない。わが国の笑いには強い皮肉を含んだものが多いが、それは当てこすった相手と会わなくてもすむ社会構造だったからである。うしろめたさのある後進的なにおいがする。

しかし、これからは情報時代。ホモ・モーベンスとかで、人は動きまわり人との接触はさらに多角的になる傾向がある。定着的で閉鎖的な生活ではすまなくなる。いままでならひとつの集団のなかで、他の集団や他の地方の者を笑いものにすることも可能だった。だが集団や地方の壁がとりはらわれると、そういう低次の笑いは通用しなくなる。笑いの技術を個人単位で身につけねばならず、もっと日常的な必需品となるだろう。いやおうなしである。わが国の笑いの将来に対し、私は楽観的な期待を持っている。

笑いの技術修得が義務となり、それができぬ者は落後者。なにがいいのだと反論したくなる人もあろう。だが逆を考えてみればいい。官庁やレストラン、どこへ行っても無表情、面白くないからこっちも同様、かわす会話はつっけんどんという世より、いいではないか。笑いの感覚のない者が社会から脱落しても、それはやむをえないことだ。

かつての池田首相のごとき暴言みたいだから、まじめな解説を加えることにする。これからの社会はさらに複雑になり、情報は質量ともにふえるはずである。そのなかで自己や世の大勢を見失いかねない。しかし、笑いがその防止作用をすると思えるのである。ちょっとつじつまがあわぬようだ、なにか矛盾があるようだ。これを感知すると理屈での分析をする前に、まず人間はおかしさを感じ笑いの反応を示すはずだ。笑いは、ひずみの存在と問題点の発見である。しかるのちに検討や解明という知的な動きがはじまる。

笑いは人類がそなえている極度に微妙な感覚のようだ。一種の直観力。私たちはさほどに評価していないが、さして力もない動物である人類が万物の霊長となれたのは、この瞬間的な総合判断の能力のおかげ。これがなかったら進化の過程で脱落したにちがいない。また、未来においてとんでもない破局に走るのを回避できるとしたら、やはりこの能力の発揮によってであろうと思えるのである。

改良発明

「改良発明は永遠無窮《むきゅう》なることを知り、たえずそれにむかって企図を怠るなかれ」

これは私の亡父の言葉である。父はこの種の文句を作るのが好きで、大量に作った。全部を集めたら、ちょっとした本になりそうである。

いずれも体験や人生観がにじみでていて、よくできている。しかし、こう大量になると、いささか多すぎる。過ぎたるは及ばざるがごとしで、私は持てあまし、ほとんど、身についても覚えてもいない。しかし、右の文句だけは例外で、時たま思い出すのである。

私は作家であり、空想的な物語が専門である。この分野は調べる手間が不要なかわり、アイデアを必ずひとつ盛り込まなければならない。その苦しみは、おそらく他人にはわからないであろう。途中で、才能がつきたかとあきらめかけたり、アイデアなど無限に存在するものではないと思ったりする。

そんな時に、この文句が頭に浮んできて、着想への最後の壁を越えられるのである。まさしく父の遺訓のおかげだ。父はこれを知ったら「あれだけ名言を作ったのに、ひとつしか役立てないとは」と、あきれるだろうか。「ひとつでも役立てばいいのだ」と満足するだろうか。

進歩が無限なものかどうかは、私も知らない。しかし、おなじ賭けるのなら、無限のほうに賭けたほうがいいと思う。人生が楽しくなるだけでも利益であろう。

宅地造成宇宙版

「さあ、いよいよ新しい宅地造成の工事にとりかかる。ここが建設の基礎となる……」

現場の総責任者である私は、設計図を片手に、地面に印をつけた。しかし、手がふるえる。はたしてうまく完成するだろうか。経験豊富とはいえ、こういう造成工事ははじめてなのだ。

ここは宇宙の空間、いま私がいるのは直径二十キロメートルの小惑星。これを人間の住める環境にし上げようというのだ。

二十一世紀。地球の自然改造はほぼやりつくした。つぎは新しい世界。宇宙空間に人類の生活圏を拡大しようというのである。

「どこから手をつけますか」

宇宙服に身をかためた部下のひとりが言った。私は指示する。

「内部を空洞にするのだ。この設計図のごとく、ハチの巣のようにする」

「はい……」

それが開始された。小惑星というのは巨大な岩石の塊《かたまり》。各種の精巧な建設機械が働き、穴をうがちはじめた。的確で力強い動きだが、轟音はしない。空気がないからだ。しかし、地面を伝わってくる震動はからだにひびき、建設工事に特有の緊張感と興奮は味わうことができる。

作業は予想以上にはかどった。地球上とちがって重力がないからだ。掘り出された岩石は、あたりの空間にただよっている。大きな魚に似た砕石機が、泳ぐように動きまわり、それを食べている。

砕いて細かくし、内部でセメントとまぜ一定の大きさのブロックを作って排出するのだ。それを小惑星の表面に並べ、接着剤でくっつけてゆくと、簡単にビルができる。重力がないので、倒れる心配はまったくない。

こうして作られたビルは倉庫用である。人間が居住するのは小惑星の内部なのだ。内部をくり抜く作業は進んでいった。地球上の都市は平面的だが、小惑星内に作られる都市は何層にも使え、機能的であり利点は多い。高層ビルを有機的に結合した感じなのだ。私は言う。

「水道完備にしなければならぬ。水の採集班はどうした」

「まもなく帰ってきます」

やがて、宇宙船が戻ってきた。無数の氷塊から成る彗星《すいせい》を追いかけ、大量の水を採集してきたのだ。これはそとの倉庫におさめる。この水を分解すれば酸素も得られる。

木星へ出かけ気体を採集してきた宇宙船も帰還した。これからチッソを取り出し、酸素とまぜれば、地球の大気と同じものができあがる。それで小惑星の内部をみたすのだ。

「水道完備、ガス見込みですんだのはむかしのこと。見込みではいかん。エネルギー源もととのえておかねばならぬ。鉱石係はどうした」

「そろそろ到着するはずです」

他の小惑星からウラン鉱が運ばれてくる。これを原料に原子炉を動かせば、エネルギーの問題は解決する。原子炉は小惑星の表面にとりつけられる。かりに事故が起っても、人びとは内部に住んでいるから、被害の及ぶことはない。

「だいぶ出来あがってきたな。つぎには、日照良、というキャッチフレーズを現実にしなければならない」

小惑星の表面に、いくつもの大型反射鏡がとりつけられる。それは各所につくられた採光用の窓を通して、内部の居住区へとみちびかれる。原子力で電気は十分なのだが、人は太陽の光をあびたがるものだ。また、この日光は内部の温室内の菜園にも送られる。そのほうが収穫物の味がよくなる。

「ほぼ完成に近づいたな。最後の仕上げだ。交通便、眺望絶佳にとりかかろう」

私は指示する。つまり、小惑星にロケット噴射装置をとりつけて移動させ、地球と火星との中間にはこぼうというのだ。地球に近いことはなにかと便利だし、地球とその周囲をまわる月をながめられるというのは、居住者にとって気持ちのいいことだ。

かくして、スポーム完成。スポーム（spome）とは空間（space）と住居（home）の合成語だ。物質の出入りがなくても人間が生存できる体系のことである。アメリカのSF作家アイザック・アシモフの作った新語。ここにおいては、呼吸した空気はたえず浄化され、排泄物は分解されて合成食、あるいは菜園や家畜飼育場をへてふたたび食料にされる。それに使われるエネルギーは原子炉からうみだされる。物質は循環し、無限に役立つ。地球を小型にしたものといえる。

地球で居住者の募集がおこなわれた。宇宙船で見物客がたくさんやってくる。そして、なかを見るなり、すぐ契約をする。たちまち売り切れそうなので、私はあわてて自分用に一区画を予約する。あとで値上がりするのは確実だ。

たしかに、ここは住みごこちがいいところなのだ。地震や火山噴火の心配がない。台風や津波の心配もない。温度はいつもほどよく、そとは上下左右に星が光り、スモッグで空がかすんでいるなんてこともないのだ。

安全そのもの。かりに大きな隕石《いんせき》がむかってきたとしても、ロケットを噴射して移動させれば、容易にかわすことができるのだ。

入居した住人たちは、みな満足してくれた。だが、やがて文句が出た。地球のテレビを、そのまま見たいというのだ。なるほど、人間は物質のみにて生くるにあらずだ。

大いそぎで地球との中間に、電波中継衛星を浮し、それで要求をみたす。これでいうことなし。好評のため、さらにいくつものスポーム建設計画がたてられ、それは量産態勢に入った。このような小惑星は火星と木星とのあいだにまだたくさんあり、いくらでも作ることができる。遠くない将来、無数のスポームが太陽系内に浮び、それぞれに人類が住みつく。人々はその生活になれ、新しい世紀をきずくのである。そして、そのつぎの世紀には、太陽系外へむかって、より大きな飛躍をはじめることになるかもしれない。

映画「猿の惑星」

「猿の惑星」について書くからには、原作を読まねばならぬのだがどうもその気になれない。この原作者、ピエール・ブールのSFは、あまり私の肌にあわないからだ。

たとえば、彼は〝SFファンにささげる〟という副題をつけた「愛と重力」なる短編を書いている。しかし、無重力状態の人工衛星のなかで男女が新婚の夜をすごすという、わが国では三流漫画週刊誌でしかお目にかかれないようなアイデア。

また、日本人が月へ一番乗りをする長編も書いている。帰還の成算がなく各国がためらっているすきに、特攻隊式に日本の科学者が到着し、そこで切腹して果てるという筋である。

こんなたぐいの話を、てれもせず大まじめで書くところに妙な味があるといえないこともないのだが、SFとは別なものであろう。悲しくなる。

しかし、ブールはかつて評判になった映画「戦場にかける橋」の原作者でもあり、これは意外と思う人もあろう。つまり、すぐれた普通小説の作家なのだが、SFを余技で書くのである。私はそういうのをあまり好まない。

わが国でもSFブームなどの声で、そのうち普通小説の作家がSFを書くようになるだろうが、最も始末に困るものである。どこかピントが狂った作品になる。

といって、映画の「猿の惑星」がつまらないというわけではない。SF映画の最近の傑作といっていい。なぜそうなったかというと、脚色のロッド・サーリングのおかげである。テレビの「ミステリー・ゾーン」の製作者といえば、いまさら説明は不要。彼はSFのピントのあわせ方を知りつくしている。

都筑道夫氏はサーリングのことを「どんなつまらない話でも面白く見せてしまう大才能」と評しているが、まったくその通り。彼のムードが全編にみなぎり「ミステリー・ゾーン」のカラー・ワイド版といったものになっている。

もっとも、二時間近い上映時間はサーリングの手にあまったか、いささか冗長な点なきにしもあらず。半分にちぢめたら大変な名作となったと思うが、そうもいかないところが映画なのだろう。

映画の出だしがいい。宇宙空間を飛ぶ宇宙船の内部からはじまるのである。むかしの宇宙物の映画では、出発前をごたごたと描写し、うんざりさせられたものだ。また、特撮で空間を飛ぶ宇宙船を出さぬ点もいい。SF映画の手法も進歩したものである。

同種のことだが、光速に近い飛行による時間のずれのことを、あまりくどくど説明されない点も助かった。むかしの国産のSF映画だと、たいてい途中で白衣を着た学者があらわれ、解説を一席試みる。ここで私はいつも、そらぞらしい気分になってしまうのである。

時の流れを、冬眠器の故障でひとり老化させるという画面で簡潔に描いたのもいい。しろうとのSF作家は、えてしてこんな個所をくわしく書きたがり、どうしようもない作となるのだ。

そして、未知の惑星への着陸。私は宇宙映画ではこの瞬間がいちばん好きだ。長い旅の終りであり同時に、すべてのはじまりでもある。結婚式のようなものだ。

それから猿が人間を支配する社会へ入るわけだが、この猿のメーキャップが、じつによくできている。すぐに模倣がでるにちがいない。つまらん感想だが、猿の鼻の下はいやに長い。そこにヒゲのない点に私ははじめて気がついた。きっと、猿はカミソリを持っていないから、ヒゲがはえてこないのだろう。

原作者のピエール・ブールは大戦中に東南アジアで日本への抵抗運動をやったそうである。異人種との問題に関心があるのは、東洋人と接したためで、この発想はそんなところからうまれたのだろう。

ブールの心の底では、この猿は日本人を意味しているのかもしれない。あまり、いい気分ではないが、サーリングの手にかかれば、そんなことは少しも感じさせられない。

小松左京の指摘だが、ダーウィンが進化論を発表し、人間は猿の同類から進化したと主張した時、欧米では大変なさわぎになった。しかし進化論が日本に紹介された時、憤然とした者は皆無。

私たちは宗教のないためか、頭が柔軟なためか、人間の尊厳など気にしないためか、猿に親近感があるためか、進化論になんの抵抗も持たない。そういえば、欧米には猿を主役にした童話や漫画映画のたぐいは少ないようである。

また、私たちは、輪廻《りんね》転生《てんせい》といった考え方を知っているせいか、地位が逆転しようが、さほど驚かぬ。人間が作物を荒すのなら、猿がそれをやっつけても当り前のように思えるのである。頭が柔軟すぎるのかもしれぬ。しかし、欧米の人たちは、猿の支配にかなりの恐怖を感じるにちがいない。ちょっと、うらやましいような気もする。

考えてみれば、現在の私たち、金銭に支配され、テレビに支配され、酒に支配され、上役に支配され、妻子に支配され、やがてはコンピューターに支配されようとしている。出世欲に支配されてあくせくする者、金銭の誘惑に支配されて汚職没落する者、美女の色香に支配されて破滅する者もあれば、自動車に支配されて事故死する者もある世の中だ。猿に支配されたからどうだというのだ。

しかし、こんなことは見終ってしばらくしての意見。見ている時はけっこう面白い。いったい、この物語の結末をどうしめくくるのかへの興味で引きずられる。そして、やはりサーリング調の意外な結末。意外といっても、とってつけたようなものではなく、うまく結んである。途中の伏線がみんな生かされ、現代社会への風刺もきいている。

処女作

昭和二十五年ごろ。大学を出たての私は、なんということなく旧制の大学院にかよっていた。友人どうしでサークルを作り、ダンスパーティなどを開いていた。文化的なにおいもつけるべきだと、ガリ版刷りの新聞のごときものが作られ、私はそれに短い小説を書いた。

「狐のためいき」という題で、清純哀切にして新鮮、幻想的にして風刺もあり、ある心理的な事情で化けることのできない狐の物語なのである。名作と称すべきであろう。なぜこう自慢するのかというと、もはやその現物がないからだ。当時の友人で、それを保存してるやつもいないだろう。いかに自慢しても、だれも反論できないというわけ。

そのご父が死亡し、借金だらけの仕事をひきつぎ、身辺騒然。小説どころのさわぎではなくなったが、ある時ふと発想が浮び、短編をひとつ書きあげ、某雑誌の投稿欄に送ってみたが、みごと没。世の中、そう甘くないと思い知らされた。

それは控えがとってあり、のちに作家となり締切りが迫って困った時、それを書きなおして雑誌社に渡したら、掲載して原稿料を送ってくれた。「小さな十字架の話」という作品で、私の「ようこそ地球さん」という短編集に収録してある。私の作品群のなかでこれだけが異色、首をかしげる読者もいるだろうが、以上のごとき事情のせいである。

公式的に私の処女作は「セキストラ」である。これが「宝石」にのり、私の作家としての道がひらけた。それにつづいて書いたのが「ボッコちゃん」という、酒のみの美人ロボットの話。これは自分でも気に入っており、そのごのショート・ショートの原型でもある。自己にふさわしい作風を発見した。自分ではこの作を、すべての出発点と思っている。私の今日あるは「ボッコちゃん」のおかげである。

北海道

大正十三年にドイツからフリッツ・ハーバー博士が来日した。空中窒素の固定法、すなわち空気から肥料を作る方法を開発した化学者である。私の亡父はそのころ製薬業をやっており、前からの知人でもあったので、ハーバー博士の案内役となって日本じゅうをいっしょにまわった。北海道に行った時、博士はその雄大さに感激し、こういったそうである。

「ここは将来、かならず日本の工業発展の基地になるところだ。資源も多い。日本政府はここを住みよくし、人口をふやし、開発を急ぐべきだ。自分がもう十年若かったら、この地で大いに働いてみたい」

そして、ガス肥料といったものを造れば、農産物の収穫はぐっとふやせる、などと話がはずんだそうである。気体肥料とは奇妙な空想だが、空中窒素固定法の発明者の言となると、現実感がある。労力を大幅にへらすガス肥料が完成し、北海道の農業生産が高まる未来図を想像すると、いささか楽しくなる。

そのハーバー博士の感化がよみがえったためか、私の父は昭和二十年の終戦後に、北海道で事業をおこすべく、よく出張旅行にでかけた。私は学生だったが、休暇の時にいっしょに連れていってもらったこともあった。だが、当時は列車がものすごくこみ、時間もかかった。上野から釧路まで丸三日もかかった。しかし、焼けあとばかりの東京から来ると、心の洗われるような気分だった。

父は何回か北海道へ出かけていたが、昭和二十二年の冬に札幌の宿で脳溢血で倒れた。そのしらせを受け、さっそく私と母がでかけたが、交通事情は依然として悪く、連絡船へのりかえる時の夜の待合室はむやみと寒く、心細い思いがしたものだ。なんとかたどりつき、病状がさほどでもないことを知るまでは、気が気でなかった。

私はあまり旅行をしないほうだが、昨年の夏に友人と北海道をまわった。羽田から千歳まであっという間で、むかしのことがうそのようだ。列車も快適になり、道路はよくなり、すばらしい発展である。

最も印象に残ったのは網走のそばの空港におりた時だ。まわりから肌を押しつつんでくれた冷気には、歓声をあげたくなった。来てよかったという一瞬である。

網走にはアイヌ博物館があり、同行の友人は退屈そうだったが、私には興味深かった。なつかしいといったほうがいいかもしれない。

私の母方の祖父は小金井良精といい、東大教授で解剖学者であった。明治二十一年から数次にわたって北海道旅行をし、アイヌの人類学的研究をはじめたのである。馬にのってアイヌ部落の全部をまわったという。

私はその祖父と幼時ずっと同じ家で暮していたので、なつかしいのである。そのうち祖父のことを小説に書きたいと思っているが、それには祖父の学術論文を読まねばならず、まだのびのびになっている。

アイヌと書いたが、祖父が生きていたら「アイノと呼べ」と訂正を要求されただろう。このほうが正確な発音に近いのだそうで、話す時も論文も、みなアイノとなっている。網走の博物館で、私はそんなことを回想した。

明治二十年ごろの北海道はどんなだったのだろうか。その当時の人は、将来こんなに発展しようとは、だれひとり考えなかったにちがいない。それと同じく、百年後の北海道の姿は、いまの私たちの想像を絶したものになるにちがいない。

遠からず海底トンネルで本州とつながるだろうし、そうなると、東京大阪間の新幹線のごとく、旅行者が大量に送りこまれるにちがいない。空港だってふえるだろうし、高層ビルのホテルがずらりと並ぶことになろう。

産業の成長にともない、各地に工場ができるだろう。スモッグもひどくなるにきまっている。排気ガスが野山にひろがり、森林の樹木はどんどん枯れてゆく。海岸には大腸菌がうようよし、河川はよごれ、サケは一匹も泳がなくなる。もちろん野生の熊は絶滅し、その前に白鳥やツルが消えてしまう。

国道の自動車は混雑で渋滞し、いらいらしたドライバーが事故をおこし、パトカーと救急車が走りまわる。千歳から札幌までは地下鉄かモノレールのほうが早いということになりかねない。

湖水には毒々しいネオンをつけた遊覧船がぎっしり。大雪山にはロープウェイがつき、頂上にキャバレーとパチンコ屋ができ、景色のいいところは別荘分譲で売りつくされる。いじわるな空想だろうか。ロサンゼルスだって、フロンティア時代にはニューヨークを抜く大都会になるとは思いもしなかったろう。しかも、科学技術の進歩のスピードは加速されているのだ。私の体験でも、終戦直後の日本橋で、たくさんの魚が泳いでいるのを見ている。いまはその川も、よごれたあげく埋められてしまった。野ばなしのむいである。

公害というものは、どうしようもなくなるまで、手のつけられることがない。対策が必要と気がつく時には、もう収拾のつかない状態なのである。

北海道の関係者は、慎重な未来図を持っているのだろうか。私の空想がただの悪夢であってほしいのだが、わが国民性だの政治だのから考えて、ことによったらもっとひどくなるのではと、心配でならぬのである。

フクちゃん論

一九五五年にCARTOON TREASURYという本がアメリカで出版されている。書名の意味は〈漫画の宝庫〉で、世界じゅうの漫画の傑作をたくさん集めたアンソロジーである。そのころ私は外国漫画の収集に興味を持ちはじめていたので、ためらうことなく買い、愛蔵するに至ったしだい。わが国からは「フクちゃん」が三編収録されている。

外国漫画のなかにまざっている「フクちゃん」を見て気がつくことは、この笑いには禅のムードがある点だ。といっても、私は禅のなんたるかを知らず、むかし「フクちゃん」で禅を意識したこともない。欧米を旅行した時は、私を日本人とみてか何回も「ゼン」と話しかけられ、語学力の貧弱もあいまって、そのたびにねをあげた。ついには、そばの外人がいつ「ゼン」と言い出すかと、いささかノイローゼぎみになったものだ。

しかし、外国人の頭にあるゼンについてのイメージは、なんとか想像がつくような気もする。つまり「フクちゃん」の笑いなのである。いわくいいがたし、端倪《たんげい》すべからざる、分析不能、されど笑いという効果を歴然と示している。この米国版のアンソロジーで「フクちゃん」を見て、ゼンへの興味を持ちはじめた外国人もかなりあるのではなかろうか。じつは私も、なるほど自分は神秘なるゼンの国の住人なのだなと、これで気づき、禅の入門書でも読んでみようかという心境になりかけている。隆一先生には一度しかお目にかかったことがないが、第一印象は、やはり禅僧であった。しかし、これは私の先入観のせいかもしれぬ。

このように「フクちゃん」は空間を越えて外国にも理解されているが、さらに驚くべきことは、時間をも超越している点だ。私は大正十五年生れ。子供のころから新聞で健ちゃんやフクちゃんとおなじみであった。わが少年期はフクちゃんとともにあった。普通だとこのたぐいはノスタルジアの対象なのだが、「フクちゃん」にそれを感じる人はあまりいまい。いまだにつきあいつづけであり、戦前のをいま読みなおしても新鮮なのである。ＳＦには時空連続体という怪しげな用語があり、私にもなんのことやらわからないのだが、もしかしたら隆一漫画のことかもしれぬ。すべてを超越しながら、すべてに接触している。やっぱり禅的だな。

アメリカの漫画の多くは、未来においてコンピューターが発達すれば、それで創《つく》れないこともないように思える。しかし、隆一漫画はいかなる超コンピューターをもってしても不可能にちがいない。

「フクちゃん」の四駒《こま》のうち、あとの二駒を手でかくし、結末を想像できるかというと、まるでできない。手でかくすのを最後の一駒にしてみても、やはり同様。水平思考を身につける頭の体操としてすすめたいところだが、やめたほうがいい。劣等感にとらわれるばっかりである。私はオチについて少しは研究してきたつもりだったが、その自信がぐらついてきた。

着眼と風格、長期にわたる安定性、余裕があり余分なものがなく、さりげなさとむりのなさ、極限の袋小路に迷いこまず、ムードの泥沼にもふみこまない。熱狂せずニヒルのごとくでありながら、あたたかみがある。このつきざる泉を一口で形容するとなると、禅としか呼びようがないのではなかろうか。すなわち論評不可能なのである。

しかし、私としてはその秘密の一端なりとも解明したいという思いを押さえきれぬ。ずいぶん考えてはみたのだが、いまだに手のつけようがない。そして、わずかに発見した特徴はおんなをお描きにならぬ点である。女性は登場してもおんなは登場しないのである。ということは、隆一漫画が禅だからであり、それはつまり……。

つかみかけた結論は、たちまち時空連続体をすり抜けて、どこかへと消えていってしまった。

幻想的回想

私は幼時を本郷駒込ですごした。しっとりと落ち着いた住宅地で、近くには吉祥寺というお寺があり、八百屋お七にゆかりがある。春の花祭りにはよく出かけた。また、団子坂も遠くなく、菊人形を見た記憶がかすかにある。上富士には道ばたに長い藤棚《ふじだな》があり、花が美しかった。明治のなごりの残る、古きよき時代のムードに触れたことは、私の大切な思い出である。羅宇屋《らおや》や定斎屋《じょうさいや》もよく家のそばを通った。

窓から空を見あげると、澄んだ空を二羽の鶴が舞っていたこともあった。どこから飛んできたのと母に私が聞くと、皇居のなかからでしょう、と教えられた。昭和の初期のころで、当時はそんなこともあったのだ。

これから少し記憶があやしくなるのだが、ある秋の日、弟と庭で遊んでいると、たくさんのトンボが、列をなして空を横切っていった。赤トンボだったと思う。おびただしい数で、川のようになって、あとからあとから限りなく飛んでゆくのである。

こんな現象は実際にあるものだろうか。幼い日の幻想だったような気もする。しかし、なんとかうち落してやろうと、弟とともに、庭の土をまるめて投げたことは、はっきりと覚えている。いくらやっても当らなかった。トンボたちは、あい変らず南から北へと飛びつづけていた。どこへ行ったのだろう。

私は庭の芝生にねそべり、よく空をみあげた。ある日、空が二つに区切られたのを見た。空の中央の一直線を境に、一方が青空、一方が雲なのである。私は「ここからこっちの人は晴、ここからむこうの人は曇」と、つぶやいた。これはよくある天然現象なのかもしれない。しかし、無心に空を見上げることをしなくなってから、もうずいぶんになる。また、むりにひまを作って空を見上げても、わいてくるのは雑念だけである。

幼いころ、かぜをひいたことがあった。弟たちにうつるといけないというので、ひとりだけべつな部屋に寝かされた。その夜、起きあがって小さな窓ごしに庭を見ると、暗い芝生の上で、ぼんやりと丸く白いようなものが二つ、じゃれあうように動いていた。

本当はそんなものを見ず、熱のための夢だったのかもしれない。あるいは、近所の犬が入ってきたのかもしれない。だが私には、この世のものでないように見えた。あれがおばけというものかもしれないな、と感じたのだが、その時はなぜかこわくなかった。

幼時の印象となると、まず、これらのことが浮んでくる。現実的なことではないのだ。幼児というものは、おとなが考えるよりもっと幻想的に物事を感じとるもののようである。昨今の子供だって、やはり同様であろう。私はもう一度、幼くないこのドライな都会のなかに、幻想の世界を見いだしたいと思っている。しかし、もはやむりなことなのだ。

新種の妖怪

核弾頭つきのミサイルというやつは、考えただけでもいやな気分になる。しかし、これは子供にも理解できる恐怖である。理解できるということは、妖怪の条件とはいえないようだ。核兵器を問題にするのなら、こういうぶっそうなものを武器として開発し、量産し、いつでも発射できるよう配置した人間とその集団のほうが、はるかに不可解な存在だ。

人類を何回も絶滅できる量がすでにありながら、持ちたがっている国がまだまだある。とどまるところを知らない。国家というものがあるためである。国家のあることで、どんなに大きく不合理なムダがなされていることか。科学技術のめざましい発展のまえに、国家なるものはすでに消滅しているべきなのかもしれない。

二十一世紀になっても、いまと大差なく国家なる形態が存続していたら、それこそ前世紀の亡霊である。最大の妖怪といえそうだ。

国家を妖怪の横綱とすれば、大関はコンピューターであろうか。コンピューターの語に接したとき、多くの人は内心でうさんくささと不安めいたものを感じながら、錦《にしき》の御旗《みはた》に刃むかうようで、それを口にできない。

実体が理解できない不安である。そして、この妖怪がどこまで成長し、どこまで力をそなえ、どう生活とかかわりあってくるのかわからないのだから落ち着かない。また、コンピューター関係者が楽観いっぽうの解説ばかりやるから、人びとはかえって警戒する。といって、どう警戒していいのかわからないのだから、まさに妖怪の条件をそなえているといえそうである。

英国のクラークというSF作家は、コンピューターによる全世界電話回線網ができたとたんそれが意思を持って社会が大混乱におちいるという短編を書いている。彼はエレクトロニクスの権威で、人工衛星による世界中継放送を最初に主張した学者でもあるが、やはりコンピューターの妖怪性を予感し、こんな作品を書いたわけであろう。

このあいだ突如として発生した妖怪には心臓移植というのがある。人工衛星のときも、はじめは打ち上げた数をかぞえていた人があったが、すぐにあきらめてしまった。心臓移植も手術された人が何人になったか、もうだれも気にもとめなくなった。最初のうちは人道的な見地からの議論が出かけたが、その結論も出ないまま、手術はふえるいっぽうである。現実の大勢には逆らえず、議論をぶんなげてしまったのではないかと邪推もしたくなる。

そのうち移植は心臓のみにとどまらなくなる。死体はすべて培養液中か冷凍室に保存され、むだなく活用されるようになるかもしれない。すなわち、心臓も他人のもの、脳の一部も肝臓も生殖器も同様という、ほうぼうからのよせ集め人間が珍しくなくなってしまうのである。

怪奇映画の主役の、フランケンシュタインの怪物が普通になってしまうのだ。平均寿命がいまよりはるかにのびるわけで、それはそれで悪くないと思うのだが、論議なしに、なしくずしに現実となってしまう点が妖怪である。

論議されながらも、手がつけられずに成長する妖怪もある。都市がそれだ。さまざまな意見が出ているが、打つ手よりも膨張の速度のほうがはるかに上まわっている。

勤め先での仕事に匹敵するエネルギーと時間を、通勤に費してしまうなど、どうみても正常ではない。正常ではないとだれもが知っていながらどうにもならないのは、やはり、都市が新しい妖怪のひとつだからだろう。

都市という妖怪は、公害をはじめいろいろな現象をうみ出す点でしまつにおえない。交通戦争のなか、めまぐるしい流行、うるさく複雑な対人関係。できるものなら外界との関係を断ち、殻に閉じこもりたいと考えている人は多いはずである。街頭で瞑想《めいそう》にふけるヒッピー族のたぐいは目につくからまだ安心だが、人目につかない自宅で、ひっそりと自己の殻に閉じこもるのが静かにふえはじめているとなると、やはり一種の恐怖である。

マイホーム主義というのが、すでに家族単位の閉じこもりであろう。土壌はできているのだ。もう少し進めば、マイ自分主義とでもいうのが出現してくるにちがいない。社会になにが起ろうが、肉親になにが起ろうが平然として無感動というのである。そのこと自体もぞっとするが、なしくずしにそんな時代に進む経路のほうがはるかにこわい。現象の進む速度があまりに速く、いいか悪いかの検討が追いつかないというのが危険なのである。しかも、悪かったらあらためればいいという従来の考え方があてはまらないのだ。

自然界のバランス破壊なども、二十一世紀の妖怪のひとつかもしれない。寒帯地方開発のため、海峡をふさいだり山脈をけずったりして温暖化に成功したはいいが、全世界の気象が狂い、他の地方の農業が全滅ということだって起りかねない。失敗だったとわかっても手おくれというしかけである。

最近の都会地では、暖房の普及でカがふえてきた。そのため、カを食うガマガエルもふえつつあるとかいう話だ。やがてはそのガマガエルを追って、ヘビがそのへんに出没しはじめるかもしれぬ。各家庭では、その対策としてナメクジを飼育し用意することになるかもしれぬ。そして、そのナメクジが……。

大風が吹けばオケ屋がもうかるという江戸小話があるが、われわれは形を変えたそれをやっているような気がしてならない。

うそ発見器の正確で簡便なのが普及しはじめたら、社会には一種のパニックがおとずれるにちがいない。つぎに、人間の考える知恵はきまっているから、うそ発見器でばれないように、うそをつく薬が出まわるにちがいない。それを防止するために、法律が作られる。その違反者の裁判での証言を確認するには……。

深く複雑になる生活面での多極化現象に、私たちはどこまでついていけるのだろうか。ついていくだけがせいいっぱいで、戦争どころではなくなればありがたいのだが……。ありがたいことでもあるが、もしかしたらこの平和というやつが、二十一世紀最大の妖怪にのしあがるかもしれない。

人類は有史以来、闘争にあけくれてきた。平和な時期がなかったわけでもないが、それはつぎの戦いへの準備期間。みとめたくはないが、戦いのほうが正常であった。

そんな人類がはじめて真の平和に直面したら、大いにとまどうにちがいない。どこに刺激を求めることになるのだろう。全人類の向上という漠然《ばくぜん》とした目標だけで、個人が競争心や意欲を燃やして本当に努力するだろうか。そうあってほしいとはわかりきっているが、現実にそうなるのだろうか。

平和という妖怪をどう取り扱うかが、二十一世紀の人類の大きな課題となりそうである。やりそこなったら、もはやどうしようもない。

宇宙人来襲はSFでおなじみの恐怖だが、その逆もまた恐怖のようである。すなわち、人類が宇宙進出をし、太陽系の惑星を調査しつくしたはいいが、生命の痕跡《こんせき》もないとわかる。それと同時に、他の太陽系までは到達不可能という科学の限界を知るのである。

宇宙のなかでの人類の孤独感を痛いほど思い知らされるのである。この感情は処理しようもない。最外側の惑星の冥王星《めいおうせい》の上に立ち「どこかの宇宙人、悪意のあるのでも凶暴のでもいいから、やってきてくれ」と、むなしく絶叫する二十一あるいは二十二世紀の人類を想像すると、なんとなくむなしくなってくる。

非常用カプセル

人類というものは、私たちが考えているよりはるかに強健な生物のようである。地球上に出現して以来、何十万年だか何百万年だかを、なんとか生きてきた。

ノアの大洪水の時には、彼の一族数人だけになったが、そのほかにさほどの危機はなかった。中世ヨーロッパのペストの大流行も、理屈だと人類全滅になるはずだが、そうはならなかった。むしろ、それを境に産業革命がおこり、より発展してしまったのだから、他の動物にすればいまいましい思いだろう。

敗戦直後の日本も、あわれなものだった。住むに家なく餓死者は出るし、世界最低の生活水準だったのではなかろうか。それが今ではGNP世界第二位とかいうさわぎ。他国民にいまいましく思われているにちがいない。知識や情報があり、それを活用できれば、単純な要素の災厄は克服してしまう。

問題は複雑な要素の災厄がおこった場合と人類の持つ潜在的な復元力がいつまでもつかという点ではなかろうか。

将来において大戦争以上に気がかりなのはコンピューターの進歩と普及である。それは便利にはちがいないのだが、その裏には危険性もひめられている。

現在はまだコンピューターの故障の時、人手で処理できる経験者が残っているから大さわぎだけですむが、つぎの世代になったらそうもいかない。

木の棒と板、あるいはヒウチ石を与えられ、さあこれで火をおこしてみろと言われても、私にはできない。大部分の人は野菜のタネを見わけられないはずである。身ぢかなことでは、テレビの構造もアスピリンの製法も知らない。それですんでいるのだし、なにも知らないで生きていられるのは気楽だが、それだけ危険性もましているのである。基本的な知識はなんでもコンピューターに押しつけ、人間の頭にはそのたぐいがまったく入っていないという時代だって、来るにちがいない。

そんな時、世界的なコンピューター事故が起ったら、えらいことだ。人びとは何日間を生きのびられるだろう。戦争以上に悲劇であろう。未来版ノアの洪水である。おそらく私もそこでおぼれ死ぬだろうし、ほとんどの人も……。

コンピュートピアを夢みながら、一方で危機を作っている形だ。そのための非常装置を作っておくべきだ。つまり原始的なタイムカプセルである。その内容物は、ヒウチ石とその使い方、主要作物のタネ、レンズとガラスの作り方、そんなたぐいの品々である。それを掘り出してあけることにより、年月さえかければまた文明の再出発もできるというわけ。万博用の大がかりで高級のタイムカプセルもいいが、こんな計画を本気になって考えてもいいのではないかと、私はいささか心配なのである。

思い出のレコード

大学一年の時に終戦になった。そのころのことを回想すると、毎日時間をもてあましていた。今はあっというまに一日が過ぎてゆくが、当時は一日がいやに長かった。朝は八時に大学に登校し、講義を受け、午後は実験をした。理科系だったので、ぼやぼやしていては卒業できないのである。帰りには映画を見たりした。週に二回ぐらいは映画館に行った。大学までは片道一時間。それだけで一日がつぶれそうなものだが、まだまだ時間をもてあましていた。

なにかすることはないものかと考えているうちに、わが家にピアノのあることに気づいた。奇跡的に戦災をまぬがれたので、ぼろピアノながら残っていたというわけである。こいつをひけるようになれば、いい気分にちがいない。なにかをおっぱじめるという場合は、最後の成果を想像し、その夢に酔うのが一般であろう。私もまた同様。ある友人にたのみ、手ほどきを受けることにした。

すなわち、バイエル練習曲である。やさしいようで、むずかしいというしろものだ。やさしい点についての解説は不要であろう。むずかしさの点のほうの解説は、このさい必要だろう。私に音楽的な才能がなかったからだ。それに戦前生れの者は、音楽的教育などまるで受けていない。学校でやったのは唱歌ぐらいなものだ。先天的にも、後天的にも、基盤がなんにもなかったのだ。

それでも、決意は決意。しばらくつづけてみたが、思わしくない。子供がバイエルを習うときは、曲がからだにしみこむという感じであろう。だが、二十歳をすぎてとりかかると、なまじっか頭が働くからよくない。つまり、楽譜をピアノのキーに移すだけなのである。たとえれば、タイプライターをたたくごとし。なんにも身につかず、からだを音符の列がとおりすぎてゆくだけ。メロディもおぼえられず、あんまり面白いものではない。

そんなころ、古レコード屋で、井口基成の演奏によるバイエルだったかツェルニーだったかのレコードを見つけて買った。小さな盤で数枚一組のもの。私にとっては面白くない初歩の練習曲が、こうもすばらしいものだったかと、目をみはる思いだった。

そのレコードを聴き、しかるのちにピアノにむかい、独習することにした。いくらか気力をとり戻した形である。だが、それもしばらくのあいだ。レコードの名演奏にくらべ、私がいかにへたくそか思い知らされる。自己嫌悪におちいる一方だ。子供とちがい、なまじっか鑑賞能力があるからいけないのだ。

そのうち、ツェルニーの十何番かにいたり、教える友人もさじを投げ、私もついにやる気をなくし、それですべてが終りとなった。わが家のどこかにあるはずで、バイエルだったかツェルニーだったか、レコードをさがしてたしかめようとしたが、半日かかっても見つからなかった。

このところ、うちの小学生の娘がピアノでバイエルをひいている。その曲を耳にすると、あのころのことが自然に思い出されてくる。

道　楽

実生活の役に立っては、道楽と呼べないようである。このあいだまではアメリカの一駒漫画の収集に熱中していたが、分類整理し、本にまとめるに至っては、もはや無意味の熱狂という楽しさが薄れつつある。

最近発明した愚行に、語呂合せがある。「三大Qとはなになにだか知っているか。オバキュー、モンテスキュー、バーベキューだ」

といった調子。語尾が似ていて、まるでちがうものを三つ集めるのである。ハナサカジイサン、チンパンジイサン、ファンタジイサンで三大ジイサンというのもある。

ばかばかしいこと、おびただしい。アメリカには「最も役に立たないことの研究」に対し、毎年ひとつ資金を出すという財団があるそうである。応募してみる価値があるかもしれない。

女性への視点

「なんだか世の中に美人が少なくなったようだなあ。美少女なんてのも、むかしはもっとたくさんいたような気がするが、このごろ、とんとお目にかからない」

という声を、よく耳にする。たしかに、そういえばそうである。いかに社会の変化が急激でも、人間の顔までそう急に変るわけがない。となると、私の精神が老化し、美人への関心が薄くなったのか。いやいや、こう感じているのは、私だけではないのである。

といって、美人が絶滅したわけではない。友人の小松左京の案内で、京都の祇園に行った時、目をみはるようにきれいな芸者さんがいた。二十歳ぐらいだが、形容しがたいムードをまきちらし、おどりを見せてくれた。

かくのごとく、いるところにはいるのだが、そういうのにお目にかかる率が、むかしにくらべてぐっと減っている。いったい、この原因はどこにあるのだろうか。

といった問題をこのあいだから考察していたわけだが、ある日、やっと思い当った。すなわち、ミニ・スカートのせいである。あの流行以来、このようなことになったのだ。

それ以前における男性は、道を歩いて女性とすれちがうと「いまの女は美人だったなあ」と内心でつぶやいたものだ。もちろん「たいした美人じゃなかったな」と考えることもある。また、なにも路上に限ることもない。電車内においても、むかい側の席の女をちらとながめて、同様の感想をいだいたものだ。

しかるに、ミニ時代になってからは、それが一変した。「すごいミニだったなあ」であり「たいしてミニじゃなかったな」であるという感想になった。車内においても同様。つまり、顔のほうを見なくなってしまったのだ。

女性の顔を、男性が見なくなってしまったのである。美人はむかしと同じく一定の率で存在はしているのだが、ミニに気をとられ、顔のほうにまで注意が及ばなくなってしまったのであろう。

もしトップレス時代にでもなったら、男はだれも女の顔を見なくなり、美人という語が消えてしまうかもしれない。江戸小話。夜そとから帰ってきた若者がみなに「いまそこで、若い女のはだかまいりとすれちがった」と言う。みなが「で、美人だったか」と聞くと、それに答えて「顔までは見なかった」

似たようなのは、アメリカの漫画にもある。作りかけた料理の味つけに失敗してしまった夫人。そこへ亭主の帰宅の声。夫人は大急ぎで裸になり「おかえりなさい」と迎えるのである。亭主それに気をとられ、味覚のほうがごまかされてしまう。

というようなしだいで、ミニの流行によってとくをしているのは不美人。損をしているのは美人といえそうだ。大きなサングラスだの、キラキラピカピカの金色装身具の流行も、それらで損しているのは美人である。男の視線が分散してしまう。美醜の平等化でけっこうなことなのかもしれないが、どうもあじけない傾向である。

美人だけは、ミニもサングラスも金ピカもやめ、顔の部分を浮き立たせるべきではなかろうか。なぜそうしないのか、じつに理解に苦しむ点なのだが、そこが理屈で割り切れぬ流行の支配力というわけなのだろう。

しかし、不美人はいつまでもミニでいてほしい。男性としては、どこを観賞していいのか困ってしまうのである。

だいぶ以前のことになるが、ニューヨークで世界博というのが開催された。万国博のごときもよおしである。その時の日本館は、思い出しても悲しくなるような哀れなできばえであった。

しかるに、アメリカ人のあいだでは、さして悪評でなかった。これまた不可解でしょうがなかったが、やがてわかった。日本館のホステスたちの和服のおかげである。その美しさに、アメリカ人たちは気をとられ、展示物のつまらなさに目が行かなかった。人間の視点は、まったく主催者の予想しなかったほうにむけられることが多い。

和服のどこがそんなにいいのかについて、アメリカ人の意見はこうである。中近東や東南アジアの女性の服には、どこか崩れた淫蕩《いんとう》な感じがあるが、和服にはそれがなく、きよらかな清潔さがある、と。なるほど、そういえばそうだなと私は思った。

きまり文句

時事風俗的なことにあまり関心はないが、このあいだ新聞を見ていたら、頭にひっかかる記事があった。全学連の一派に関することである。なんという派か名は忘れた。私の時事音痴を示すいい例だ。かりに過激派としておく。どの派もみな過激派じゃないかなとも思うが、それにこだわっていたら、話がちっとも進展しない。

さて、事件の記事のことだが、その過激派の本拠を警察が捜索したら、燐酸コデインという麻薬が発見された。闇値《やみね》にすれば大変な金額になるそれを押収し、麻薬取締法違反で調査を開始したという経過である。

そういえば、その記事を読んだと思い出す人もあるかもしれない。そして、大部分の人はこう感じたにちがいない。おそろしいことだ。目的のためには手段を選ばない。やつら、麻薬にも手を出すとは。一方で悲惨な中毒患者を作り出し、なにが革命だ。けしからん。想像力のある人は、裏にどこか外国がからんでいて、麻薬の形で資金援助がなされているようだな、うさんくさいとうなずいただろう。

記事の文面からそう受け取るのは、当然といえよう。しかし、いささかの知識があると、これに関してだけは、過激派にちょっと同情したくなるのである。

闇値が大変な金額になるという点。麻薬犯の記事にはいつも、末端小売値にグラム数を掛けた合計金額が、大げさに書かれている。流通の中間段階でそんな計算をやるのはおかしいと思うが、以前にも私が指摘したことだし、ここでは省略する。

で、その燐酸コデインなる薬だが、すごみのある語感に反し、なんということもない薬である。たいていの家庭にあると思う。すなわち、セキドメの薬。そのビンのレッテルの成分表を見ると、この名がでているはずだ。

それなら麻薬じゃないのか、と反問したくなる人もあるだろう。だが、麻薬は麻薬といっても、いわゆる麻薬的な中毒作用はなく、セキドメとしての効能を示すだけ。正式には家庭麻薬と称されている。

そんなのを麻薬あつかいすることないじゃないかと、疑問を持つ人もあるだろう。なぜこの燐酸コデインが麻薬に指定されているかというと、モルヒネの誘導体だからだ。つまり、モルヒネから作られるのである。

それなら、やっぱりぶっそうだ。手を加えればモルヒネに戻せるだろうと考える人もあろう。しかし、それは灰が紙に戻らぬごとく不可能なのである。もしそれが可能ならば、悪知恵にたけた麻薬団が見のがしているわけがない。薬局でセキドメ薬をどんどん買い込み、燐酸コデインを抽出し、モルヒネに戻し、中毒者に売って巨利を博しているはずだ。それができないからこそ、だれでも薬局で買えるのである。

だが、モルヒネが原料なので、その原料管理を厳正にする必要上、これを麻薬に指定してあるというわけで、セキドメという製剤にしてないのを持っていると罰せられる。

前述の闇値なるものも、一工程前のモルヒネに戻せればの話である。その秘法を暴れるのが専門の過激派に開発できたとは思えない。また、苦心して密輸入したモルヒネを、わざわざつまらぬ燐酸コデインに加工したとすれば、正気のさたではない。対立する一派か、警察の手先かが、そっとコデインを手渡し、過激派の連中はそれにまんまとひっかかったとの推理も成り立つ。化学知識のない新聞記者が、それを大げさにする。お気の毒にと言わざるをえない。

なぜ私がこんなことを解説したかというと、十数年前に同様な目にあったからである。そのころ私は製薬会社を経営していた。社員のひとりが、会社とは無関係に燐酸コデインの粉末を持っていて、だれかの密告で麻薬取締法違反によりとっつかまった。警察まわりの新聞記者が会社へ飛んできた。そこで私は以上の説明をし、麻薬取締法違反かもしれぬが、決して危険な重大事ではないと説明した。記者がうなずいて聞いていたので、私はいちおう安心していたのだが、夕刊を見たら記事は前述の過激派のごとき扱いで、がっかりした。友人たちから「大変な巻きぞえをくったな」となぐさめられ、そのたびに私は、この説明を何度となくくりかえしたものだ。

なお、コディンは化学名メチルモルヒネ。そこまで私が記者に説明し、記事にその名が使われていたら、友人たちから完全に絶交を言い渡されたにちがいない。

いずれまた、だれかが同じ手にひっかかり、大げさな記事にされて泣くのではなかろうか。

迎合

大衆のマスコミへの迎合という傾向がある。「マスコミの大衆への迎合」の誤りではないから誤解しないように。

何年か前になるが、あるテレビ局で番組に催眠術をとりあげた。そのとき私は、SF作家ということでその被験者の一員として参加した。こんな機会でもないと体験できぬ。術者はある大学の先生で、この権威らしい。

「さあ、まぶたが重くなります。しぜんと両手がくっつきます……」

などと言う。無我の境に近づき、催眠状態に入りそうな気分にはなったのだが、ばかなディレクターめ、小声でカメラへの指示をつづけている。その声が気になって、まるでかからない。あとで聞くと出席者一同、だれも術にかかっていなかった。しかし、みなもっともらしく、命令どおりにからだを動かし、あたかも催眠術にかかったごとくつとめ、その録画がうまくできあがった。

途中で目をあけたりしたら、録画がだめになる。他の出席者や局に迷惑をかける。へたなことをしたら二度とお座敷がかからなくなる。そういった心理の結果である。

いまやマスコミ時代。マスコミに顔や名を出せるなら、なにを犠牲にしてもと思っている人も多い。となると、それへの迎合もしたくなるというものだ。

私は寝坊で朝のニュースショーをめったに見ないが、たまに旅先などで見た限りでは、そこに出演している主婦たち、みなそのようである。このような晴れの舞台、できればもう一度。そのためには、局のお気に召す発言をしなければならぬ。模範答案。自己の主張などそっちのけ、もともと主張などないのかもしれぬが、つまり、ひたすらそれに努力しているようだ。

私の友人に野田宏一郎という子供番組の担当者がいるが、彼の話。「五台の自転車がある。欲しい人はその理由を書いて局に送れ、審査の上、進呈するとテレビで放送した。すると、子供からどっと投書があった。どれも似た内容。父が交通事故で死に、ぼくはアルバイトをしなければならない。そのために自転車がいると」

その投書の主は、調べてみるとみな父親が健在。マスコミの気に入りそうな答を察知し、それにあわせて模範答案を作った形。だが、そこは子供、もうひとひねりまでは考えなかったというわけだ。

新聞の投書欄も同じだろう。その採用傾向を調べ、それにあわせた内容のが多いのじゃないかしらん。掲載になる魅力は、没になってもいいから自己の意見を投書したという満足度より、はるかに大きいはずである。

テレビの対談番組で激論する連中、激論が局の期待と察知して、それにこたえてああやってるのじゃないだろうか。全学連のあばれかた、新聞に迎合し記事になりやすいようにやってるのじゃないだろうか。報道からの黙殺ぐらい悲しいことはないものな。

この現象、迎合というと悪みたいだが、われわれ日本人にはすぐ理解できる。だれもがそうなのだ。それなら少しも問題ではない。みながこの機微を知っているとなると、大変なこととはいえないからだ。

未知の分野

このあいだ作曲家の林光氏と対談した時に、いかなる原因や経過で人類が音楽を持つに至ったのかを質問した。定説はないとのことであった。ときの声、狩のときの声、呪いの声などがもとという説、通信手段が最初という説、といった各説があるが、はっきりしてないそうだ。

私は鳥や虫の声を人類がまねしてみたのが最初ではないかと思っていた。だが、鳥や虫の声は歌と称されはするが、われわれのいう音楽とは異質なような気もする。

音というものは形跡が残りにくく、調べにくい事柄である。それにしても、起源をあいまいにしておくなんて、音楽関係者も少し怠慢だなあと思いかけたのだが、考えてみると私も大差ない。小説の発生を他人から聞かれたら、やはりいいかげんな返答しかできないのである。

自分がそれで生活していながら、根本的な問題となると、まことにたよりない。大きななぞの上にのっているようなものだ。そして、知らなくても不便を感じないのだから、おかしなものだ。かえって妙な疑問を持ち出したりすると、変に思われたりする。

以前に平野威馬雄《いまお》氏からうかがった話を思い出す。都内のある神社の縁日に店を出していた易者に、ポケットのなかの紙幣の番号を見ることなく当てられ、びっくりしたそうである。すごい超能力者だと、急いである週刊誌の編集部の知人に電話をする。しかし、その返事はこうだったそうだ。「そんなたぐいはよくありますよ。それより、東京タワーの傾いているという話題のほうが大事件です」

私は東京タワーが倒れようが、さほど驚かぬ。超能力の実在の証明のほうが大問題だと思うが、これは各人の好みに属することなのであろう。世の中には枠内でのなぞに興味を持つ人と、枠外のほうに関心を示す人と二通りあるようである。

どちらがいいとは断言できない。音楽や小説の起源など知らなくても、それらの鑑賞をさまたげられはしない。超能力も、それが自分でもできるようになれるのならべつだが、さもなければどうということもない。割りきって片づけるほうが現実的でもある。

しかし、現代は現実的になりすぎているようでもある。科学教育の普及のためかもしれない。科学は段階的に進むもので、未知の分野に空想を飛躍させることはない。それは当然なのだが、その反面、科学はすべてを解明しているとの錯覚を持たされてしまうものだ。だから、もはやたいしたなぞなど残っていないと思っている人も多い。

私の子供のころ、地球など太陽系惑星の成因は、太陽から飛び出したのがはじまりで、最初は熱く徐々にひえたのだと教えられた。現在の解説書によると、宇宙物質の集合ででき最初はつめたかったと書いてある。

十何年か前には英国の天文学者が、宇宙空間はたえまなく物質をうみだしているとの新説を出し、世人をうならせた。だが最近に至って、彼自身でその説を取り消しているとかいう話だ。

むかしはラジウム温泉はからだにいいとされていたが、いまや放射能というとみな不安がる。医学の分野でも療法が逆になってしまったのがある。睡眠不足は健康の大敵とばかり思っていたが、昨今のニュースによると、眠りすぎるほうが害だとでていた。

科学とは仮説であり、時とともに変化すべきもので、変ったからといって価値が下がるわけではない。だが受け取る側は、それぞれの時点における定説を真理として信じてしまいやすい。人間とは大自然のなぞの一端をわずかに模索している存在だと感じている人は少ないのではないだろうか。

現代のなぞというと、多くの人はつぎのようなことを連想するにちがいない。

空飛ぶ円盤が目撃され、地面に焼けあとを作った。ヒマラヤの山中には雪男がいるらしい。スコットランドのネス湖には大怪獣がひそんでいる。

村の住民や船の乗客が、原因もなしにそろって消え去った。金の卵をうむガチョウが出現した。催眠術で記憶をどんどん逆行させたら前世のことをしゃべりだした。ブードゥー教には呪いで人を殺す秘法がある。涙を流す聖像がある。イギリスの古城には代々すみついている幽霊がある……。

こちらは話題として面白く、未知の領域への好奇心をかきたててくれる。これらは現象としてのなぞと呼ぶべきであろうか。

このたぐいのなかで私がとくに興味を持つのは、超心理学的な現象である。虫のしらせとか、夢での予知とか、透視とかのことである。自分にもそれに似た体験があり、かなりの人が存在しうることだと信じている。デューク大学では科学的に実験をし、現象としてみとめられることを立証している。

つまり、データはわりと豊富なのだ。つぎは、どういう仮説を立ててこれらを体系づけるかである。ここで大きな壁にぶち当り、ゆきづまっているという形のようだ。ということは、私たちにも仮説を立てる機会が残されているというわけだ。

クイズやパズルのうんと高級なやつなのだ。模範答案を出すのではなく、独創的な仮説を立てるのが目標である。うまい仮説が立てられたら、世界じゅうをあっと言わせること確実だ。私も時どき、ひまがあると頭をひねってみるのだが、うまいアイデアが出ない。

空間そのものがある特殊な性質を持つと仮定したらどうだろうという仮説があるらしい。空間に一種の記憶能力がそなわっていて、過去の人物をそこに再現するという説。装置いらずの天然ビデオテープといったところだ。しかし、この説のおかしい点は、地球は自転しているのだから、そのずれによって、インディアンの幽霊が日本に出てもいいはずなのにという疑問である。

空間ではなく植物の作用かもしれない。最近、植物に意識があるという怪説があらわれたが、もしそれが本当なら、植物を媒体として遠隔テレパシーも起りうるわけである。雑誌社などで賞金を出して募集したら、あるいは珍答案が集るかもしれない。そして、最も奇妙なものが、あんがい巧みにすべてを包んだ解明となるかもしれぬのである。

しかし、人間に超心理の能力があったとしても、それは失われつつあるのかもしれない。エレクトロニクスが進み、通信網、X線、精密測定機などが存在するからには、遠隔の地に意志を伝えるテレパシー能力も、価値の点ではさほど貴重とはいえないのではないだろうか。

現象としてのなぞより、原理としてのなぞのほうがこれからは問題のようである。人間や社会を動かす法則などである。流行などもそのひとつ。

かつてフラフープなる遊びが爆発的にはやったことがあり、昨今はエレキギターが世をおおっている。そのもの自体は神秘でもないのだが、それを出現させ流行させた法則はだれにもわからない。出現後はもっともらしい解説がなされるが、それさえもあまり明快とはいえない。流行の法則はなぞなのだ。いや、人間社会そのものが、なぞの大海にただようものなのであろう。

女心はなぞである、などとよく言われる。女性にとっては、乱闘をやったり戦争をおっぱじめたりする男の意地なるものはなぞであろう。子供にとっては、勝手きわまるおとなの行動はなぞである。おとなにとっては、子供の気まぐれは理解できない。

人間というものがすでになぞなのだ。世界の金言集などを見ると、矛盾する言葉がいっぱい並んでいる。かかる不可解なものの集合である家庭にしろ、社会にしろ、国家にしろ、なぞでないはずがない。

これまではなぞというと自然科学的なものが主だったが、これからは社会科学的なものに焦点が移るだろう。社会がよくないという言葉がいやというほど使われているが、人間社会がなぞにみちたままほっておかれているからであろう。そのなぞにたちむかうためには、もっと身辺や日常のなぞの指摘がさかんにならなければならない。それには、なぞへの感覚といったものを、私たちが鋭くするよう心がける必要があるのではないだろうか。

都市

終戦前後のころの東京は、空気は清浄で道路はがらすき、いたるところにある空地には、みどりの草が一面にはえていた。しかし当時は、いつになったら都会らしい都会になるのだろうと、大いに不満だったものだ。

それが今では、うそのように一変した。「すばらしい発展ぶりだ」と感じる人と「極端に無計画なむちゃくちゃな町で、都市とは呼べない」と言う人と、二通りあるようだ。しかし私は、この二つは同じ意味のように思えるのである。

わが国民性は、秩序ある計画のもとではなにひとつする気になれないものなのだ。そのうえ苦痛でもある。あってなきがごとき規則、野ばなし抜けがけ、拙速と気まぐれ、それらの条件のもとでのみ、むやみと活気が発揮され、しかも生きがいを感じるのである。もし東京に都市計画の強力きわまる統制があったとしたら、隆盛ぶりは現在の半分程度にとどまり、いっぽう不平の声は今の二倍も高いはずである。これでいいのだとはもちろん言えないが、相対的に考えれば現状もやむをえないというところであろうか。

しかし、いささか調子に乗りすぎている。緑地をコンクリートやビルでぬりつぶす傾向も、とどまるところをしらない。それもオリンピックとか文化会館とか、芸術とか科学なんとかとか、もっともらしい看板のもとにやられるのだから悲しくなる。なにが文化だ。

先日テレビのニュースショーに引っぱり出された。水道管破裂さわぎの直後で、出席の大ぜいの主婦たちが、その被害について口ぐちに訴えていた。そのあと司会者が私に、都市の改善案について質問してきた。おざなりの答もできるが、それでは面白くない。私はこう言った。

「改善の必要はありません。むしろうんと住みにくくすべきでしょう」

注釈を加えれば「ハトを満腹させることができるか」という問題と同じなのである。鳥カゴのなかのハトなら可能だが、広場のハトは不可能である。なぜならいくらエサをまいても、どこからともなくハトがあらわれてくるからだ。都市も同様。もし東京の交通問題が解決し、公害もなく天災にも万全、失業もなく物価も安い、教育環境もいい、などということに万一なったとしたら、どうなるだろう。他の地方から当然、人びとがどっと流入してくる。つまり好環境は永久に完成しないことになる。

代議士の定員が都市で少ないと、その是正を求める声があるが、そんなことをしたら、ますます人口の都市流入の度がひどくなる。いっそのこと、都市の代議士定員をへらしたらどうだろう。

江戸時代に都市問題がなかったのは、町から人を追い出す「人返し」という政策を幕府がおこなったからである。パリはいい街だが、それは人口流入を制限しているからで、そうでない都市は世界どこでも、たいてい難問を抱えこんでいるはずである。

現在そうもできぬというのなら、住みよくしないまま都民税をうんと高くしたらどうであろう。私もプラスマイナスを検討し、東京から出る気になると思う。それぐらい強力なことでもやってもらわないと、だれも腰をあげない。「思いきった都市計画をやれ、公共のための土地の収用をためらうな」と論理的で勢いのいい発言をする人も、それが自分の不動産に及ぶとなると、たちまち顔をしかめる。人情とはかくのごとく、いいかげんなものなのだ。それの集合が都市である。こんなやっかいな怪物はほかにあるまい。

私は第三次大戦など少しもこわくない。核ミサイルのボタンを押せば一瞬のうちに世界がどうなるかは子供でも理解していることで、そんな事態は人間が正気である限り起りえないからだ。都市の未来のほうがはるかにこわい。ことが複雑であるうえに、一時まにあわせのムードのなかで、正気とも狂気ともきめようがないまま、じわじわと深みに落ちこんでゆくからである。

アイデアと情報とエネルギー

小説を書くのを商売とするようになってから、ほぼ十年になる。私の場合は短編が多いので、むやみと数がある。最初のころは、そのうちなれて楽になるだろうと予想していたが、いっこうにそうならない。もっとも、SFとか架空のミステリーとかいうものは、実地を調査取材して書くものではない。書斎にこもって作りあげる分野である。つまり、無から有を作り出すわけで、これが簡単に出来るものだったら、世の中にこんなうまい仕事はなく、ばちがあたる。私の作品には、なにかひとつアイデアが必要なのである。

それが容易でない。机にむかって、精神を何時間も集中しつづけるのである。そのあげくに、やっとうまれてくる。ごく時たま、ぱっとアイデアが浮んでくれることもあるが、そんなのは何パーセントかで、たいていは苦痛の果てである。

精神のエネルギーがどんどん燃やされてゆく感じである。こんなところでエネルギーという語を使っていいのかどうかわからないがそれが実感なのだ。

このあいだ、心理学科を出てやはりSF作家になっている友人に「思考のエネルギーはどこから出てくるのか」と聞いてみたが、彼も知らなかった。作家になるようだから、あまり学校で勉強しなかったのだろう。あるいは、科学もそこまでまだ解きあかしていないのかもしれない。

私は自然科学の出身なので、筋肉のエネルギーがどのようなしくみになっているかは習った。ATPとかいう物質が関与するのである。脳の細胞では、ビタミンB群、グルタミン酸などが関係しているそうだが、完全には明らかになっていないらしい。そのうちくわしく調べてみようと思っている。

思考エネルギーが消費されているという感覚は、脳のどこでどのように思考するのだろうか、また、フロイト学説による思考エネルギー論も知りたいものだ。

エジソンの有名な言葉に「発明は一パーセントの霊感と九十九パーセントの発汗より成る」というのがある。彼の実感なのであろう。おそらく、頭をしぼりにしぼり、各種の発明をなしとげたにちがいない。世の人びとは、発明というものは、才能さえあれば苦労なしに出てくるものに思っている。それへの抗議の気持ちもこめられているわけだろう。

エジソンは発明をやりすぎた。発明品を蓄音機ひとつぐらいにとどめておけば、もっと尊敬され、小学校の教科書にのったかもしれない。世のおろかな大衆の理解を越え、あまりにも努力をしすぎたのだ。彼に不運な点があったとすれば、ここである。

このごろはアイデア開発ばやりで、その方法を書いた本がけっこう出ている。二、三

ている。

といったことやなにかで、このごろ私は「アイデアはエネルギーなり」との説を立てないのではないか。どろどろと精神エネルギーを燃やしつくさねばならないのである。アイデアはそんなことではうまれない。指導書どおりやってうまれた異色のアイデアの例など、冊読んでみたが、どうももののたりない。あまりにすっきりと書かれているのだ。アイデ

アイデア盗用は非難される行為である。私も二回ほどその被害を受けたが、じつにいやな気分だ。アイデアは無形のもので金銭に換算できないなどと思っている人があるが、そんなことはない。エネルギーの裏付けのあるものなのである。

そんなことを考えているうちに、情報もエネルギーではないかと思えはじめた。そのうち、これを主題に長編を書いてみようと考えているところだ。

話が横道にそれるが、アメリカのF・ブラウンという作家の「沈黙と叫び」という作品の出だしに、こんなのがある。

森の奥のような、聞いている人がひとりもいない場所で木が倒れた場合、音がしたことになるかどうか。聞く人がいなければ音は存在しない。いや、その有無にかかわらず音は存在している。この議論である。

私は初耳だったが、アメリカでは昔からよく引用される問題らしい。この作品では、それから発展し、森の奥で木が倒れたが、そばにいたのが耳の不自由な男だったらどうだろうとの妙な議論になり、本当にそうなのか、よそおっているのかわからない容疑者

が登場する。そこが故意の殺人か事故かのわかれ目になるのである。

エネルギーの場合も、これと同様なことがいえるのではないだろうか。石油というものが存在する。しかし、そばにいる男がその利用法の知識を持っていなかったとしたら、はたして石油をエネルギー資源と呼べるであろうか、となるわけである。

知識があって、はじめてエネルギーとなる。また、その知識が他に伝えられ、つまり情報が他でエネルギーをうみだすのである。他の場所にあった石油をエネルギー化したと呼ぶのが正しいのだろうが、石油と接することで知識のエネルギーが発揮されたと称してもいいように思う。

原子エネルギーも同じ。この例のほうがわかりやすいかもしれない。原爆開発のマンハッタン計画の時、アメリカ政府は機密保持のため、さぞ厳重な警戒をしたにちがいない。戦後も原爆の機密を外国に流したため、死刑に処せられた学者があった。

その一方、ウランの資源はさほど警戒体制の下にはなかった。もっとも、全世界のウラン資源を完全に支配することは不可能だ。まさに情報のほうがエネルギーで、資源のほうは触媒《しょくばい》のようなものである。

学術スパイや産業スパイを処罰する基礎が現在ではあやふやらしいが、情報はエネルギーなりが定説になれば、その迷いは消える。明治時代だかに、盗電をやったやつがあり、これを盗みの犯行とみとめるかどうか、法廷で大問題になったそうである。その結果、電気は財物とみなすと刑法に条文が追加されることになったという。

現代はエネルギーの時代であると言われる。べつに新しい意見ではないが、情報はエネルギーなりとの考えの上に立てば、そのすさまじさがさらにはっきりする。

活字や電波によるマスコミは、情報を何万、何十万倍にふやしているわけで、エネルギーの増幅器である。もちろん、学校における教育も、それと同様の作用をしている。情報によってムダを省く方法をひとつ知ったとする。やはりエネルギーの獲得であろう。それよりなによりも、テレビドラマひとつを考えてみるといい。私にも経験があるが、番組ひとつにどれだけのエネルギーがつぎこまれていることか。原作、脚本、出演者、音楽、演出、どれも大変なエネルギーである。

それがテレビによって、家庭内に送られてくるのだ。こうなると、媒体はエネルギーなりとの仮説も成り立ちそうだ。

無線による電力の輸送は実用可能かどうかといった問題がむかしからあるが、現代ではすでに、無線によって大量のエネルギーがばらまかれているのである。ひとむかし前にくらべたら、想像を絶したことであろう。

つまり、現代の私たちは、エネルギーの洪水のなかにいるのである。以上、まことに珍説で、まともな人が聞いたら一笑に付することだろう。しろうとは、とんでもないことを言いだすものだと。

しかし、そこがSFの便利なところで、怪しげな飛躍が許されるし、むしろそれがなければならないのである。そして、いかなる必然でこんな時代になったか、今後どうなるかを小説にしようというのである。はたしてうまくまとまるかはわからないが……。

ひとつぐらい

先日、国鉄が全国の赤字線を発表し、そのうちの駅のいくつかを無人駅にしようという計画を打ち出した時、地元では「ひとりぐらい駅員を置いてもいいじゃないか」との声が続出した。新聞もそれに好意的な報道でした。

しかし、以前にある運輸大臣が「ひとつぐらい急行をとめる駅をふやしたっていいじゃないか」と言い、マスコミにたたかれて辞職したのと、発想のもとは同じなんですね。上の好むところ、下これにならう。いや、下の好むところ、上これにならうですかね。「ひとつぐらい」の好きな私たちの性格をもっと分析すると、論文が書けそうな気もします。

断絶

断絶という流行語は、人間どうしは全面的に理解しあえるものだとの幻想を信じている連中の使う言葉ですよ。人間はもともと断絶しているものだと思っていれば、他人がかすかな理解や友情を持ってくれると、それだけで大感激します。このほうが精神衛生にもいいんじゃないでしょうか。

断絶とさわいで欲求不満をあおりたて、なにか利益をあげようとする商業主義のにおいがする。断絶成金なんてのが、どっかにいるんじゃないかなあ。

子供のオモチャ

他人の商売の分野にけちをつけるのもどうかと思うんですが、子供のオモチャって意外とバラエティが貧困ですね。おとなの感覚を押しつけてるみたいなとこがある。既成の物品のミニチュア版ばかりです。もっと子供の連想や空想の側からの製品があってもいい。

たとえば、こんなのはどうでしょう。組立式の簡単な箱です。しかし、それは椅子にもなれば、人形の家にもなる。すわってそれにむかえば机にもなる。さらに温泉ごっこの風呂にも、バーごっこのカウンター、強盗ごっこの金庫にも使える。車をとりつければ乗り物にもなり、もちろんオモチャ箱にもなる。子供はもっと各種の利用法を考え出すでしょう。折りたたみ式だから、団地の住宅内でもかさばらない。こういう多目的なのが作られてもいいんじゃないでしょうか。

しかし、そんな万能製品が出ると、子供がなかなかあきなくて、オモチャ産業は利益をあげにくくなるかもしれませんな。

不愉快な状態のとき

それを発散させず、じっと心にためておくと、小説のアイデアに育ってくれます。不愉快なことは不愉快ですが、不愉快なことがなくなったら小説が書けなくなり、これまた不愉快でしょう。矛盾です。

臓器移植

そのうち肝臓だのなんだのに、値段がつき、抵当権だって設定されるかもしれない。そうなると、シェークスピアの「ベニスの商人」は偉大な予言と再認識されかねない。輸血用の血を供出するのがいいこととされているのは、血はどんどんできてくるからですかね。交通事故で他人を傷つけた者に対しては、一定量の血の供出を義務づけたらどうでしょう。

臓器移植の是非は、われわれには急にきめられないようなムードがある。態度保留で外国のようすをながめ、結局その大勢にあとから従うなんてことになるんでしょうね。核兵器など、ほかの例とおんなじことです。

人類の支配

体外受精とか、遺伝子コントロールとか、脳科学の進歩とか、科学ニュースがあるたびに、新聞社から電話がかかってくるんですよ。「この技術がさらに進み、悪用されたら、全人類を完全に支配する独裁者が出現するんじゃありませんか」とね。

えらい飛躍だけど、さらに飛躍させたら、かりに全人類を完全に支配する独裁者が出たとして、そいつ、なにが面白いんでしょうね。なにもかも思い通りになるとなったら、プラモデルのむれと遊んでるようなもので、興奮も感激もない。なにがしかの反抗者をわざわざ作り出すことになるんじゃないでしょうか、楽しむために。

飛躍に飛躍をつぎたすと、抽象的な夢物語みたいな話になっちゃいますな。

ロケットの発射

ロケットの発射のテレビや新聞を見て、いつも思うんですが、どれもこれも同じ大きさにうつっている。国産の小型のやつも、アポロのごとき巨大なやつも、発射直後の空中における写真では、まるで同じに感じられます。といって、大きさに比例させたら、アポロは画面からはみだし、国産のはかすかな点となり、そうもできんでしょうし。

写真しか見ず、解説記事も読まない世人のなかには、国産ロケットもアポロも、大きさにあまり差がないと思いこんでる人が、けっこういるんじゃありませんか。

宇宙空間の水

地球の大気圏外の宇宙空間で、体温ぐらいのバケツ一杯ほどの水を、ロケットのそとへ投げ捨てたらどうなるんでしょう。真空だから、一瞬のうちに蒸発してしまいそうにも思える。しかし、氷点下二百何十度ということから考えると、たちまち凍るような気もする。どっちなんでしょう。（科学者と対談するたびにこの質問をするが、いまだに明快な答を得ていない）

月の開発

アメリカ大陸はコロンブスによって発見されたわけですが、その時、まず学者たちの管理にまかせ、よく調査してからなんていってたら、USAはいまだに成立せず、どうにもこうにもならなかったでしょうな。

月もそれと同様。だれでもいいからそこへ到着し、地面に手を加えて住みついたら、五キロ四方は無条件でその当人のものとなる。そんなふうに野放しのとりきめをしたら、予想以上に開発のスピードは増すんじゃないかな。

それにしても、南極はどうなってるんですか。学者の研究のオモチャになって、民衆と関係のないところで忘れ去られつつある。南極にホテルぐらい作り、観光客が行けるようにしたっていいでしょうに。

勲章

人類初の月着陸をやってのけたアポロ11号の乗員に文化勲章をおくったことについて、批判めいた声もあるようですね。動物園のお猿電車のお猿と大差ないじゃないかと。科学の成果の上に乗っかっただけだとか。なるほど、フォン・ブラウン博士におくるべきかもしれない。だが、それだとV2号の設計者という点がからんで、ぐあいが悪いんでしょうな。

他人や先人の成果の上に乗って、それを少し進めたのでは価値がないとなると、ノーベル賞の科学部門のなかにも、それに相当する人が出てくるかもしれない。いや、科学とは大部分そういうものでしょう。

ノーベル賞をもらった、ペニシリンの発見者のアレキサンダー・フレミング。発見そのものはとくに高度といえないかもしれないが、この独創的な着眼はコロンブスの新大陸発見に比すべき、画期的なもの。医薬品としての効果もすばらしく、彼のノーベル賞は文句ないところだと思います。

しかし、問題はストレプトマイシンの発見でノーベル賞をもらったワックスマンです。この結核新薬の有効さはいまさら説明するまでもありません。だが、その手法はフレミングの延長上にあるわけです。フレミングは青カビのなかから偶然にペニシリンを発見した。ワックスマンは微生物をしらみつぶしに調べ、土壌菌のなかでストレプトマイシンを出すのを探し出した。

その努力たるや大変なものだったでしょう。それと、アポロ乗員の努力をくらべてみて、質的に差があるかどうか。むずかしいところです。賞や勲章というものは、出すほうもけっこう頭を使うんでしょうね。

アポロ13号

宇宙空間でかなりの事故を起しながらも、アポロ13号はなんとか帰還できた。もし帰還できなかったら、事故原因が不明のままになるわけで、その点よろこばしいことです。アポロの乗員たちの地上との交信を聞いていると、冗談の多いのに感心させられる。恐怖やパニックには伝染性があり、それを防ぐためにも冗談は必要だとのことです。これは私たち日本人に最も欠けている要素で、冗談を身につける修業が今後の課題になってくるんじゃないでしょうか。

アポロ13号の帰還のテレビ中継。胸をどきどきさせて徹夜で見つめた人も多いんでしょうね。そして、翌日は睡眠不足となり、交通事故もいつもよりふえ、死者の数がはねあがったかもしれない。この人命の収支計算は、どうなるんでしょうか。

ビデオ・カセット

テープによって映像が好きな時に見られるようになる。いい面ばかりとはいえないんじゃないでしょうか。いまの私なんか、テレビで名画劇場なんかあると、つぎにいつ見ることができるかわからないと、時間をやりくりして見てしまう。しかし、これがカセットになり、好きな時に見られるとなると、はたして見るかどうか。いつでも見られるとなると、安心感でかえって見なくなるんじゃないでしょうか。

われわれが新聞や週刊誌をいやに熱心に読むのは、二度とこれを読む機会はないだろうとの気分が底にあるからかもしれない。文庫の古典名作となると、いつでも読めるという安心感で、なかなか読まない。

ちょっと話題がずれますが、放送によるテレビのいい点は、共通の話題を作ることです。「きのうのあの番組は面白かったな」というぐあいに。カセット時代に入ったら、会話のきっかけが減るんじゃありませんか。

寝床公害

外国帰りの人が映画やスライドをとってきて、知人に見せたりする。これを見物させられる苦痛は、あまり指摘されてないけど、かなりなものでしょう。外国に行かない人は、外国に関心がないか、行きたくても行けないか、二つの型のいずれかでしょう。そのどっちにとっても、それを義理でいやおうなしに見せられるのは、不快なものです。

このたぐいの公害が、未来にはふえるんじゃないでしょうか。落語の「寝床」です。一億総「寝床」だ。

スピード

東海道に散歩専用の道ができるそうで、この計画はずいぶん好評のようだけど、はたして利用者はたくさん出るでしょうか。われわれにはスピードへの信仰みたいなのがある。「スピードだけの旅はあじけない」とだれも口では言うが、みんな新幹線や航空を利用している。

散歩専用道ができても、やがて自転車も走れるようにしろとなり、オートバイもとなり、ついには自動車も通せとなり……。

騒音

ジェット機の騒音のけしからん点は、機内においては静かだということです。乗客たちも騒音をがまんしているというのなら、まだ同情もできるんですが。

内部の静かさを強調している自動車もあるが、あれも困り物ですね。防音完備というわけでしょう。そこに音をとどかせようと、他の車の警笛の音をそれだけ大きくしなければならない。悪循環のはじまりでしょう。

ご飯のカンヅメ

ご飯のカンヅメがよく売れているという。たいた米をカンヅメにしてあるので、温めればすぐ食べられる。米を買ってきてたくよりかなり割高だが、その便利さがうけてるというわけでしょうね。

考えてみると、人類が稲という植物を栽培しはじめてから、ものすごい年月がたっているが、その調理法についてはほとんど進歩していない。生活の他の分野では、めざましい進歩があるのに、米の調理法はそのまま。このもどかしさが、ご飯のカンヅメの愛好者の心の底にあるんじゃないでしょうか。

あいまい標語

交通の標語に「安全へ人も車もゆずりあい」とかいうのがあるけど、かえって危険なんじゃないでしょうか。むこうがゆずると思ってて、ゆずらなかったら、事故発生ですよ。ここは車が優先、ここは人が優先と、すべてはっきりさせておくべきです。古風ムードの礼節、それはそれでいいんですが、非情なメカニズムのなかに持ちこむのはどうも感心しません。

進歩不感症

私の小学生のころにアルマイトなるものが製品として出現した。アルミの弁当箱にくらべ高級で上質で、これぞ科学の進歩の成果と、大変ありがたい気分になったものです。丹那トンネルができたのもそのころで、科学のありがたさが身にしみる思いでした。

しかし、昨今のごとく進歩が多種多方面になると、ありがたみもうすれる。進歩が当然という気分になり、時には進歩のおそさにけちをつけたりもする。大きな変りようです。

もし進歩の神なるものがあるとすれば、さぞ面白くない気分でしょう。あっというような公害や事故を起し、目にもの見せてくれようといった気にもなるというものです。

ビールのびん

ビールのびんを見るたびに思うんですが、古くさい感じがしますな。形も色もレッテルの形も、あまりぱっとしない。外見の点では、コカ・コーラに劣ります。未来永劫《えいごう》この生産設備をいまさら変えられないからなんでしょうが、ということは、未来永劫このビールびんとつきあわなくちゃならんわけですか。

ビールびんの容量も、はたしてあれが適当なのかどうか。コーラは自動販売機でガチャンと出して飲むのに、ちょうどいい量です。そんなことから、小びんのビールの生産がはじめられたわけでしょうが、この時、なぜびんの形についての検討をやらなかったんでしょう。

ホテル

私たち日本人は、外国から各種のものを輸入するが、それを日本的なものに改良するのを特技としている。カッドンとか、電気釜とか独自なものを作りあげる。

しかし、ホテルに関しては、そういうことがないようですな。日本的な性格にあわず、お客がたえずまごつく個所があっても、絶対に改良しない。ホテルとはわが国における、神聖なもののひとつです。

和風旅館だと、お客はあれこれ文句をつけるが、ホテルとなるとそれをやらない。かりに非がホテル側にあっても、お客のほうがあきらめてしまう。ホテルに対する遠慮のない悪口をどんどん出させ、試験的に体質改善をやってみるホテルはないもんでしょうか。どんなふうに変りますかな……。

有望な職業

私が大学に入ったのは、第二次大戦末期の昭和十八年。その時に石油科学というのができ、奨学金つきで学生を求めたが、そんなのを専攻しても将来性はなさそうだと、まるで人気がなかった。しかし、戦後になってみると、需要最大といっていい分野に一変した。

このあいだ、どこかのアンケートで「未来の有望な職業は」というのがきたんで「検事」と返事を出しといたわけです。案外、人間の悪に関連したこんな職業が、浜の真砂《まさご》はつきるとも、永久に安定した仕事かもしれませんな。あんまり感心した未来図じゃないけど。

SFを私が書きはじめたころなんか、そんなのに手を出すなという環境でしたものね。

絶対に有望保証つきなんてもの、ないんじゃないでしょうか。

教育の画一化

あるていどは教育の画一化も必要なんじゃないでしょうか。あまり子供のころから変にあるひとつのことばかりに熱中させると、その分野で才能を示すかもしれないけど、先へ行って困ることも考えられます。

たとえば、昆虫好きな子供に、そればかりに熱中させる。たいした学者にはならないんじゃないかな。それに並行して、いやいやながらでも、むりに社会学を勉強させておく。それだと、昆虫学と社会学の関連の上に、なにか新理論を発見するかもしれない。個性を伸ばすなんてことより、専門化はなるべくおくらしたほうがいいような気がします。私が小説を書いていて、学生時代にいやいや勉強したことが、意外と役立ったりしている。中学生から「将来SF作家になりたいので、ほかの勉強の手を抜いて、SFの研究に熱中したいがどうでしょう」なんて手紙のくることがある。熱意はわかるけど、これはいけませんな。

どの勉強も面白くてしようがない。将来、なにを専攻したものか迷ってしまう。まあ、そんな人はいないでしょうが、もしいたら、つかまえてきて強引にSF作家にしたいものだな。すごい作品を書くかもしれない。

君が代

江戸時代の狂歌に、
君が代は千代に八千代に八千鉾《やちほこ》のやすらにといで針となるまで
というのがあるんですよ。国歌として制定される前ですから、狂歌にしてもべつに怒られもしなかったのでしょう。しかし、発想を逆にしたこんな狂歌が作られたというのは、もととなった和歌が、当時すでにかなり有名なものだったからでしょうね。鉾をそっととといで針にするのは、すごい時間がかかるんだろうな。しかし、この狂歌、もとの和歌がなかったら、ちっとも面白くない。科学的なつまらなさです。そこへゆくと国歌のほうは、常識を超越した飛躍があり、まことにすばらしい。われらの祖先に、こんな思考をする人があったとは……。

ロボット探検隊

未知の惑星を探検する場合、人間とロボットのいずれを派遣するか。人間のほうがいいにきまっているが、人間というやつは帰還してから「おれはえらいんだ」と、いばりちらしかねない。

ロボットなら、そんなことしないでしょうな。いや、するかな。いばりちらすロボットなんて出現したら、かなわんだろうな。

コンピューターの基本回路

社会が複雑になるにつれ、コンピューターによる管理はやむをえない傾向でしょう。しかし、インドのコンピューターには、牛を食っちゃいかんという基本データが、当然のこととして入れられるんじゃないでしょうか。

回教国のには、ブタを食うなとか、禁酒や断食の行事が基本回路として入れられる。イスラエルのにはユダヤ教のタブー、共産圏の国にはそれなりのタブーが。

こうなると、各国の断層が大きくなる一方。あとで、どう調整するんでしょうか。変なことが心配です。

アシモフによるロボット三原則

〈ロボットは人間の命令に服し、人間に危害を加えず、それらに反しない限り自己の維持をなすべし〉

なんとか、このアシモフの三原則の矛盾を突けないものかと考えてるんです。

核ミサイルの発射室に、気ちがいが入ってきて、ボタンをいじりはじめた。ロボットがそれに気づいたら、どうするだろう。間髪をいれずに射殺すべきだと思うがな。

また、こんな場合はどうだろう。がけにつながが一本たれていて、その途中にロボットがしがみついている。そして、その下のほうには人間がしがみついている。だけど、つなはその重みにたえきれず、切れかかっている。人間には上にのぼる力がもはや残っていない。その場合、ロボットはつなを切り、人間を落すことになるんじゃないかな。無意味な共倒れの道をロボットがえらぶはずはないでしょうし。

ロボットが一台五億円とする。一方、どうしようもない犯罪者がいる。どちらかしか助けられないとなると、一般的な感情として考えちゃうんじゃないかな。ロボットの基本性格には、簡単に割りきれないものがあるようです。

ハイジャック

亡命のからんだ飛行機の乗っ取りってやつは、どうも困るんですな。いまのところはいいですよ。なんとなく人道的な、一種の慣習みたいなものができている。

しかし、これが悪用されたらことでしょう。対立国にむかって「乗っ取られた、犯人はそちらに亡命したがっている」と連絡する。ところが、これが仕組まれた作戦。かくしてその国の上空にうまうまと侵入し、核兵器を投下する。迎撃のしようもない、完全な奇襲です。第三次大戦のしょっぱなには、こんな手が使われるんじゃないでしょうか。

面白くない小説

かつてある時期、することがないので小説ばかり読んでました。面白くない小説が多いんですが、ほかにすることがないんで仕方ない。やけみたいなもんです。

しかし、そのうち、なぜ面白くないのか、私の趣味にあわない点はどこか、と考えながら読むようになった。どこをどう変えればいいかと、妙な読み方をはじめたわけです。そうすると、面白くない小説を読むのも、いくらかは楽しくなった。作家となるのに、少しは役立ったかもしれませんな。

どうせ世の中、面白くないことが多いんですから、避けようとしてもきりがありません。それより、どこがどう面白くないのか、どうなおせば面白くなるかを考えてみるのも、時には必要なんじゃないでしょうか。

子供が「そんなの面白くないな」と言ったら、どこが面白くないのか考えさせる習慣をつけさせるといいかもしれない。創造力を具体的なものにする技術のひとつでしょう。

人間、面白さのなかにあると、どこに面白さがあるのか考えにくい。楽しむほうに頭がみんないっちゃうわけです。

SFの短編の書き方

「どうやってSFをお書きになるのですか」

と質問されて、ロッド・サーリングは、こう答えている。

「なくなったヘミングウェイも言っています」小説を書くのは簡単だ。タイプに紙をはさんでキイをたたけばいいのです。

また私の知る限りでは、ハインラインもアシモフもブラウンも、これと似たりよったりの答をやっている。そのほかの作家も、おそらく大差ないことを答えているにちがいない。どうやらこの種の問答は、作家なるものが地球上に出現して以来、あきることなく繰り返されてきたものらしい。

皮肉な作風のボーモントは、このテーマで短編を書いた。「魔術師」という名作がそれである。人びとの羨望《せんぼう》の的である旅まわりの老いた奇術師。それが子供たちにせがまれた末、ついにつぎつぎと手品の種明しをやってしまう。だがあとに残ったものは、幻滅と失望だけなのである。

「黙っているほうがおたがいのためでしょう」と逃げている形だ。

はぐらかすことのできない作家、ブラッドベリはこう答えている。

「執筆とはつらい仕事で、落胆や胸のはりさける思いの連続だ。作品を書くための近道をよく聞かれるが、それは、書きつづけ、学びつづけ、そしてまた書きつづける以外にはない」

SF作家ではないが、自信家のイアン・フレミングの場合はこうだ。

「ベストセラーを作る唯一の秘訣は簡単だ。読者がページをめくり続けるようにすればいい」

どれもこれも要領をえない。小説技法の秘密をもらしたら飯の食いあげになるから、作家シンジケートが共同戦線を張って防衛しているのではないか、などと気をまわしてはいけない。すでに秘訣は公開されているのだ。以上の問答のなかで、すべてに共通した点がある。

すなわち、質問する側は「容易にできるものなら自分もやってみよう」という気楽な心境である。だが、これに反して答える側は「楽であろうとなかろうと自分は小説を書くのだ」といった意欲、あるいは自己に課した義務感のようなものを持っている。これなくしては、タバコをやめる法、異性を獲得する法と同じく、事態は一歩も前進しない。

心構えについてはこれぐらいにして、ここでは短編作法について、もっと突っ込んだ解説をしなければならない。ヒッチコック・マガジン日本版に「ショート・ショートの書き方」というのがのったことがあった。この分野の傑作集をまとめたり、書き方の本を出しているロバート・オバーファーストという人の著書の紹介である。それによると、「まず四十枚の短編を考え、それを十枚にすっきりと圧縮すればいい」

のだそうだ。いささか無責任な発言だ。しかし、アメリカの小学校では、むかしからこんな授業がおこなわれている。たとえば、まず歴史の教科書を五ページほど読ませ、つぎに生徒たちにその内容を百語にまとめさせ、良くできたものを先生が読みあげて教えるのである。このような基盤があるため、オバーファーストもあっさりとかたづけたのだろう。わが国では、演説や祝辞や弔辞など、長いほうがありがたいという概念が広まっていて、圧縮技術は独学で工夫しなければならず、困ったことである。私が文部大臣になれば……。

話が脱線しかけたが、オバーファースト氏もこれではいくらか気がとがめるのか、もう少し詳しく解説し、売り物になるショート・ショートの三要素をあげている。

一、新鮮なアイデア
二、完全なプロット
三、意外な結末

この三つである。

それくらいは言われなくてもわかっている。どうすれば、その条件をそなえた作が書けるか知りたいんだ。こんな不満の高まった人も多いことだろう。なんだか、宇宙の有限性を説明した天文書を読んでいる時と同じ、わかったような、納得できないような気分である。もう一歩ふみこんでもらいたいところだ。

そこで、一歩をふみこむ。まず、新鮮なアイデアについて。アイデアの必要なことの説明は、省略しても文句は出ないことと思う。SFファンのなかには、新鮮きわまるアイデアをお持ちのかたが多いはずである。質の点では、プロないしセミプロの作家のそれと大差ないにちがいない。あるいは、もっと高度かもしれない。ちがうのは量の点である。プロやセミプロは締切りが来れば、それを編集者に引き渡さなければならない。たとえば、野生の果実と、果樹園のとの差といえそうだ。

では、アイデア栽培園を作るにはどうしたらいいのだろう。アイデアのうまれる原理を調べ、それに従って育てればいいわけである。しかし、そんな原理があるのだろうか。ある。これを明瞭《めいりょう》に分析した文がある。アシモフの書いた「空想天文学入門」のなかの「とほうもない思いつき」という章である。小説をも含めたアシモフの既紹介の全作品のなかで、私はこれに最大の感銘を受けた。それまで無意識にやってきたことを、はっきりと解明された思いがしたからだ。もっとも、この章は科学的発見について論じているが、小説の場合にあてはめても同じである。

お持ちのかたは読みなおしてごらんになるといい。しかし、お持ちでないかたのために、私がここに圧縮して要約する。

一、知識の断片を、できるだけ多く、広く、バラエティに富んでそなえていること

二、その断片を手ぎわよく組み合せ、検討してみること

三、その組合せの結果がどうなるかを、すぐに見透してみること

といった三条件だ。だが、これだけでは抽象的で、無味乾燥の感がある。実例を二つ

ばかりあげてみよう。

短編の名手F・ブラウンに「血」という作品がある。彼は頭のなかにタイムマシン、吸血鬼、植物人間という知識の断片を持っていた。そして、これらを組み合せて検討してみた。それから、この組合せが読者を面白がらせるだろうとの見透しをつけた。

シェクリイには「王さまの御所望」というのがある。時間旅行、電気製品、アトランティスの三つの断片を組み合せて新鮮なアイデアに仕立てたのだ。

その他の作品については、ひまな時に読みかえし、大部分がこの三条件にのっとっていることを確認なさってみると参考になると思う。もちろん、アイデアによらない短編だってありうるわけだが、それは割愛する。いまは、この三原則をもっと具体的に解説したほうがいいようだ。

一、知識の断片について。要するに本を読むなり、人生経験を経るなりして、知識の断片をふやすことだ。多ければ多いほど、組合せの範囲も広くなり、新鮮なものの発生率も高くなる計算である。しかし、知識の断片を得るはじから、すぐに忘れてしまうという性格の人は問題外である。

SFを書くからには、SFはもちろんのこと、他の分野の作も読んだほうがいい。そのいい例が、ブラッドベリ。彼はSFとセンチメンタリズムとを組み合せることを初めてやってのけた。またわが国では松本清張が、探偵小説においてタブーであった社会的事件との組合せを試みた。もし両氏がSFや探偵小説だけの読者であったら、この組合せは発生しなかったにちがいない。人によっては批判もあるだろうが、その成果と功績についてはみとめなければならない。

二、組合せと、その検討について。アシモフの説によると、人間の心のなかでは無意識のうちに、でたらめの形での組合せが絶えずおこなわれているそうだ。私の場合も、まず雑然とした組合せが浮ぶ。それを書きとめるわけである。

幽霊と催眠術。友情と動物園。月賦と殺し屋。ドラムと鬼。チョウチンとツリガネ。まばたきと変装。左利きのサル。裏がえしの憲法。やとわれた怪物……。

メモの大部分はこんな調子である。書きとる前の段階で、もっと多くの組合せがなされ、フルイにかけられているらしいのだが、自分でもよくわからない。つぎに、これらのメモをにらみながら、頭を抱えて最もものになりそうなのを検討するのが第一着手である。意識するしない、メモを取る取らないの差はあっても、SF作家は大差ないことをやっているのだろうと思う。ブラウンは金魚という一語から長編の発端を作り、発展させる技術を公開しているが、短編の場合はこの方法ではなかろうか。

なお、組合せの例として簡単な断片ばかりあげたが、断片でなく、もっと大きな塊、複合体でもいいことはもちろんである。

「組合せなら、百科事典を電子計算機に覚えさせ、それでやればいい」とのSF的な意見を言いたい人もあるだろう。しかし、社会の下積みの人間の悲哀などは、百科事典にのっていない項目である。

また、かりにそれらをも全部記号化でき、組合せをやらせるとしても、ものになりそうなものをピックアップすることは、当分のあいだ機械化できそうにない。なぜなら、その公式がないからである。公式があるとすれば、それはもはや新鮮ではないことになり、一種の矛盾を含んでいるからだ。

新鮮な組合せとは、公式でないもの、既存の常識や感覚にないもの、つまり、組み合せるものの間がかけはなれていればいるほどいいのである。

前述の、知識の断片が豊富で、範囲の広い必要性はここにある。

そして、組合せの検討の時には、わくにとらわれない気持ちでのぞまなければならない。作品を読んで、これはSFだ、これはファンタジーだと分類することは自由だが、この段階では意識しないほうがいい。むかし南米では、白金を含んだ鉱石を、金とまぎらわしいからとの理由で海に捨てたそうだ。鉛でも銅でも、鉱石は掘っておくことだ。用途はあとで考えればいい。

最近は各分野で、ブレーン・ストーミングというのがなされている。会合した人びとが、思いつくままの提案をすることである。このさいの第一の鉄則として「どんなばかげた案にもケチをつけるな」というのがある。まして、小説を作るのはひとりでの作業だ。恥ずかしがることは少しもない。思いきった組合せを試みるべきだ。この過程でいかに多くの、愚かでなさけなく、唾棄《だき》すべき、低劣で無残な組合せをやっても、作品にしなければいいのだ。そして、気のきいた組合せだけをピックアップして発表していれば、他人には素晴しい人間として通用する。これは短編に限らず、芸術家だろうが、学者だろうが、みなそうなのだから気を大きく持つべきだ。

といっても、わくを超えた組合せを作るのは、けっして楽なことではない。やってみるとよくわかる。常識のわくというものは、恐ろしいほど強力である。

なお、アイデアをいくつか得た場合、そのなかの最良のものを使うべきだ。もったいないからと次善のを使う習慣がつくと、いろいろと感心しない副作用が派生する。

三、組合せの結果について。組合せの時に取り払った常識のわくを、ここでは再び取り戻さなければならない。組み合せた結果が、ある効果を示すものかどうか、冷静に研究する段階なのだから。

よく「SF作家は頭がおかしいんじゃないか」と聞かれることがある。そのたびに、「とんでもない。あなた以上に健全な常識の持ち主ですよ」と答えることにしている。健全な常識がなかったら、どうして、常識のわくを破ったアイデアだけが取り出せるだろうか。製品のなかから規格品を選出する時も、規格外のを取り出す時も、規格についての認識を必要とする点では同じことだ。

いうまでもないことだが、作品を多く読んでおかなければならない。自分では規格外と思っても、すでに書かれていては、規格品になってしまう。といって、読んでばかりいては書く時間がなくなる。打ち明けたところ、ここが最も苦しい点だ。不老不死の血がほしくなる。

余談になるが私がタイムマシン物とロボット物をあまり書かないのは、既存の作品があまりに多く、それとの重複を恐れるからである。なお、読む場合も書く場合も好きなテーマはマッド・サイエンティスト物。この分野を軽蔑する人が多いようだが、だからこそ興味の持ちがいもあるというものだ。

さて、これでアイデア発生の原理は終り。いくらか参考になっただろうか。わかったような、当り前のことを言われたような気分ではないだろうか。しかし、どのSF作家をもってしても、これ以上のことは言えないと思う。天来の啓示で一瞬のうちに得たアイデアも、スローモーション・カメラで引き伸ばせば、ほぼこのような動きになるのではないだろうか。

もっとも、混乱するといけないので書き残したいことはある。いまの順序を逆にたどる場合である。たとえば、効果のムードを先に思いつき、それを最大限に示す組合せを求める時などだ。なんでもいいから金をためたいという感情がある。これを宇宙的、時間的に極端に拡大できないものだろうか。その効果的な組合せを求めて、知識の断片をいじりまわす……といったたぐいだ。しかしこれをやる場合も、基本的な順序での習慣をまず身につけておいたほうが、能率的におこなえるし、新鮮なものが得られるように思う。安易な道を選ぼうとしないほうがいい。また、この方法を使う時には、プロットの問題もからんでくる。

そろそろ次に移る。プロットすなわち筋と、意外な結果についてである。この二つをまとめて論じることにする。

これは私見だが、アイデアよりプロットのほうを重視すべきだと考えている。SFは飛躍した舞台での物語であり、アイデアこそ生命であることを充分に承知しての意見である。

その理由の第一。プロットを作る方法を持っていれば、アイデアが効果的に生かせるからだ。アイデアを発見しても、ストーリーにならなくてあきらめるのは、もどかしいことだ。言いたいことがありながら外国語の会話が未熟で、歯ぎしりする時の気分である。新発見のアイデアも図面にして特許庁へ出願しなければ、第三者に主張できない。私もせっぱつまった時、数年前のメモを取り出し、当時はあきらめていたアイデアが生気を取りもどし、ほっとすることがある。プロットの作り方になれてきたおかげであろう。

理由の第二。プロットの大事なのは、SF短編だからこそである。推理小説は必然的に結末へむかって収束する形式である。トリックを思いついたからには、うまいへたはあっても、終りで手のつけようのなくなることはあまりない。

しかし、SFのアイデアはそれ自体、収束より発展にむかう傾向を本質的に含んでいる。頭のおかしな学者がある装置を作りあげた。宇宙人が新手の作戦で乗りこんできた。男性だけを殺す毒薬が完成した……。

どれもほうっておけば、無限にひろがり発展をつづけるアイデアである。発端からすでに、あばれ馬だ。長編に仕立てるのなら話はべつだが、短編にまとめようとするからには、第一行から終結に至るまで、構成のことを片時も頭から離してはならない。SF短編の魅力の一つは、拡大性を持ったアイデアを、物語の面でしぼりあげることにもあるようだ。相反する力の釣合いとでもいった感じである。

理由の第三。書き加えるまでもないことだろうが、架空の話だからである。架空でつじつまがあわなければ、夢そのもの、酔っぱらいのたわごと、麻薬での幻覚と同じことだ。

ところで、いよいよプロットの技法を解説しなければならない立場になった。あいにく外国の作家の発言を知らない。発言しているのかもしれないが、読んでいないのだ。したがって、個人的な体験からの意見となる。あるいは、もっと簡便適切な方法があるのかもしれないが、この際いたしかたない。他人から質問された時、私はこう答えることにしているのだ。

「小話を覚えてみたらいいと思います」

雑誌や週刊誌にのっている小話だ。たいていの人は何百編か何千編かを読んだことがあるはずだ。だが「なんでもいいから、今ひとつ話して聞かせてくれ」となると、目を白黒させることになるのではないだろうか。

ついでだから、小話をひとつ引用する。

ひとりの気ちがいが、長いヒモを引きずって歩いていた。警官が呼びとめてたずねた。

「そんなものを引きずって、なにをしているのですか」

「透明人間をさがしているんです」

「さがしてどうするのですか」

「この引っぱっている犬を、かえしてやろうと思いましてね」（河盛好蔵訳編『ふらんす小咄大全』所載）

こんなたぐいの小話には、相当数お目にかかっているはずなのだが、大部分の人は簡単に読みとばしてしまっている。なかには「SF的な発想だな」とうなずく人もあるだろうし、ハサミを手に切り抜く人もあるかもしれない。また、この面白さを分析しようと試みる人もいるだろうし、欠陥を指摘しようとする人もあるだろう。だが、いずれも私に言わせると不合格。

分類したり理屈をこねたりせず「よし、これを覚えておいて、だれかに話してやろう」と、すぐ頭にたたき込む人が合格である。このへんが分岐点となっているのではないだろうか。冒頭に記したことと重複するが、意欲の問題である。たとえば「自分はユーモアが理解できる」で満足しないで「自分でユーモラスになってやろう」と志すかどうかなのだ。

しかし、決心することはたやすいが、小話を覚え他人に話すことは、初めのうちは容易ではない。さらに相手を面白がらせることは、一段と困難である。なぜ困難なのか。

その理由を短編作法と関連させながら、いくつかあげてみることにする。

第一の理由。他人とはめったに感心してくれぬ存在だからだ。この現実に直面し、実感することはいいことだ。当人がいくら苦労したからといって、相手には感心しなければならない義務はない。世の中を甘く見てはいけない。

第二の理由。話し方がうまくないのである。さあ話すぞ、と意気ごんだら効果はあがらない。また、まわりくどくてもいけない。何回もやっているうちに、その要領のようなものが身についてくる。このように結果を感受し、つぎの動きを加減することを、オートメーションの術語でフィード・バックとかいうそうだ。機械ごときに負けてはいられない。また前述の透明人間の小話を他人に話す時、途中で透明人間の解説を加えてみるといい。なぜいいかといえば、それ以後、二度とそんなことをやる気がしなくなるからだ。

第三の理由。相手がすでに知っている場合が多い。つまり、平凡なのである。途中まで話すと「そのオチはこうだろう」と、さえぎる人物が出現する。世の中にはいかにエチケットを知らぬ、冷酷な人物が多いかを、身にしみて感じるはずである。だが、くじけてはならぬ。これが修業というものだ。記憶の量を少しでも多くふやさなければならない。十編より二十編、百編より二百編のほうがいいことはいうまでもない。受験勉強をした時のことを考えれば、はるかに楽なはずである。

第四の理由。強引に持ち出すからである。持ち出したければ、さりげなく話題を誘導しなければならない。小説の書き出しのこつのようなものであるところだろう。まあ、大体こんなところだろう。

これらの原因に身をもって気づき、なんとか克服できるようになれば、プロットを構成する一因子を体得できたことになる。こつを覚えたというわけだ。記憶するのも初めのうちは面倒だが、ある量を越えるとそれほどでもなくなり、自分でも作れるようになる。

ご苦労さまなことである。考えてみれば、ばかばかしい行為かもしれない。しかしThis is a pen. や 2+2=4 といったばかげた段階を通過しなければ、語学や数学も上達しないのと同じだろう。碁の上達には定石を覚える以外に方法のないのとも同じである。

以上、小話を例にとったが、それに限ることはない。気に入った短編を読み終えた時は、その感激を日記に書いたりしていないで、二分間ほどを費し、筋を要約して記憶する習慣をつけると非常に役に立つ。最初にちょっと触れたが、圧縮技術を身につける必要がここにある。なぜ要約して記憶しなければならないのか。要約しないで丸暗記するのは大変ではないか。また、名短編と見えても、皮をはぎ肉を落し、骨だけにすると小話ほどでないものがあるのに気づく。劣等感も消えるではないか。もっとも作品の価値はプロットだけにあるのではないことはいうまでもないが。

なお「小話を覚えるのはいいが、そのまま作品に使いたくなるのでは」と懸念する人があるかもしれない。だが、それは当人の性格であろう。既存のは意地でも避けてやる、という勢いさえあれば、新しいプロットも開発できる。一回や二回なら流用してもいいだろうが、それをやると習慣になり、平凡化への坂を下らなければならない。その覚悟があってなら自由であろう。

余談になるが、プロット技術を身につける修業としての小話を記憶する方法。アメリカの作家がこれに、なぜだれもが言及していないのか、ちょっとふしぎである。だが、考えてみると、アメリカではそれが常識になっているためかもしれない。パーティの盛んな国で、そこに出席する時の必需品なのだ。会の前夜、夫婦で必死になって小話を暗記している光景が、映画や小説に時どき見られる。こんな環境で「小説を書くにはまず小話を覚えろ」などと口にしたら、おかしなことになる。またこういった連中が読者なのだから、作者もプロットに工夫をこらさなければならないだろう。輸入品を迎え討つことの困難さは、SF短編においても他の産業と大差ないようだ。

これでプロット関係も終りである。さきに記したアイデア編と適切に組み合せれば、なんとか短編が書けることだけは私が保証する。しかし、名作ができるかどうかまでは保証できない。名作かどうかをきめるのは読者であり、編集者であり、批評家であり、売行きを集計する出版社営業部員であって、作家はどうしようもないことだ。

また、書いた本人がどんな個性、どんな人生観、どんな観察眼を持ち、それらをどう物語に仮託するかの問題もある。どんな描写を好み、どんな文体を確立するかの問題もある。作品の価値を決定するのは、むしろこれらのほうである。さらには、その社会、時代という環境の影響も大きいにちがいない。こうなってくると、もう私などの力では解説できるものではない。

アシモフも書いていたが、幸運の作用を持ち出さなければならないのかもしれない。しかし、人事を尽して天命を待つ、という意味から、普遍性があると思われる技法を紹介したしだいである。ほんの少しでも、なにかの参考になったであろうか。

博物誌

この本を出す話が河出書房からあった時、題名を「きまぐれ博物誌」にしようと思った。なぜと聞かれても困ってしまう。売り場でネクタイを選ぶようなもので、好みとムードと、その時のきまぐれの三者合議による決定にすぎない。

博物誌というと、だれでもルナールの作品を連想する。これには岸田国士の名訳があり、その〈あとがき〉のなかの解説で、訳者はこんなことを書いている。

〝ルナールは自然観察を好んだが、このような短文形式でまとめる意図は、著者自身にもなかったのではなかろうか。しかし「ちっちゃなものを書くルナール」という名声が、彼をますます「小さなもの」のなかに閉じこめたことは、争うべからざる事実である〟

ああ、なんということだ。

といった意味ありげな引用はこれくらいにして、百科事典で調べた博物誌の説明を少ししておく。博物誌のなんたるかを知らずに、あいつは書名にしやがった、なんて思われたらしゃくだからだ。

博物学とは要するに、動物学、植物学、鉱物学の総称である。人間にとって自然とはなにかだ。しかし、詩歌や小説のような関連ではなく、その有用性の面からのとりあげかたである。美術館と博物館との差である。

最古の博物誌はローマ時代の学者プリニウスの手によるもので、三十七巻におよぶ書物だそうだ。「自然は一切のものを、人間に使用させるために作った」というテーマが基本になっているという。つまり、自然界利用のハンドブックだ。

歴史上もうひとつ有名なのは、十八世紀のフランス人ビュフォンによる博物誌。これまた四十四巻という大変なもの。このなかにはダーウィンにはるかにさきがけて進化論のめばえがみられ、それでも有名になっている。また、地球の年齢を七万四千年と推定している。自然界をなんとか合理的に整理しようとこころみたあげくの、苦心の仮定。

ヘミングウェイは「死者の博物誌」という短編を書いているが、その冒頭に、聞いたこともない博物誌の書名が三つも引用されている。欧米では自然観察が、ひとつの作品分野を作りあげているようだ。博物誌の歴史など調べてみたら、ちょっと面白そうだ。

わが国では最近、私の友人の馬場喜敬が「博物誌」という本を出した。文学の素養と自然への愛好が融合した、しっとりとした内容のものである。

話は前にもどるが、ルナールの作は博物誌のなかで異端といえそうである。博物館より美術館のほうに傾きすぎている。だが、これが最も有名になってしまった。ルナールの意図に反したかもしれないが、もっと迷惑したのは博物誌という名前のほうかもしれない。しかし、こう定義が崩れてくれれば、私がこの書名に使ってもかまわないといえそうである。以上、それとなき弁解。

この本は、ここ数年間に私の書いた小説以外のものを集めたものである。コント風のものもいくつか入っているが、時事風俗にからんだものは小説集のほうに入れない方針なので、ここにおさまっているというしだい。巻末のほうに〈しゃべり言葉〉の文があるが、これはアンケートなどで意見を求められた時のものである。

ところどころに内容の重複している個所があり、気がとがめもするのだが、そこは私の頭のなかで特に関心のあることでもあるので、ご了承いただきたい。

ついでにつけ加えると、私はルナールも守っていた博物誌の定義を、ここでさらに大きく崩している。人や社会や機械などのほうに視線がむきすぎている。しかし、世の中がこうなってくれば、それらを自然の構成員とみとめざるをえないのではなかろうか。

余談になるが、中国・晋の時代に張華という人が「博物志」という随筆集を出している。これには酒に酔って千日も眠ったやつの話とか、仙人とか、自然界にこだわらず社会事件まで書かれているそうである。人間と自然のあいだに一線を引こうなどと、かたいことを考えないのが東洋人のいいところだ。

そのため本来ならこの本には「博物誌」でなく「博物志」と名づけるべきなのだが、

それをやると「誌」と「志」はどうちがうのだと、何度も私は同じ質問ぜめにあうこととなる。「聊斎志異」や「三国志」のごとく使われ、辞書を引くと、志は〈書きしるす〉の意味とでている。誌とどこがちがうのか、私にもよくわからない。その調査にとりかかってもいいのだが、きりがなくなる。ご了承下さいで終らせてもらったほうがよさそうである。

あとがき

最初にまとめた私のエッセイ集は「きまぐれ星のメモ」で、昭和四十三年五月に読売新聞社より刊行された。現在は角川文庫に収録されている。私の作品がはじめて商業誌にのったのが昭和三十二年の秋（三十歳）だから、作家になってからの十年間のエッセイがそれにおさまっている。まったく、少ないものである。

なんとかこの道で食ってゆけるようにと、もっぱら小説に力をそそいでいたのである。また、エッセイとは、あるていど名が知られるようにならないと、注文がこないものなのだ。

昭和三十六年にはガガーリン少佐の乗った初の人間衛星が地球の大気圏外を回ったり、三十九年には東京大阪間に新幹線が開通したりしたが「それをあつかったショート・ショートを」といった依頼が多く、論評的なエッセイを書く機会はあまりなかった。

それに、短編の書き方はいくらかわかりかけてきたが、エッセイとなるとどう書いていいのか見当もつかなかった。妙な話だが、当時は事実そうだったのである。短編小説となると、執筆の参考にと、古今東西をとわず読みあさり、碁の基本定石をおぼえるごとく頭にたたきこむようつとめた。しかし、すぐれたエッセイや社会評論などを熱心に読むひまはなかったのである。

そのためかどうか、追憶、私なりの考え方、身辺雑記のたぐいが多い。社会風俗や時事問題にふれたものは、ほとんどない。いま読みかえしても、さほど古びていないようだ。もっとも、昭和三十九年に書いた海外旅行記だけはべつである。海外旅行がまだ一般化していなかった時期で、いまではだいぶ事情が変っている。

二冊目のエッセイ集がこの「きまぐれ博物誌」で、昭和四十六年の一月に河出書房新社より刊行された。つまり、昭和四十三年から四十五年までの三年間に書いたものである。読みかえしてみて、まずその量の多さに、われながら驚いた。今回、角川文庫に収録するに際して、二冊に分けなければならなかった。世の中にはもっとたくさんエッセイを書く作家もあるが、他人のことはどうでもいい。まったく、よく書いたものだ。

なぜそうなったかというと、ひとつには好調だったといえそうである。四十三年は四十一歳。気力も体力も充分で、無理がきいた。このころ、ある雑誌に「声の網」という長編を連載したし「進化した猿たち」というアメリカの漫画の分類紹介のエッセイの連載もやっていた。そのほか、短編の注文はたいていこなしていた。働きざかりだったわけである。

また、世の情勢が私へのエッセイの注文をふやした。私が作家になって以来、日本は徐々に経済成長をつづけ、それが当然という考え方が定着してきた。コンピューターが普及しはじめ、レジャーブーム、未来ビジョンという言葉が使われるようになり、昭和四十三年ごろには、マスコミがバラ色の未来論をさかんにとりあげることとなった。そして、四十四年にはアポロ11号によって、人類がはじめて月へ着陸した。さらに、四十五年は大阪における万国博覧会である。

日本じゅうがだれもかれも、なにかに酔っていた時期である。いま思い出しても、いろいろと楽しかった。私はSFと未来論とは別物だという考えの主だったが、注文するほうは、おかまいなし。そんなたぐいのエッセイの依頼がいろいろとあった。

それに応じて書いたわけだが、私はあまのじゃくな性格である。バラ色未来学に調子をあわせるのも気が進まず、けちをつけるようなことのほうが多かった。公害を強調したりしたのもそのためである。いま読めば常識的かもしれないが、そのころはまだ、軽く考えている人が大部分だった。

「きまぐれ博物誌・続」には、下北半島への旅行記が収録されている。そのご、むつ湾ではホタテ貝の養殖がさかんになり、そのあげく原子力船の母港を返上することになった。みなさん、ご存知の通りである。しかし、訪れた当時の印象ということで、文庫におさめるに際し、削除せずそのままのせることにした。エッセイ集に手を加えはじめたら、きりがなくなってしまう。

すなわち、本書は昭和四十三、四、五の三年間、社会はにぎやかであり、私も働きざかりであった時期のメモとして読んでいただきたいというわけです。

昭和五十一年五月

著　者

解説

高井 信

本書は『きまぐれ星のメモ』（読売新聞社／一九六八年四月刊）に続く、星新一の二冊目のエッセイ集です。この本に収録されているエッセイが書かれたのは、おもに一九六八年から一九七〇年の三年間。私の人生に当てはめると、小学五年から中学一年にかけてです。

解説を書くにあたり、まずは初刊本（河出書房新社／一九七一年一月刊）を手に取りました。発行されたとき、私は中学一年生。ということは……。

私がSFというものを意識し、本格的に読み始めたのは一九七〇年――小学校の卒業間際です。最初は海外SF一辺倒で、そのころは日本人がSFを書いているということすら知りませんでした。若い方々には想像もできないかもしれませんが、SFという言葉自体が一般的ではなかった時代なのです。

そんな私が日本人にもSF作家がいることを知ったのは、確か中学二年のときだったと思います。

初めて読んだ星新一の本は『ボッコちゃん』（新潮文庫／一九七一年五月刊）です。四十年以上前のことゆえ、もはや記憶は定かではないのですが、一九七一年五月の発行ということは、私が本を手にしたのは早くても中学二年のとき、もしかしたら中学三年になっていたかもしれません。これが抜群に面白くて、見事に私好みで……たちまち星新一に夢中になりました。

――と、こんなことを書くと、最近の若い星新一ファンの方々は「中学二年や三年で初めて星新一？　遅いなあ」と思われるでしょう。しかし先ほども書きましたように、SFという言葉自体が一般的ではなかった時代です。星新一も（少なくとも私の同級生の間では）ポピュラーな作家ではありませんでした。私が小学生のとき、すでに『黒い光』（秋田書店／一九六六年四月刊）、『気まぐれロボット』（理論社／一九六六年七月刊）、『宇宙の声』（毎日新聞社／一九六九年十二月刊）といった児童書の著作もあり、読んでいるクラスメートもいたでしょうが、クラスで話題になったという記憶はありません。

ところが私が高校生になるころには、星新一は北杜夫《きたもりお》、遠藤周作《えんどうしゅうさく》、筒井康隆《つついやすたか》らと並んで、最も人気のある作家――特に読書が好きではなくても、当たり前のように読む作家となっていました。これは『ボッコちゃん』の刊行が大きな要因でしょう。星新一の最初の文庫本で、初版時の価格は百三十円。現在とは物価が違いますが、それでも中高生がお小遣いで気軽に買えたのです。

あ。

私事が長くなりました。

冒頭に書きましたように、本書収録のエッセイが書かれたのは一九六八年から一九七〇年の三年間です。この間で最大のイベントといえば、一九六九年、アポロ11号の月着陸でしょう。世界中が狂騒状態になったと言っても過言ではなく、私（当時、小学六年生）もテレビにかじりついていたものです。日本に目を移せば、一九七〇年に大阪で開催された万国博覧会。日本中がお祭り騒ぎとなり、私も（一度だけでしたが）親に連れていってもらいました。「月の石」を見るために長い行列に並んだことは、いまでも鮮烈に覚えています。あのときの興奮は小惑星探査機「はやぶさ」の比ではありませんでした。

星新一の作品は、小説はもちろんエッセイも時代を感じさせないという印象があります。実際、面白さのエッセンスは時代を超越していると思いますが、エッセイの場合は当然のことながら、扱われている個々の事象は古いです。たとえば本書冒頭「思考の麻痺」に「先日、三億円を巧妙に奪取した事件があり」と書かれています。調べてみますと、事件が発生したのは一九六八年十二月十日。われわれにとっては忘れられない大事件で、高田渡《たかだわたる》の『三億円強奪事件の唄』とともに脳裡《のうり》に強くインプットされているのですが、若い世代には「三億円事件？　はて？」となるかもしれません。

そんな、ほとんど風化しつつある事件が「先日」だった時代に書かれたエッセイでありながら、いま読んでも新鮮さがあるというのは、いかにも星新一らしいと思います。時事風俗を描かないというのは星新一の創作方針のひとつです。エッセイでは時事を扱いますが、その精神は生きています。それを可能にしたのは、星新一の優れた先見性ではなかったでしょうか。

たとえば「バックミラー」では「私たちは一つの乗物にのって、未来へと進んでいるのである。しかし、この乗物、後方を見る鏡であるバックミラーはついているが、前方を直接に見とおすのは不可能なのだ」と、すさまじいスピードで進む技術革新に警鐘を鳴らしています。例として「サリドマイド」や「大型タンカー難破による油流出」を挙げ、さらに「核兵器の貯蔵庫が大地震にみまわれたらどうなるか」とも……。これを読めば私だけではなく、誰もが福島の原発事故を想起することでしょう。「SFの視点」のなかには「いま私がかりに駅前広場に立って『原爆反対』と絶叫したら、人びとはどう反応するだろう。変な目で見られるか無視されるかのどちらかだろう」。そういう時代に書かれたエッセイなのです。

「印刷機の未来」では「未来は電子計算機とクレジットカードで、現金不要の時代になるともいわれている。だとすれば、家庭用印刷機が普及してもふつごうはないと思われる。もっとも、私の如き作家商売はいささか困ることになりかねない。無断の海賊版がどんどん出まわると、印税がとりにくくなるからである」と書いています。四十年以上前のエッセイということを考えると、その先見性の確かさには舌を巻くしかありません。

私は作家の資質として、他人とは違った〝ものの見方〟は不可欠と考えます。星新一のエッセイは、まさに星新一的〝ものの見方〟の開陳とも言えます。こういった〝ものの見方〟から浮かんだ〝アイデアの種〟をあれやこれやひねくり回して加工すると……あら不思議、傑作ショートショートのできあがり。——という過程で生まれた作品も数多いのではないでしょうか。

ふと思い返せば、私が『ショートショートの世界』（集英社新書／二〇〇五年九月刊）——これは本邦初のショートショート入門書ですが——を執筆する際、星新一のエッセイ集を大いに参考にさせていただきました。なかでも参考になったのは、本書にも収録されている「SFの短編の書き方」です。ショートショートはもちろん、SFアイデア・ストーリーを志す者にとって必読のエッセイと言えるでしょう。

このエッセイはもともと、福島正実《ふくしままさみ》編『SF入門』（早川書房／一九六五年五月刊）に寄せられたものです（ちなみに、長編の書き方を担当したのは小松左京《こまつさきょう》）。私はこのエッセイを『きまぐれ博物誌』ではなく『SF入門』で読みました。まだ創作に手を染めていないころだったのですが、それでも目から鱗《うろこ》が多数落ちましたし、その後に始めた創作活動において参考になっていることは間違いありません。

本書にはほかにも「SFの視点」「人間の描写」「文章修業」「アイデアと情報とエネルギー」「面白くない小説」など、創作に役立つエッセイが数多く収録されています。「不愉快な状態のとき」は極めて短いですが、アイデア発生の一面を見事に捉《とら》えた箴言《しんげん》と思います。

そういう意味では、本書は星新一の創作指南書という側面も持っていると言えます。

さらに、エッセイだけではなくショートショートも収録されていて、まさに至れり尽くせり。

「星新一？　ショートショートは好きだけど、エッセイは……」という方にもお薦めの一冊です。


数多くの名品を遺《のこ》し、一九九七年十二月三十日、星さんはこの世を去りました。あれから十五年が経とうとしていますが、いまだに作品は生き続け、輝き続けています。

私が星さんと初めてお会いしたのは一九七八年七月二十一日です。同夜、ビアガーデンで一緒にビールを飲むという夢のような時間を過ごし……。その後、何度もお話をする機会がありました。デビュー前、拙作にアドバイスをいただいたこともあります。

星作品に魅了されて四十年あまり。面識を得てから三十四年。ショートショートで作家デビューして三十三年。そんな私が小学生だったころに星さんが書かれたエッセイ集の解説を、いま、五十五歳の私が書いている……。

思えば遠くへ来たもんだ。

しみじみと感慨に耽《ふけ》っています。

星さん、ありがとうございました。

本書は『きまぐれ博物誌』『きまぐれ博物誌・続』(ともに角川文庫、昭和五十一年)を底本とし、合本として復刊したものです。

本文中には「白痴、盲目、気ちがい、乞食、支那、植物人間」など、生まれや職業、障害者を差別する語句や表現があります。しかしながら、作品発表時の時代的背景と、著者が故人であるという事情に鑑み、原文のままといたしました。

本書の出版が差別や侮蔑の助長を意図したものではないことをご理解ください。

きまぐれ博物誌《はくぶつし》

星《ほし》 新一《しんいち》

平成24年 12月25日　初版発行
令和7年 10月10日　21版発行

発行者●山下直久

発行●株式会社KADOKAWA
〒102-8177　東京都千代田区富士見2-13-3
電話　0570-002-301（ナビダイヤル）

角川文庫 17728

印刷所●株式会社KADOKAWA
製本所●株式会社KADOKAWA

表紙画●和田三造

●お問い合わせ
https://www.kadokawa.co.jp/（「お問い合わせ」へお進みください）
※内容によっては、お答えできない場合があります。
※サポートは日本国内のみとさせていただきます。
※Japanese text only

ISBN978-4-04-100600-9　C0195

◆◇◇

角川文庫発刊に際して

角川源義

第二次世界大戦の敗北は、軍事力の敗北であった以上に、私たちの若い文化力の敗退であった。私たちの文化が戦争に対して如何に無力であり、単なるあだ花に過ぎなかったかを、私たちは身を以て体験し痛感した。西洋近代文化の摂取にとって、明治以後八十年の歳月は決して短かすぎたとは言えない。にもかかわらず、近代文化の伝統を確立し、自由な批判と柔軟な良識に富む文化層として自らを形成することに私たちは失敗して来た。そしてこれは、各層への文化の普及滲透を任務とする出版人の責任でもあった。

一九四五年以来、私たちは再び振出しに戻り、第一歩から踏み出すことを余儀なくされた。これは大きな不幸ではあるが、反面、これまでの混沌・未熟・歪曲の中にあった我が国の文化に秩序と確たる基礎を齎らすためには絶好の機会でもある。角川書店は、このような祖国の文化的危機にあたり、微力をも顧みず再建の礎石たるべき抱負と決意とをもって出発したが、ここに創立以来の念願を果すべく角川文庫を発刊する。これまで刊行されたあらゆる全集叢書文庫類の長所と短所とを検討し、古今東西の不朽の典籍を、良心的編集のもとに、廉価に、そして書架にふさわしい美本として、多くのひとびとに提供しようとする。しかし私たちは徒らに百科全書的な知識のジレッタントを作ることを目的とせず、あくまで祖国の文化に秩序と再建への道を示し、この文庫を角川書店の栄ある事業として、今後永久に継続発展せしめ、学芸と教養との殿堂として大成せんことを期したい。多くの読書子の愛情ある忠言と支持とによって、この希望と抱負とを完遂せしめられんことを願う。

一九四九年五月三日

角川文庫ベストセラー

きまぐれロボット　星　新一

お金持ちのエヌ氏は、博士が自慢するロボットを買い入れた。オールマイティだが、時々あばれたり逃げたりする。ひどいロボットを買わされたと怒ったエヌ氏は、博士に文句を言ったが……。

ちぐはぐな部品　星　新一

脳を残して全て人工の身体となったムント氏。ある日、外に出ると、そこは動くものが何ひとつない世界だった(「凍った時間」)。SFからミステリ、時代物まで、バラエティ豊かなショートショート集。

宇宙の声　星　新一

あこがれの宇宙基地に連れてこられたミノルとハルコ。″電波幽霊″の正体をつきとめるため、キダ隊員とロボットのプーボと訪れるのは不思議な惑星の数々。広い宇宙の大冒険。傑作SFジュブナイル作品！

地球から来た男　星　新一

おれは産業スパイとして研究所にもぐりこんだものの、捕らえられる。相手は秘密を守るために独断で処罰するという。それはテレポーテーション装置を使った地球外への追放だった。傑作ショートショート集！

おかしな先祖　星　新一

にぎやかな街のなかに突然、男と女が出現した。しかも裸で。ただ腰のあたりだけを葉っぱでおおっていた。アダムとイブと名のる二人は大マジメ。テレビ局が二人に目をつけ、学者がいろんな説をとなえて……。

角川文庫ベストセラー

ごたごた気流
星　新一

青年の部屋には美女が、女子大生の部屋には死んだ父親が出現した。やがてみんながみんな、自分の夢をつれ歩きだし、世界は夢であふれかえった。その結果……皮肉でユーモラスな11の短編。

竹取物語
訳／星　新一

絶世の美女に成長したかぐや姫と、5人のやんごとない男たち。日本最古のみごとな求愛ドラマを名手がいきいきと現代語訳。男女の恋の駆け引き、月世界への夢と憧れなど、人類普遍のテーマが現代によみがえる。

声の網
星　新一

ある時代、電話がなんでもしてくれた。完璧な説明、セールス、払込に、秘密の相談、音楽に治療。ある日マンションの一階に電話が、「お知らせする。まもなく、そちらの店に強盗が入る……」。傑作連作短篇！

城のなかの人
星　新一

世間と隔絶され、美と絢爛のうちに育った秀頼にとって、大坂城の中だけが現実だった。徳川との抗争が激化するにつれ、秀頼は城の外にある悪徳というものの存在に気づく。表題作他5篇の歴史・時代小説を収録。

図書館戦争
図書館戦争シリーズ①
有川　浩

2019年。公序良俗を乱し人権を侵害する表現を取り締まる『メディア良化法』の成立から30年。日本はメディア良化委員会と図書隊が抗争を繰り広げていた。笠原郁は、図書特殊部隊に配属されるが……。

角川文庫ベストセラー

図書館内乱
図書館戦争シリーズ②
有川　浩

両親に防衛員勤務と言い出せない笠原郁に、不意の手紙が届く。田舎から両親がやってくる!? 防衛員とバレれば図書隊を辞めさせられる!! かくして図書隊による、必死の両親攪乱作戦が始まった!?

図書館危機
図書館戦争シリーズ③
有川　浩

思いもよらぬ形で憧れの〝王子様〟の正体を知ってしまった郁は完全にぎこちない態度。そんな中、ある人気俳優のインタビューが、図書隊そして世間を巻き込む大問題に発展してしまう!?

図書館革命
図書館戦争シリーズ④
有川　浩

正化33年12月14日、図書隊を創設した稲嶺が勇退。図書隊は新しい時代に突入する。年始、原子力発電所を襲った国際テロ。それが図書隊史上最大の作戦（ザ・ロングゲスト・デイ）の始まりだった。シリーズ完結巻。

別冊図書館戦争Ⅰ
図書館戦争シリーズ⑤
有川　浩

晴れて彼氏彼女の関係となった堂上と郁。しかし、その不器用さと経験値の低さが邪魔をして、キスから先になかなか進めない。純粋培養純情乙女・茨城県産26歳、笠原郁の悩める恋はどこへ行く!? 番外編第1弾。

別冊図書館戦争Ⅱ
図書館戦争シリーズ⑥
有川　浩

〝タイムマシンがあったらいつに戻りたい？〟図書隊副隊長緒形は、静かに答えた――「大学生の頃かな」。平凡な大学生だった緒形はなぜ、図書隊に入ったのか。取り戻せない過去が明らかになる番外編第2弾。

角川文庫ベストセラー

偏狂者の系譜　松本清張

昭和30年代短編集③。学問に打ち込み業績をあげながら、社会的評価を得られない研究者たちの情熱と怨念。「笛壺」「皿倉学説」「粗い網版」「陸行水行」の計4編。「粗い網版」は初文庫化。

神と野獣の日　松本清張

「重大事態発生」。官邸の総理大臣に、防衛省統幕議長がうわずった声で伝えた。Z国から東京に向かって誤射された核弾頭ミサイル5個。到着まで、あと43分！　SFに初めて挑戦した松本清張の異色長編。

今夜は眠れない　宮部みゆき

中学一年でサッカー部の僕、両親は結婚15年目、ごく普通の平和な我が家に、謎の人物が5億もの財産を母さんに遺贈したことで、生活が一変。家族の絆を取り戻すため、僕は親友の島崎と、真相究明に乗り出す。

夢にも思わない　宮部みゆき

秋の夜、下町の庭園での虫聞きの会で殺人事件が。殺されたのは僕の同級生のクドウさんの従妹だった。被害者への無責任な噂もあとをたたず、クドウさんも沈みがち。僕は親友の島崎と真相究明に乗り出した。

あやし　宮部みゆき

木綿問屋の大黒屋の跡取り、藤一郎に縁談が持ち上がったが、女中のおはるのお腹にその子供がいることが判明する。店を出されたおはるを、藤一郎の遣いで訪ねた小僧が見たものは……江戸のふしぎ噺9編。

角川文庫ベストセラー

ブレイブ・ストーリー (上)(中)(下)　宮部みゆき

亘はテレビゲームが大好きな普通の小学5年生。不意に持ち上がった両親の離婚話に、ワタルはこれまでの平穏な毎日を取り戻し、運命を変えるため、幻界〈ヴィジョン〉へと旅立つ。感動の長編ファンタジー！

山田風太郎ベストコレクション
甲賀忍法帖　山田風太郎

400年来の宿敵として対立してきた伊賀と甲賀の忍者たちが、秘術の限りを尽くして繰り広げる地獄絵巻。壮絶な死闘の果てに漂う哀しい慕情とは……風太郎忍法帖の記念碑的作品！

山田風太郎ベストコレクション
虚像淫楽　山田風太郎

性的倒錯の極致がミステリーとして昇華された初期短編の傑作「虚像淫楽」。「眼中の悪魔」とあわせて探偵作家クラブ賞を受賞した表題作を軸に、傑作ミステリ短編を集めた決定版。

山田風太郎ベストコレクション
警視庁草紙 (上)(下)　山田風太郎

初代警視総監川路利良を先頭に近代化を進める警視庁と、元江戸南町奉行たちとの知恵と力を駆使した対決。綺羅星のごとき明治の俊傑らが銀座の煉瓦街を駆けめぐる。風太郎明治小説の代表作。

山田風太郎ベストコレクション
天狗岬殺人事件　山田風太郎

あらゆる揺れるものに悪寒を催す「ブランコ恐怖症」である八郎。その強迫観念の裏にはある戦慄の事実が隠されていた……表題作を始め、初文庫化作品17篇を収めた珠玉の風太郎ミステリ傑作選！

角川文庫ベストセラー

山田風太郎ベストコレクション
太陽黒点
山田風太郎

〝誰カガ罰セラレネバナラヌ〟――ある死刑囚が残した言葉が波紋となり、静かな狂気を育んでゆく。戦争が生んだ突飛な殺意と完璧な殺人。戦争を経験した山田風太郎だからこそ書けた奇跡の傑作ミステリ！

山田風太郎ベストコレクション
伊賀忍法帖
山田風太郎

自らの横恋慕の成就のため、戦国の梟雄・松永弾正は淫石なる催淫剤作りを根来七天狗に命じる。その毒牙に散った妻、篝火の敵を討つため、伊賀忍者・笛吹城太郎が立ち上がる。予想外の忍法勝負の行方とは⁉

山田風太郎ベストコレクション
戦中派不戦日記
山田風太郎

激動の昭和20年を、当時満23歳だった医学生・山田誠也（風太郎）がありのままに記録した日記文学の最高峰。いかにして「戦中派」の思想は生まれたのか？　作品に通底する人間観の形成がうかがえる貴重な一作。

山田風太郎ベストコレクション
幻燈辻馬車 (上)(下)
山田風太郎

華やかな明治期の東京。元藩士・干潟干兵衛は息子の忘れ形見・雛を横に乗せ、日々辻馬車を走らせる。2人が危機に陥った時、雛が「父（とと）！」と叫ぶと現われるのは……風太郎明治伝奇小説。

山田風太郎ベストコレクション
風眼抄
山田風太郎

思わずクスッと笑ってしまう身辺雑記に、自著の周辺のこと、江戸川乱歩を始めとする作家たちとの思い出まで。たぐいまれなる傑作を生み出してきた鬼才・山田風太郎の頭の中を凝縮した風太郎エッセイの代表作。

角川文庫ベストセラー

山田風太郎ベストコレクション
忍法八犬伝　山田風太郎

八犬士の活躍150年後の世界。里見家に代々伝わる八顆の珠がすり替えられた！　珠を追う八犬士の子孫たちに立ちはだかるは服部半蔵指揮下の伊賀女忍者。果たして彼らは珠を取り戻し、村雨姫を守れるのか⁉

ドグラ・マグラ（上）（下）　夢野久作

昭和十年一月、書き下ろし自費出版。狂人の書いた推理小説という異常な状況設定の中に著者の思想、知識を集大成し、〝日本一幻魔怪奇の本格探偵小説〟とうたわれた、歴史的一大奇書。

少女地獄　夢野久作

可憐な少女姫草ユリ子は、すべての人間に好意を抱かせる天才的な看護婦だった。その秘密は、虚言癖にあった。ウソを支えるためにまたウソをつく。夢幻の世界に生きた少女の果ては……。

犬神博士　夢野久作

おかっぱ頭の少女チイは、じつは男の子。大道芸人の両親と各地を踊ってまわるうちに、大人たちのインチキを見破り、炭田の利権をめぐる抗争でも大活躍。体制の支配に抵抗する民衆のエネルギーを熱く描く。

瓶詰の地獄　夢野久作

海難事故により遭難し、南国の小島に流れ着いた可愛らしい二人の兄妹。彼らがどれほど恐ろしい地獄で生きねばならなかったのか。読者を幻魔境へと誘い込む、夢野ワールド7編。